AF196606

Alice Frontzek

BLAUES GOLD

Ein Erfurter Waid-Roman

SUTTON ROMAN

Sutton Verlag GmbH
Arnstädter Straße 8
99096 Erfurt
www.suttonverlag.de
www.sutton-belletristik.de
Copyright © Sutton Verlag, 2015
5. Auflage, 2024
Lektorat, Gestaltung und Satz: Sutton Verlag
Titelbild: Sutton Verlag, unter Verwendung einer
Vorlage von Ute Braun-Luckhard, Erfurt
Druck: CPI books GmbH, Leck

ISBN: 978-3-95400-605-2

Über die Autorin

Alice Frontzek, Jahrgang 1966, lebt seit vielen Jahren in Erfurt. Seit 2000 führt sie Gäste durch die Stadt. Sie hat bereits mehrere Stadtführer über Erfurt für Jung und Alt sowie einen Roman um den Erfurter Schatz veröffentlicht.

I

FRÜHJAHR 1630

Die Sonne stand tief und würde bald hinter den sechs Türmen von Dom und St. Severi verschwinden. Die beiden benachbarten Kirchen thronten majestätisch auf einer Anhöhe und bekrönten zusammen mit der großen Peterskirche auf dem Petersberg nebenan die Stadt.

Siebzig Stufen führten vom Domberg hinunter auf den Marktplatz, der nach der imposanten, sich nach oben verjüngenden Treppe auch der Platz vor den Graden, den Stufen, genannt wurde. Es war einer von vielen Marktplätzen Erfurts, da er jedoch zu den ältesten Handelsplätzen der Stadt zählte, kam ihm eine besondere Stellung zu. Das zeigte sich auch an den ihn begrenzenden Gebäuden, zu denen das Gerichtsgebäude und das Henkerhaus gehörten. Unmittelbar vor dem Henkerhaus standen das Trillhäuschen, der Galgen, das große Holzrad für die Räderungen und die Hebearmvorrichtung für die Wasserprobe. Letztere stand neben einer Abzweigung des großen Flusses, der die Stadt mit Wasser versorgte und den alle Erpha nannten.

An diesem milden Abend lag der Platz ruhig und friedlich da. Man hörte das leise Plätschern des Wassers. Die Gerichtsbarkeit mit ihren unübersehbaren Vollzugsinstrumenten gab den ehrbaren Menschen innerhalb der Stadtmauern ein Gefühl der Sicherheit. Wer Übles im Sinn hatte, dem war eine gerechte Strafe sicher. Dieses strenge, schonungslose Vorgehen gegenüber dem einzelnen Sünder war notwendig, um nicht den Zorn Gottes auf das gesamte Gemeinwesen zu lenken.

Im Licht des schwindenden Tages wurden die Schatten der Türme immer länger, der Geruch nach Marktabfällen intensivierte sich und hier und da huschten Ratten über den Lehmboden, auf der Suche nach der einen oder anderen heruntergefallenen Leckerei. Katzen hockten aufmerksam und mit gespitzten Ohren vor Schlupflöchern, in denen sie die kleinen Nager vermuteten.

Menschen waren fast keine mehr zu sehen. Sie hatten sich längst in ihre unterschiedlichen Behausungen zurückgezogen. Die Kaufleute hatten ihre Läden, die sich nach unten und oben aufklappen ließen, abgeräumt und verschlossen, die Fernhändler hatten den Heimweg angetreten oder saßen in den Gasthäusern. Die Tore der Stadt waren seit sechs Uhr verriegelt, nur an den Haupttoren, dem Löber-, Krämpfer-, Johannes- und Lauentor, standen Wachen, die verspätete Reisende noch bis zehn Uhr gegen einen Obolus ein- oder ausließen. Wer jetzt noch innerhalb der Mauern unterwegs war, hatte jemanden besucht und schickte sich nun vor Einbruch der Dunkelheit an, rasch nach Hause zu kommen. Kurz darauf suchten nur noch ein paar verirrte Hühner und ein grunzendes Schwein nach ihren Ställen.

Aus vielen Fenstern drang der Schein von Talglampen. Nach dem gemeinsamen Abendessen saßen die meisten Familien in ihren Stuben, verrichteten die letzten Arbeiten des Tages, unterhielten sich über Gott und die Welt oder erzählten den Kindern ein besonders gruseliges Schauermärchen, bis der Nachtwächter pünktlich zum Glockenschlag um zehn Uhr das Löschen von Licht und offenem Feuer anmahnte.

Einzig im Rathaus der Stadt am Fischmarkt, nur wenige Schritte vom Domplatz entfernt, brannte weiterhin Licht und erleuchtete die kleine Ratsstube, in der sich ein paar Männer in ein Gespräch vertieft hatten. Ihre Mienen waren mürrisch. Dazu gab es auch allen Grund, denn das Geschäft mit dem berühmten Blaufärbemittel Waid, dem die Erfurter Kaufleute seit Generationen ihren Reichtum verdankten, steckte seit einiger Zeit in der Krise. Dabei war das Waid aus dem Thüringer Becken das Beste der Welt und Erfurt war die führende Handelsstätte für das Färberwaid.

Einer der Kaufleute, die in der Ratsstube zusammengekommen waren, war Jakob Nafzer der Jüngere vom Haus zum roten Ochsen, das am Fischmarkt direkt gegenüber dem Rathaus lag. Er war nicht nur einer der angesehensten und wichtigsten Waidhändler der Stadt, sondern auch Ratsmitglied. Mit ihm am Tisch saßen Walter Ludolf vom Haus zum Sonneborn in der Arche, Eugen Milwitz vom Haus zum güldenen Krönbacken in der Michaelisstraße und Paul Ziegler vom Haus zum Stockfisch in der Johannesstraße. Sie alle galten als stink- und steinreich. Tatsächlich besaßen sie die größten Anwesen der Stadt mit den schönsten Hausfassaden, die Erfurt zu bieten hatte. Seit Generationen waren ihre Familien im Waidgeschäft tätig. Sie hatten den größten Anteil an der Herstellung und dem Verkauf des begehrten blauen Pulvers, das aus den Blättern des Färberwaids gewonnen wurde. Und sie erinnerten sich sehr wohl an die Zeiten, als man ein Gramm Waidpulver mit einem Gramm Gold aufgewogen hatte. Nun aber waren die Preise für Färberwaid eingebrochen. Dafür hatte die Indigopflanze aus dem fernen Indien gesorgt. Das aus ihr gewonnene Blaufärbemittel war billiger, ergiebiger und leichter zu verarbeiten. Zwar hatte der europäische Kontinent sofort mit Verboten reagiert, so dass das Teufelszeug unter Androhung der Todesstrafe keine Verwender mehr finden sollte. Und der große Krieg, der seit zwölf Jahren die deutschen Lande heimsuchte und dessen Ende nicht abzusehen war, hatte schließlich jede Art von Fernhandel geschwächt, so dass sich Waid als führendes Blaufärbemittel halten konnte. Schließlich nicht zu vergessen die Erfurter Waidverordnung von 1612, die ihre Väter noch auf den Weg gebracht hatten und die die Waidgeschäfte penibel regelte. Dennoch …

»Die Schweden und ihre Unterstützung für uns und das Luthertum in allen Ehren, aber mit ihren Belagerungen, Kampfübungen und Reiterparaden auf den Waidfeldern zerstören sie unseren Waidbauern immer wieder die Ernten. Und ihr wisst alle, was das bedeutet: Eine geringere Waidernte zieht geringere Steuereinnahmen für die Stadt nach sich. Erhöhen wir hingegen die Preise für das Pulver, steigen auch die Steuerabgaben für uns. Und wir entfachen wieder einmal den Disput um die verbotene indische Pflanze. Wir befinden uns in einer Sackgasse«, fasste Jakob die bisherige Diskussion zusammen.

»Richtig, der Krieg ist nicht gut für das Waidgeschäft. Der Krieg nicht und auch nicht der Grund für diesen unseligen Waffengang. Seht euch nur die Entwicklung unserer einst so renommierten Universität an! Dieses Nebeneinander von katholischen und protestantischen Professoren, die ewigen Zänkereien haben den Ruf unserer ehrwürdigen Alma Mater empfindlich geschwächt. Das wirkt sich auf das Ansehen der ganzen Stadt aus. Da brauchen wir uns nicht zu wundern, wenn die fahrenden Händler auf andere Handelsplätze ausweichen. Und die Aufweichung der Kleiderordnung tut ein Übriges. Das Volk mag es neuerdings bunt!« Paul Ziegler konnte sich ein verächtliches Lachen nicht verkneifen.

In diesem Moment kam der Ratsdiener auf seinem letzten Kontrollgang vorbei. »Die Herren zieht es noch nicht an den heimischen Herd?«

»Nein, aber wenn du dir einen Gulden verdienen möchtest, geh rüber zum Ratskeller und lass vier Krüge Einbecker Bier kommen. Wir haben noch einiges zu besprechen. Die Runde geht auf mich«, sagte Walter Ludolf und ergänzte: »Immer nur unsere selbst gebraute Schlunze ist auch nicht das Wahre den lieben langen Tag.«

Alle stimmten lachend zu, dankbar für die kurze Unterbrechung, und der Ratsdiener erklärte, er müsse zunächst noch die Feuerstelle in der Folterkammer unter der Ratsstube für die morgige peinliche Befragung mittels glühender Zangen mit Holz bestücken, würde dann aber sofort für die Befeuchtung der trockenen Kehlen sorgen.

Nachdem er die Stube verlassen hatte, ergriff Jakob erneut das Wort: »Du hast vollkommen recht, Paul, unser Geschäft wird von Tag zu Tag schwieriger zu betreiben. Deshalb rate ich uns, nicht den Kopf in den Sand zu stecken, sondern im Gegenteil besser zu werden, damit das Erfurter Blau seinem Ruf weiter gerecht bleibt und wir die Konkurrenz nicht fürchten müssen. Ich spreche von besserer Güte bei geringerer Menge, von klaren Herstellungsvorschriften und bindenden Regeln.«

Die anderen nickten. So saßen die vier noch eine Zeitlang beisammen und beschlossen, wie sie am nächsten Tag auf dem Waidmarkt die Spreu vom Weizen zu trennen beabsichtigten.

Das Waidgewerbe war ein gut organisiertes und klar geregeltes Geschäft, an dem viele verdienten. Der Waidgießer überwachte durch regelmäßige Kontrollbesuche die Herstellung des Pulvers. In den Waidhäusern bewahrten Waidmesser den Waid derer auf, die nicht selbst über Speicher verfügten. Waidknechte übernahmen die harte Arbeit des Zerschlagens der Ballen. Der Waidmeister, ein Ratsherr, beaufsichtigte den Waidkauf. Und die Waidschauer, Beschworene, begutachteten den Waid, bevor er verkauft wurde.

Bei Sonnenaufgang vernahm man schon die ersten Fuhrwerke, die über die unebenen Straßen und Plätze Erfurts rumpelten. Kurz darauf hörte man das Aufeinanderkrachen von Holzbrettern, das beim Aufbau von Ständen, Podesten, Bänken und Tischen entstand. Es wurde laut gegrüßt, gerufen und gelacht. Auf dem Fischmarkt bauten die Fischhändler ihre Auslagen auf, auf dem Wenigemarkt die Getreidehändler, Bäcker, Fleischer und Schuster und auf dem größten der städtischen Märkte, dem Waidanger, kamen die Waidhändler, die Waidbauern, die Tuchmacher und die Färber zusammen. Die Stadt verwandelte sich in einen Schmelztiegel aus Gerüchen. Manche ließen einem das Wasser im Mund zusammenlaufen, wie der Duft nach Fisch, frisch gebackenem Brot, Gewürzen und auch Leder. Andere verursachten eher Übelkeit, wie Pferdeäpfel oder anderer Tierkot und in den kleinen Gassen der stechende Geruch von Urin, der direkt vor den Häusern aus den Nachttöpfen entleert wurde.

Es war Freitag. An die zweihundert Fuhrwerke brachten ihre Waren auf den Waidmarkt. Diejenigen, die länger als einen Tag in der Stadt bleiben würden, stellten ihre Pferde und Kutschen bei den Getreidehändlern und Ausspannhöfen in der Futterstraße ab, nachdem sie in der städtischen Waage ihre Waren angemeldet hatten. Andere spannten nur ihre Pferde aus, überließen sie den kleineren Ausspannen in der Augustinerstraße und fuhren am Ende des Markttages wieder zurück in ihre Dörfer.

Die Erfurter Waidhändler hatten ihre festen Plätze, weshalb es ihnen erlaubt war, ihre kleinen Holzhütten ständig aufgebaut zu lassen. So bereitete es ihnen keine großen Umstände, die in unterschiedlich große Glas-, Ton- und Holzbehälter abgefüllte Waidasche für den Verkauf herbeizuschaffen.

Das Waidpulver unterschied sich kaum von Händler zu Händler, da die Erfurter ihre Waidblätter alle aus dem Umland bezogen. Die Ernten hatten dieselbe Sonne genossen, waren in etwa derselben Erde gediehen und hatten die gleiche Verarbeitung erfahren: Der aus den Waidblättern gewonnene Brei wurde zu Ballen geformt und getrocknet. Diese Waidballen wurden dann mit Hämmern zerkleinert und mit Urin und Wasser versetzt, um dann einige Monate auf den Dachböden der Waidspeicher zu gären.

Dennoch gab es bei der Waidqualität feine Unterschiede, nach denen die Kenner Ausschau hielten. Sie gingen zurück auf die Lage der Äcker, die exakte Sonneneinstrahlung, die Furchung durch den Pflug und die Zusammensetzung der Erde. Und jeder Waidjunker hatte natürlich seine geheime Rezeptur für die Farbintensität. Schwor der eine auf Knabenurin von Fleischverächtern zur Fermentierung, war es bei dem anderen der Urin von Wein-, beim nächsten der von Biertrinkern und beim wieder nächsten der von alten Männern.

Dazu hatte jeder ein anderes Zusatzangebot an Farbpigmenten und natürlich seine persönliche Stammkundschaft. Es kam nicht unwesentlich darauf an, wen die Frauen oder die Kinder der Waidhändler kannten und ob sie ab und zu mit am Stand waren.

Sobald die Waidglocke läutete, was immer nur in der Zeit zwischen dem Dreifaltigkeitsfest und Michaelis geschah, konnte der Verkauf der Waidballen beginnen. Ein Waidschauer machte sofort den ersten Qualitäts- und Färbetest, wobei er den Ballen bespuckte und ihn über ein Stück Papier zog. Ein anderer machte einen Fingerabdruck, um die Güte der Farbe zu beurteilen. Je satter das Grünbraun, umso besser würde das Blau werden. Färber sahen sich das Farbpulver an und zogen dann weiter zu den Tuchmachern und Webern. Die Waidjunker schauten den Aktivitäten ihrer Kunden aufmerksam zu und beobachteten, was sich an den Ständen der Färber tat. Das Blau, die Farbe des Himmels, war am meisten gefragt.

Nafzer, Ziegler, Ludolf und Milwitz hatten gleich zu Beginn des Marktes gemeinsam eine Biersuppe am Stand der Ella gelöffelt und sich abgesprochen, wer mit welchem der anderen Waidhändler über die Zukunft ihres Geschäftes das Gespräch suchen und die Auslagen in Augenschein nehmen sollte. Außerdem hatten sie vereinbart, dass man sich mittags zur Auswertung am Rost vor der Kaufmannskirche treffen würde.

Neben dem Stand von Ziegler vom Haus zum Stockfisch, der ganz in der Nähe der Kaufmannskirche verkaufte, hatte sich ein jüdischer Geldwechsler aus Hochheim mit seinem Rechentisch aufgestellt, daneben versorgte ein Bräter mit Fleisch vom Spieß und vom Rost die hungrigen Marktbesucher und Händler. Daran anschließend waren einige Fuhrwerke aufgereiht, beladen mit Waideimern, die die Waidballen enthielten, und dort, wo die Schlösserstraße auf den Waidanger stieß, war eine Bühne aufgebaut, auf der im Laufe des Tages verschiedene Vorführungen von Musikern, Tänzern und Gauklern stattfanden. Der Geruch von Gebratenem und die Musikdarbietungen zogen nicht nur Kaufwillige auf den großen Waidmarkt.

Jakob Nafzer schlenderte mit seiner Frau Alena unauffällig die Auslagen der anderen Waidhändler entlang. Seine Tochter beaufsichtigte indes seinen eigenen Verkaufsstand. Das Waidhändlerpaar grüßte unermüdlich nach links und rechts, mal wartete Jakob auf seine Frau, die ein paar Worte wechseln wollte, mal war es umgekehrt. Zu ihren Bekannten, die alle ebenfalls ihr Blau anboten, gehörten die Lämmerhirts, die Hutteners, die Kellners vom Haus zum Esel und Paradies, die von der Sachsens, der Großhändler Hiob von Stotternheim, die Ellingers, die von Hochheims und viele andere. Vor der Bartholomäuskirche, rechts des Waidbrunnens, beschien die Sonne den Stand der Sebers.

Florian Seber war noch jung. Er hatte den Waidjunkerstand von seinem Vater übernommen, der die Pest fünf Jahre zuvor nicht überlebt hatte. Seine Mutter Regine hatte ihn als den Nachfolger mit allen Kräften unterstützt, bis er auf seiner ersten Handelsreise nach Italien die Tochter eines italienischen Geschäftspartners, der ebenfalls mit Farben handelte, kennengelernt hatte.

Sie hieß Caterina, hatte lange, lockige, dunkelbraune Haare und tiefbraune Augen. Sie besaß ein anziehendes Lachen, das schelmisch und vertrauenserweckend zugleich war. Wenn sie lachte, blitzten ihre weißen Zähne auf und ihre Augen unter den langen, dunklen Wimpern strahlten. Sie war schlank und bei der ersten Begegnung figurbetont in Blau und Weiß gekleidet. Ihre Haut war von der Sonne Italiens gebräunt und sie trug an jeder Hand einen Ring, der das Augenmerk auf ihre langen, hübschen Finger zog. Um den Hals hatte sie eine Kette mit einem in Silber eingefassten Opal getragen, der je nach Sonneneinstrahlung die Farbe wechselte, von Blau über Lila zu Türkis.

Caterinas Vater, der gerade in ein Gespräch über Kirchenmalerei und die dafür benötigten Farben verwickelt war, als Florian sein Geschäft betrat, hatte sie gebeten, sich des jungen deutschen Händlers anzunehmen, den er sofort als den Sohn eines langjährigen geschätzten Handelspartners erkannt hatte. Während sie mit ihren schlanken Händen einen Farbflakon nach dem anderen anhob und die Vorzüge der Farbe erklärte, ließ er sich von ihrer Anmut, ihrer Stimme, der melodischen Sprache, die Florian einigermaßen verstand, und ihrer Mimik verzaubern. Irgendwie war es ihm gelungen, für denselben Abend noch eine Einladung ins Haus des italienischen Kaufmanns zu erhalten.

Florian war überwältigt vom immensen Wissen des Italieners um die zahlreichen Farben und Zutaten zu ihrer Herstellung. Noch mehr faszinierten ihn aber seine Erzählungen von Kirchenkunstwerken, für deren Aufbesserung er schon die Ehre gehabt hatte, Pigmente zu liefern. Ehrfürchtig ließ er sich von der Auffrischung großer Kunstwerke berichten, zu denen sogar Werke des berühmten Michelangelo in Florenz gehörten, die seit Kurzem zum Ruhm des berühmtesten Sprosses der Familie in der Casa Buonarotti gezeigt wurden. Anschließend bestaunte Florian etliche Möbelstücke, die sein Gastgeber mit bunten Farben verschönert hatte.

Der Deutsche hatte nach diesem Abend seinen Aufenthalt verlängert und begonnen, um Caterina zu freien. Die beiden waren sich rasch näher gekommen. Als Florian ein halbes Jahr später die Rückreise von Genua nach Erfurt antrat, war Caterina an seiner Seite.

Seine Mutter war anfangs sehr zurückhaltend gegenüber der Italienerin, zumal sie sich kaum verständigen konnten. Sie beobachtete ihren Sohn und seine Frau mit Argusaugen. Ihr Misstrauen wich dann jedoch ihrer Bewunderung darüber, wie schnell Caterina die neue Sprache lernte, der Freude über die offensichtlich große Liebe und Eintracht zwischen Florian und seiner Frau und der Erkenntnis, dass dieses hübsche Ding aus guter Familie stammen musste und sich im Geschäft bestens auskannte. Sie würden sich gut verstehen, Regine war zufrieden.

Florian war unbändig stolz auf seine junge, hübsche Frau, die auch wegen ihrer profunden Kenntnis des Waidgeschäfts eine sehr gute Partie für ihn war. Das war vor zwei Jahren gewesen. Mittlerweile sprach sie ausgezeichnet Deutsch und war beliebt bei den

Freunden der Familie, bei den Kunden und bei einigen Frauen, die das Fremdländische neugierig machte.

Auf dem Erfurter Waidmarkt hatte auch Florian Seber einen festen Standplatz. Er bevorzugte aber anstelle einer Hütte einen Auslagetisch mit einem Baldachin, den sie an Markttagen immer wieder mit einem anderen bunten Stoff bespannten. Heute bildete ein gestreifter Stoff mit unterschiedlichen Blautönen ihr Dach. Ein paar Windspiele mit Metallröhrchen und Schellen, die bei jeder Bewegung ein leises Klingeln erzeugten, waren an dem Baldachin befestigt. Dazwischen waren bunte Tücher gespannt, die Regine Seber genäht hatte. Auf dem langen Verkaufstisch standen eine Waage, einige Holzscheffel, gefüllt mit Farbpulver, und zu Pyramiden aufgeschichtete gläserne Farbpulverflakons. Das Gelb stammte aus der Färberdiestel Saflor, das Rot aus der Krapppflanze, das Braun aus dem Schöllkraut, das Schwarz aus dem Granatapfel. Im Mittelpunkt stand natürlich das Erfurter Blau.

Unter dem Tisch hielt Florian für einige besondere Kunden Purpurrot bereit. Er brachte sich davon stets einen kleinen Vorrat aus Italien mit, wohin er jedes Jahr reiste, um seine Bestände aufzufüllen. Purpur war schwer zu ergattern, denn es stammte von Wasserschnecken, die aus dem Meer gefischt, zerkleinert, getrocknet und aufwendig behandelt werden mussten, erst dann konnten sie mit einer geringen Ausbeute zu Farbpulver verarbeitet werden – eine teure Angelegenheit.

Florian wusste jedoch, was er seiner Kundschaft schuldig war. Schließlich belieferte er auch Wilhelm, den Herzog von Sachsen-Weimar, und dessen sechs Brüder. Florian und seine Frau waren es gewohnt, sich in der Gegenwart dieser erlauchten Herrschaften zu bewegen, und entsprechend ihrer erlesenen Kundschaft war es für sie selbstverständlich, sich jederzeit standesgemäß zu kleiden. Caterina war sich zudem bewusst, dass sie mit ihrer Kleidung nicht nur für ihre Farben, sondern auch für die Schneiderkunst ihrer Schwiegermutter warb. Sie trug heute ein grünes Kleid, denn sie war in guter Hoffnung, dessen war sie sich seit ein paar Tagen endgültig sicher. Passend dazu hatte sie einen blau-grün gestreiften Überwurf ausgewählt, außerdem etwas weiße Spitze für den Ausschnitt und farblich abgestimmten Schmuck, den sie von ihren Eltern aus Italien bekommen hatte. Ein kleiner, runder grüner Aventurin steckte in einer zierlichen Fassung am Ohr und ein größerer Aventurinkreis hing an einer Goldkette um ihren Hals. Ein paar lockige Strähnen ihrer Haare, die sie wie alle verheirateten Frauen unter einer Haube tragen musste, lugten keck unter der Kopfbedeckung hervor.

Caterina sortierte noch ihre Waren und machte sich gerade daran, ein paar Jasminräuchersteine zu entzünden, als sich Jakob und Alena zu ihr an den Stand stellten.

»Guten Morgen, Caterina! Ihr habt ja schon wieder neue Farben. Wie macht ihr das nur? Woher stammt beispielsweise dieser Kupferton? Er ist wirklich schön.« Alena nahm den Flakon mit der rötlichen Farbe in die Hand.

»Guten Morgen. Dieses Kupfer gewinnt man mit einer Mischung aus Krapp, Saflor und Frauenmantel, das ist gar nicht mal so schwer. Und so sieht es auf Stoff aus.« Caterina holte ein Dreieckstuch hervor, das in der Art des Blaudrucks mit einem Blumenmuster bedruckt, aber in einem Kupferton gefärbt war. Die Farbe machte sich hervorragend zu dem Grün ihres Kleides.

»Wie hübsch sie ist – die Farbe natürlich«, sagte Jakob und zwinkerte Caterina zu.

Alena verpasste ihm einen Ellenbogenhieb in die Seite. Sie konnte schlecht mit ihrer Eifersucht auf andere Frauen umgehen. Und neben Caterina verblasste sie regelrecht mit ihren mittelbraunen, dünnen Haaren, die sie penibel unter der Haube versteckte, ihren wässrig-blauen Augen, den schmalen Lippen und den etwas zu breiten Hüften, das musste sie sich eingestehen.

»Caterina, Sonne des Südens!« Ein Stammkunde der Sebers trat an den Stand und unterbrach Alenas düstere Gedanken. »Dieses neue Rot sieht wunderschön aus. Was nimmst du dafür?«

»Das kommt darauf an, wie viel du benötigst und wofür. Aber warte, ich hole dir einen Becher italienischen Weines und dann erzählst du mir alles ganz genau. – Für euch auch?«, wandte sie sich an Jakob und Alena, während sie sich schon hinunterbeugte, um Becher aus einer Kiste hervorzuholen. Dabei zeichnete sich ihr kleiner, runder und fester Popo unter dem Stoff des Kleides ab, was die beiden Männer dazu veranlasste, einen anerkennenden Blick auszutauschen. Und schon beugte sich Caterina, die nichts davon mitbekommen hatte, abermals nach unten, um eine Flasche Rotwein hervorzuzaubern. Diesmal konnte ihr Jakob genau in den Ausschnitt gucken, der zwei ansehnliche, wohlgeformte Brüste erahnen ließ. Das war zu viel für Alena, die ihren Mann ohne einen Abschiedsgruß davonzog.

Wenig später stand die Frau des Jakob Nafzer mit den Frauen der anderen drei Waidhändler zusammen und ließ kein gutes Haar an der »Fremdländerin«, die noch nicht einmal richtig Deutsch sprach, überdies katholisch war und sich auf billige Art und Weise ihrer Kundschaft an den Hals warf.

Jakob hatte sich unterdessen mit Paul Ziegler am Grill getroffen und berichtete ihm vom beeindruckenden Warenangebot der Sebers.

Paul wollte sich diese Auslage nach ihrer kleinen Mahlzeit selbst anschauen und ging, unter dem Vorwand, vom Waidbrunnen einen Krug frisches Wasser zu holen, zum Stand vor der Bartholomäuskirche. Auch er war verzückt von den Bewegungen, den Gesten und der Mimik Caterinas. Er füllte zunächst seinen Krug am Brunnen und wartete einen Moment, bis eine Kundin den Stand verlassen hatte. Dann begrüßte er Caterina und sprach sie direkt auf ihre viel gepriesenen Farben an.

Sie wollte gerade ansetzen und ihm einige davon zeigen, als ein berittener Bote der kaiserlichen Reichspost – Erfurt war seit 1616 Station der Reitpostlinie von Frankfurt nach Leipzig – über den Markt direkt auf sie zuhielt, vom Pferd sprang, etwas aus einer Ledermappe herauszog und zu ihr hintrat. Caterina erkannte am

Siegel auf dem Pergament, dass es sich um eine Nachricht des Herzogs Wilhelm von Sachsen-Weimar handelte.

»Ihr seid die Seberin, nicht wahr?«, fragte der Kurier.

Caterina nickte.

»Dann habe ich hier eine Botschaft für den Waidjunker Seber. Er ist gehalten, mir direkt eine Antwort mit zurückzugeben«, sagte der Bote und hielt ihr den Pergamentbogen entgegen.

»Mein Mann ist gerade in Geschäften unterwegs. Aber vielleicht kann ich Euch die Antwort geben. Was beinhaltet die Nachricht denn? Bitte lest sie mir vor. Meine Lesekünste reichen dafür sicher nicht aus.« Caterina schob die ausgestreckte Hand des Boten mit der Nachricht von sich.

Der warf einen schnellen Blick auf Paul Ziegler, kam dann aber der Aufforderung nach und sprach: »Die Botschaft ist von Herzog Wilhelm. Er fragt an, ob es möglich sei, bis August italienischen Brokat in Blau zu bekommen und purpurfarbenen Samt für einen neuen Umhang.«

Caterina überlegte: »Florian wird im Sommer seine Handelsreise nach Italien unternehmen. Von dort könnte er das Gewünschte mitbringen. Also ja, bitte antwortet dem Herzog, das wir Samt und Brokat mit dem größten Vergnügen liefern werden. Wir erwarten seine detaillierte Bestellung.«

Der Bote notierte etwas auf dem Schriftstück, faltete es zusammen und steckte es zurück in seine lederne Mappe. »Danke!« Er lächelte Caterina an und sie lächelte zurück. Dann wollte sie sich wieder zu Paul Ziegler umwenden, der war jedoch davongehastet, so dass Caterina nur noch den Rücken seines Wamses sehen konnte.

Zur späten Nachmittagsstunde packten alle ihre Waren zusammen. Der Markttag war zu Ende. Florian, der kurz zuvor zum Stand zurückgekehrt war, holte das Lastpferd mit dem kleinen Wagen, um alles aufzuladen und in ihren Speicher in der kleinen Arche zu bringen. Die Geschäfte waren heute gut gelaufen, er hatte einige Bestellungen entgegennehmen können, um die er sich jetzt kümmern musste. Und es gab bereits mehrere Anfragen für Farben aus Urbino und Stoffe aus Florenz, die er von seiner Handelsreise Ende des Sommers mitbringen wollte.

Um sechs läuteten die Glocken zum Abendgottesdienst. Caterina ging in den Dom zur katholischen Messe, Florian und seine Mutter in die Predigerkirche, wie die meisten Waidhändler und Ratsherren, deren Familien sich der Protestbewegung Luthers bzw. Langs angeschlossen hatten.

Nach dem Gottesdienst standen die Kirchgänger noch eine Weile in Gruppen zusammen. Unter ihnen auch Jakob, Paul, Eugen, Walter und ihre Frauen. Florian grüßte die anderen Mitglieder der Waidhändlerzunft nur kurz, fragte, wann das nächste Zunfttreffen wäre, und ging dann direkt nach Hause.

»Noch so etwas, was bei den Sebers anders ist, als es sich gehört: Sie geht zu den Katholiken und er und seine Mutter kommen hierher. Wie kann Florian eine derartige Eigensinnigkeit seiner Frau überhaupt zulassen?« Alena konnte sich einen vielsagenden Blick nicht verkneifen.

2

Das nächste Zunfttreffen fand einige Tage später im Ratskeller in der Zunftstube statt. Fast alle Waidhändler waren anwesend. Nachdem jeder sein Bier vor sich stehen hatte, öffnete Nafzer, als Waid- und Zunftmeister, zum Zeichen des offiziellen Versammlungsbeginns die Innungslade, einen hölzernen, verzierten Kasten, der die Symbole der Waidzunft trug und in dem die Innungsregeln aufbewahrt wurden.

Das Thema der heutigen Versammlung war klar. Wie sollte, wie konnte die Erfurter Zunft der Waidhändler auf die bedrohliche Situation reagieren?

Jakob fasste die ungünstige Lage noch einmal für alle zusammen: »Seit letztem Jahr sind es nur noch dreißig Dörfer, die Waid auf nicht ganz siebenhundert Äckern anbauen. Der Krieg verlangt seinen Tribut. Es wird mehr Getreide benötigt, um dem Hunger im Land zu begegnen. Viele der Waidbauern sind ganz auf Getreide umgestiegen, weil mit Waid einfach nicht mehr genug Gewinn zu erzielen ist, was den Böden natürlich gut tut, aber diese Entwicklung zeigt, dass vielleicht bald der eine oder andere unter uns nicht mehr vom Waidverkauf wird leben können.«

Hiob von Stotternheim, Ratsherr und Großkaufmann, bestätigte: »Der fehlende Waidnachschub belastet uns alle. Aber damit er niemanden von uns in den Ruin treibt, ist es von Wichtigkeit, dass sich jeder ausschließlich an sein Geschäft hält. Kein Waidjunker pflanzt eigenen Waid und er kauft ihn auch nicht in anderen Ländern oder auf anderen Märkten. Kein Waidhändler übt ein weiteres Handwerk aus, außer natürlich dem Bierbrauen. Die Färber färben die Stoffe, die Schneider verarbeiten sie. Und ein Kauf-mann ist und bleibt ein Kaufmann!«

»Genau, Schuster, bleib bei deinen Leisten! Jeder macht das, wozu er die Berechtigung des Rates hat!«, pflichtete ihm ein anderer bei.

Florian Seber hörte nur halb zu. »Scheuklappen für jedermann, bitte«, dachte er laut. Zum Glück hatte ihn niemand gehört. Er fand die Kleinkariertheit und die Wichtigtuerei der Erfurter Rats- und Zunftherren lächerlich. Sie redeten und redeten im Kreis herum, einer nahm sich wichtiger als der andere und darüber verpassten sie die Entwicklung der Welt. Er dachte an Italien, an die bunten Auslagen, die freundlichen und gut gelaunten Kaufleute, ans Meer mit seinen Häfen voller fremdländischer Schiffe und deren Beladung. Auch dort wollte man sich vor Konkurrenz schützen, aber alles schien entspannter. Hinzu kam, dass ihn viele um seine hübsche Frau beneideten. Kein Wunder, hatten die meisten Zunftkollegen doch eher unattraktive Tratschweiber als Frau zu Hause, die sie aus geschäftlichen Gründen geheiratet hatten.

Als die Sitzung zu Ende war, zog sich Florian seine Jacke an und wollte gerade gehen, als ihn Jakob Nafzer an der Schulter festhielt und ihn bat, einen Moment zu warten, bis sie in Ruhe mit ihm reden könnten.

Eugen Milwitz und Hiob von Stotternheim setzten sich zusammen mit Jakob und ihm an den Tisch.

»Florian«, setzte Hiob von Stotternheim an, »was ich eben über die Trennung der Handwerke gesagt habe, galt vor allen Dingen dir. Ich mochte deinen Vater immer gut leiden, deshalb will ich, dass auch du keine Schwierigkeiten bekommst. Es geht jedoch nicht, dass deine Mutter am selben Stand ihre geschneiderten Stoffe verkauft, an dem du deine Farben feilbietest. Es ist auch nicht hinnehmbar, dass du dir angesichts der schlechten hiesigen Ernten einfach besseren Waid aus Italien liefern lässt. Und nicht zuletzt könnt ihr eure eigenen Farben nicht länger zum Färben eurer Stoffe verwenden.«

Jakob Nafzer übernahm das Gespräch: »Überleg einmal: Wenn alle das so machen würden, hätten wir ein heilloses Durcheinander, keine Regel würde mehr gelten, unsere daraus resultierenden Privilegien wären in Gefahr. Du jedoch umgehst die Regeln und ziehst einen Vorteil daraus, dass andere sich strikt daran halten! Sieh also bitte zu, dass du deine Geschäfte wieder in Ordnung bringst, sonst wirst du aus der Zunft entlassen. So leid es mir tun würde!«

Eugen Milwitz bekräftigte das Gesagte mit einem entschiedenen Kopfnicken.

Florian widersprach nicht. Es war sinnlos. Sie waren verbohrt und hatten nicht gesehen und erlebt, was er an Italien so mochte. »Ich werde euren Wünschen nachkommen.«

Jakob, Eugen und Hiob blickten sich erfreut an, sie hatten offenbar mit mehr Widerstand gerechnet. Schnell verabschiedeten sie sich voneinander und jeder ging seiner Wege.

Florian ging mürrisch nach Hause, wo seine Mutter und seine Frau am Tisch vor dem Herd saßen. Regine nähte und Caterina hielt auf kleiner Flamme die Suppe, die sie gekocht hatte, für ihren Mann warm. An seiner Miene erkannte Caterina sofort, dass etwas nicht stimmte. Sie schöpfte zwei Kellen der heißen Brühe auf einen Teller und stellte ihn vor ihn hin. Er nahm etwas Brot, das er in Stücke zerkleinerte und in die Suppe legte. Er drückte die Stücke in die Flüssigkeit und als sie vollgesogen waren, löffelte er eins nach dem anderen heraus. Die heiße Mahlzeit im Bauch tat gut, denn der war seit dem Gespräch in der Zunftstube ziemlich verkrampft.

»Nach der Sitzung haben mich drei Zunftkollegen noch aufgehalten und gerügt. Wir müssen in Zukunft besser auf unsere Geschäfte aufpassen. Mutter muss einen eigenen Stand haben und ihre Stoffe bei den hiesigen Tuchmachern kaufen. Das Färben müssen wir den Färbern überlassen, auch wenn es nicht viel ist. Denn ich gehöre der Waidjunkergilde an und wir sind Kaufleute, keine Handwerker, das haben sie mir deutlich zu verstehen gegeben. Und das bedeutet auch, dass wir keinen Waid mehr aus Urbino kaufen dürfen, wenn die Ernten hier schlecht sind.«

Caterina überlegte: »Aber fertige Stoffe und Farben aus Italien können wir hier anbieten. Wie Hiob von Stotternheim. Dieser Handel ist erlaubt, oder?«

»Richtig«, bestätigte Florian.

Die beiden schauten sich in die Augen und lächelten. Das war ihre Chance.

Regine legte ihre Näharbeit beiseite. »Dann geht ihr beide alleine zum Markt und ich verkaufe meine Schneiderware hier vor der Haustür, oder ich nähe nur noch auf Bestellung! Das stört mich nicht. Ich finde es nur interessant, dass unser gemeinsamer Stand zu Lebzeiten deines Vaters niemandem aufgestoßen ist.«

Damit verabschiedete sie sich für die Nacht.

Caterina und Florian nickten ihr zu und wünschten ihr einen guten Schlaf. Als sie alleine waren, nahm Florian Caterinas Hände in seine und erkundigte sich nach ihrem Befinden.

»Spürst du gar schon etwas von dem neuen Leben in dir? Und was glaubst du, was es wird, ein Junge oder ein Mädchen? Aber eigentlich ist mir das völlig egal. Wenn es ein Mädchen wird und genauso hübsch wie du, dann wird es sich eines Tages vor Verehrern kaum retten können«, neckte er sie.

»Und wenn es ein Junge wird«, erwiderte sie, »und er genauso gut aussehend und klug wie sein Vater ist, dann wird er die Töchter der Nafzers und wie sie alle heißen verschmähen und sich eine schöne Italienerin suchen und in der Sonne des Südens sein Geld verdienen.«

Sie mussten beide lachen, dann nahmen sie die Talglampe und gingen die breite Treppe hinauf in ihre Schlafkammer. Schon auf dem Weg nahm Caterina ihre Haube ab und ließ ihre schönen Locken über ihren Rücken hinabfließen. In der Kammer knöpfte Florian behutsam ihr Kleid auf, das sie einfach an sich hinuntergleiten ließ. Dann drehte sie sich um, damit er sie unbekleidet anschauen konnte, woraufhin er sich schnellstens seiner Hose und seines Hemdes entledigte und sie mit sich auf ihr Bett zog. Sie roch so gut nach Moschus und warmer Haut. Ihr Bäuchlein war inzwischen ein wenig runder, jedoch fest wie alles an ihr. Sie liebten sich zärtlich und schliefen danach zufrieden ein. Florian fand, er hatte bisher alles richtig gemacht im Leben.

Am nächsten Morgen wurden sie vom Brauknecht geweckt, der die Maische ansetzen und den Hopfen kochen musste. Beim Hantieren mit den Eimern am Pumpbrunnen, den Kesseln und anderem Werkzeug veranstaltete er reichlich Lärm.

Für Florian und Caterina waren das sehr willkommene Geräusche. Denn für die nächste Zeit standen sie in der Braureihenfolge. Nicht alle Bierbrauer brauten gleichzeitig, die Abfolge war streng geregelt, damit nicht plötzlich ein Überangebot herrschte. Wer an der Reihe war auszuschenken, musste Strohsträuße in die runden Öffnungen über der Toreinfahrt stecken und zusehen, dass der Bierrufer des Viertels den Gerstensaft nach Verkostung für gut befand und ordentlich anpries.

Florian stellte sicher, dass er die Fässer für die Waidpinkler aufgestellt und deutlich markiert hatte. Er wollte nicht, dass eine Frau, ein Kranker oder ein sonstiger Waidverderber sich darüber entleerte, sondern nur die, die reichlich von seinem Bier getrunken hatten, jung und gesund waren und sich möglichst von Getreide und Pflanzen ernährten. Starke Fleischesser hatten einen unangenehm stinkenden Urin, der seiner Meinung nach dem Ergebnis schadete, die wollte er von seinen Fässern fernhalten. Er hatte, wie immer, ein paar Leute, deren Lebensweise er kannte, verpflichtet, seinen Abtritt zu benutzen, wofür sie Freibier bekamen.

Zu dritt hatten sie die Tische und Bänke im Innenhof gesäubert, die hölzernen Überdachungen ausgebessert und Regine hatte neue Tischläufer in Blau genäht. Caterina dekorierte die Tische mit diesen Läufern, mit Talglampen und mit Blumen, legte Sitzkissen auf die Bänke, band Zweige an die Überdachungen und hängte viele rote und blaue Schleifen daran. Ihr Biergarten sollte einladend sein. Sie fand die Zeit des Ausschanks immer sehr lustig und hatte Spaß daran, selbst mit auszuschenken, obwohl sie dazu eine Magd und einen Knecht hatten.

Florian, Caterina und Regine hatten sich darauf geeinigt, keinen Ärger mehr auf sich zu ziehen und ihre Geschäfte entsprechend der neuen Regeln zu betreiben. Gute Gespräche, ein Schluck italienischen Weins, Stoffe und Farben aus Italien waren ja weiterhin an ihrem Stand nicht verboten und Florians Waidpulver war nach wie vor von guter Qualität. Und Caterinas Charme zog die meisten ihrer Kunden in den Bann.

Regines Geschäft litt ebenfalls nicht darunter, dass sie nicht mehr die selbst gefärbten Stoffe nähte. Im Gegenteil, sie vergab nun ihrerseits in Erfurt Aufträge zum Färben und Sebers gewannen dadurch an Gunst und neuer Kundschaft.

Alena und die anderen Frauen der Zunftmitglieder beobachteten die Italienerin mehr oder weniger unverhohlen und versuchten so unmerklich wie es nur ging, Caterina nachzueifern. Sie machten sich hübsch, was teilweise albern aussah, betonten ihre Figur, die sie besser hätten kaschieren sollen, und überschütteten ihre Kunden mit aufgesetzter Freundlichkeit, die befremdlich wirkte.

Zwischen der ersten Waidernte im Mai und der zweiten Ernte im September wurde der Waid auf dem Anger verkauft. Während der getrocknete Waid in den Waidspeichern der Händler gären musste, konnte das Waidpulver der vergangenen Ernte auf dem Markt angeboten und von den Färbern verarbeitet werden.

Florian und Caterina waren so oft es ging gemeinsam an ihrem Stand, den Florian aber immer wieder verließ, um die Arbeit der Waidknechte zu überwachen. Auf seinen Knecht Jost, der genauso alt war wie er, konnte er sich zwar verlassen, aber ohne den fachkundigen Blick und die ordnende Hand des Meisters würde die Gärung nicht gelingen, das wusste er.

Den Jost hatte bereits sein Vater im Alter von 14 Jahren bei sich angestellt, als Florian in das Waidgeschäft eingeführt worden war.

Sie hatten sich auf Anhieb gut verstanden und nicht nur die Arbeit geteilt, sondern auch manch lustiges Trinkgelage gemeinsam erlebt, bis der alte Seber den Sohn gebeten hatte, sich etwas zu distanzieren, denn schließlich würde er irgendwann der Hausherr sein.

Jost war nicht dumm und hatte verstanden, dass er und Florian nicht so eng befreundet sein durften. Sein Vater war Stallknecht im Haus zum Rebstock in der Futterstraße, seine Mutter Magd beim Pfarrer der Predigerkirche, Georg Silberschlag. Sie wohnten im Haus zum stolzen Knecht, was zu Jost passte, ganz in der Nähe der Wigbertikirche. Einfache, aber ordentliche Leute. Und genau das mochte Florian an ihm, denn oft brachte Jost die Dinge in seiner Einfachheit genau auf den Punkt. Außerdem war er kräftig, so dass ihm die harte Arbeit, vor allem das Zerschlagen der Waidballen, keine Schwierigkeiten bereitete. Mittlerweile durfte er sogar die Aufsicht über die neuen Waidknechte führen.

Ende Juni bereitete sich Florian auf eine weitere Italienreise vor. Das erste Mal seit ihrer Hochzeit würde er ohne Caterina fahren. Regine hatte ihnen abgeraten, um die Schwangere zu schonen. So verließ Florian an einem Sonntagmorgen Erfurt, ausgestattet mit geräucherter Wurst, Waidpulver, Wein vom Petersberg und natürlich ganz vielen Grüßen und Küssen von Caterina für ihre Familie.

»Pass gut auf dich auf und sieh zu, dass die Knechte ordentlich arbeiten. Mutter wird dir helfen. Ich liebe dich!«, sagte Florian und nahm Caterina ein letztes Mal in den Arm. Dann stieg er auf sein Fuhrwerk und trieb die Pferde an.

»Komm bald wieder!«, rief Caterina ihm winkend hinterher.

Sie ging zurück ins Haus, setzte ihre Haube auf und schlang die Bänder ordentlich um ihren Kopf. Dann ging sie unter dem lauten Läuten der Gloriosa, der imposanten Erfurter Glocke, über den Platz vor den Graden die große Treppe zum Dom hinauf, um an der Sonntagsmesse teilzunehmen. Sie wollte für die Sicherheit ihres Mannes auf der langen Reise beten. Nach dem Gottesdienst verbrachte sie noch etwas Zeit in der Kirche, kniete sich vor der

Maria im Strahlenkranz hin, die in einer Nische stand und genau zur Frühmesse so vom Licht beschienen wurde, dass man meinen konnte, sie trüge einen Heiligenschein. Bei ihr bat Caterina um Schutz für das Leben, das in ihr heranwuchs, um eine sichere Rückkehr ihres Mannes und darum, bald wieder gemeinsam mit ihm nach Italien reisen zu können. Außerdem bat sie darum, von den schlimmsten Auswüchsen des unseligen Krieges verschont zu bleiben, damit sie weiterhin gute Geschäfte machen könnten. Als auch der Letzte den Dom verlassen hatte, erhob sie sich und trat hinaus ins Freie, wo die helle Sonne sie blendete. Sie blinzelte heftig, dann erkannte sie, wer hier draußen auf sie wartete.

»Jost, du hier? Gibt es ein Problem mit dem Waid? Heute ist Sonntag. Du hast doch frei«, sagte Caterina.

»Gerade deshalb. Ich habe keine anderen Verpflichtungen, es gibt kein Problem mit dem Waid, es ist Sonntag und Ihr seid alleine. Ich wollte Euch zu einem Spaziergang auf den Petersberg einladen. Meine Mutter hat hervorragenden Käse gemacht und frisches Brot gebacken. Wie wäre es also mit einer kleinen Zwischenmahlzeit auf der Wiese mit Blick auf die Stadt und den goldenen Teppich der Waidfelder?«

Caterina zögerte. Das war nicht schicklich. Weder dass sie alleine mit einem Mann unterwegs war, noch dass dieser Mann ihr Knecht war. Jost bemerkte ihr Zögern.

»Ich habe von Euren Schwierigkeiten mit dem Waidmeister und der Zunft gehört. Ich hätte da vielleicht eine Idee! Schließlich geht es auch um meine Arbeit.«

Caterina wollte die Geschäfte während Florians Abwesenheit zu dessen Zufriedenheit führen und sich als Italienerin diesem Erfurter gegenüber nicht gar so abweisend zeigen, also sagte sie zu. »Aber nicht so lange. In einer Stunde muss ich zurück sein.«

Jost lächelte erfreut und bot ihr seinen Arm an, den sie freundlich dankend ablehnte.

Nebeneinander nahmen sie den Weg quer über den Marktplatz, durch die Gassen der Severisiedlung und dann den Pfad zwischen den Rebstöcken den Weinberg hinauf. Jost erzählte ihr von einigen lustigen Vorkommnissen und Tölpeleien der Waidknechte, von verschüttetem Urin und von blau-grünen Gesichtern und brachte Caterina damit zum Lachen.

Oben auf dem Petersberg angekommen, zog Jost seinen Umhang aus, legte ihn auf das Gras und bat sie, sich darauf zu setzen. Dann nahm er sein Bündel vom Rücken und zauberte einen Käse, ein duftendes, noch leicht warmes Brot und zwei Tonbecher daraus hervor. Caterina sah dabei unauffällig dem Muskelspiel seiner Arme und Hände zu.

»Soll ich Trauben pflücken gehen und sie über den Bechern ausdrücken?«, schmunzelte sie.

Jost ging nicht auf ihre Neckerei ein, sondern zwinkerte ihr nur geheimnisvoll zu, stand auf und ging zur Pforte des etwa hundert Meter entfernten Benediktinerklosters. Auf sein Klopfen hin öffnete ein Mönch, erkannte ihn, verschwand wieder und kam gleich darauf mit einem Krug zurück. Jost gab ihm etwas, wandte sich um und war nach wenigen Augenblicken wieder bei Caterina.

»Vino Benedictus!«, sagte er theatralisch und goss den Wein aus dem Krug zuerst in ihren, dann in seinen Becher. »Auf Italien!«, sagte er, ließ sich nieder und stieß mit ihr an.

»Auf Italien!«, erwiderte Caterina und fragte sich, was Jost im Schilde führte. »Aber nun sprich. Was hast du für eine Idee?«

Jost setzte ein ernstes Gesicht auf. »Euer Schwiegervater, Gott hab ihn selig, hat mich früher oft mit nach Kirchheim zu einem Waidbauern genommen. Florian müsste ihn auch noch kennen. Lange heißt er. Er besitzt viel Land, das er mit Waid und Getreide in dreijährigem Wechsel bewirtschaftet. Seine Felder liegen genau an der Nürnberger Geleitstraße zwischen Werningsleben und Rockhausen. Dort, südlich von Erfurt, ist die Erde hervorragend. Ich kann mich gut erinnern, dass wir hier bei bewölktem Himmel aufbrachen und hinter der Kuppe bei Rockhausen in strahlenden Sonnenschein hineinfuhren.« Er nahm einen Schluck aus seinem Becher. »Lange verkauft seinen Waid in Arnstadt. Aber früher, wenn der alte Seber mit dem Waid aus dem Thüringer Becken nicht einverstanden war, fuhr er direkt nach Kirchheim und Lange hat ihm sein ganzes Fuhrwerk vollgeladen. Soweit ich weiß, ist Lange ein Schwager von ihm. Mir hat er immer Äpfel aus seinem Obstgarten geschenkt. Sicher kann er sich noch an mich erinnern. Ich würde mit Euch zu ihm fahren.«

Caterina hatte den Ausführungen des Knechts interessiert gelauscht. Von diesem Lange hatte sie noch nie gehört. Aber sie könnte Regine fragen, was es mit ihm auf sich hatte. Andererseits, die Geschichte, die Jost ihr da erzählte, gefiel ihr. Vielleicht würde sie sich diesen Bauern tatsächlich erst einmal mit dem Knecht zusammen anschauen, bevor ihr Regine, aus welchen Gründen auch immer, davon abriet. Nur zu gerne würde sie einen Trumpf im Ärmel haben, den sie gegen die anderen Zunftmitglieder, die ihre Familie zur Gleichmacherei zwangen, ausspielen konnte. Ja, sie wollte es ohne die Schwiegermutter versuchen, denn sie als Italienerin hatte den Sebers das Leben schon genug erschwert.

»Das klingt gut! Fahren wir ihn besuchen. Gleich am Montag in einer Woche. Regine sage ich, dass ich dich gebeten habe, mit mir zu unseren Waidbauern zu fahren, um verschiedene Waideimer zu kaufen. Ich möchte die Waidblätter vergleichen und damit etwas ausprobieren. Was wir übrigens wirklich tun werden!«

Jost strahlte über das ganze Gesicht.

»Auf unsere Fahrt nach Kirchheim!« Caterina hob erneut ihren Becher und stieß mit Jost an. Er gefiel ihr mit seinen blauen Augen, in denen sie hin und wieder den Schalk aufblitzen sah. Seine dunklen, vollen Haare fielen in zwei langen Wellen auf seine breiten Schultern.

Die Kirchenglocken läuteten zur Mittagszeit und sie beeilten sich, den Berg hinunterzukommen, halb gehend, halb hüpfend und unter viel Gelächter. Am Fuß des Petersberges trennten sich ihre Wege und Caterina ging alleine zurück nach Hause, wo Regine mit einem warmen Getreidebrei auf sie wartete. Ihrer Schwiegermutter erzählte sie fast wahrheitsgemäß, dass sie etwas länger in der Kirche gewesen war, sich noch ein wenig unterhalten hätte, dann zufällig den Waidknecht Jost getroffen und ihn gebeten hätte, morgen in einer Woche die Waidbauern mit ihr abzufahren, um eigens für ihre Versuche Waideimer von verschiedener Qualität aufzuladen. Sie wollte etwas ausprobieren, das sie in Italien bei den Waidhändlern gesehen hatte, mehr könne sie jetzt noch nicht verraten.

Regine fand ihren Ehrgeiz sehr löblich und war einverstanden. Sie würde sich am Montag um das Geschäft kümmern.

Wie immer, wenn Florian nicht da war, musste Jost mit den anderen Knechten für den Aufbau und die Belieferung des Marktstandes sorgen. Regine ließ ihre Schneiderei ruhen und beaufsichtigte zusammen mit Caterina den Stand. Sie verkauften gut, denn jeder kam gerne zu den beiden netten und kenntnisreichen Frauen, bei denen es stets etwas zu knabbern oder einen Schluck Wein zu einem guten Fachgespräch gab, von der guten Geschmacksberatung ganz zu schweigen. Mit den Farbkombinationen der Sebers ließ sich immer ein Überraschungseffekt erzielen.

Es ärgerte die anderen Waidhändler, dass sich die überwiegend männliche Käuferschaft so umgarnen ließ und »die weibliche Geschwätzigkeit ihrem männlichen Sachverstand vorzog«. Caterina und Regine ließen sich von dem Getuschel jedoch nicht beirren und steckten mit ihrer Fröhlichkeit immer weitere Kunden an.

Jost, der wie Florian zwischen dem Marktstand und dem Waidspeicher hin und her pendelte, und Caterina tauschten ab und zu vielsagende Blicke aus. Beide waren seit ihrem Gespräch auf dem Petersberg besonders gut gelaunt.

Am Montag spannte Jost ein Lastpferd vor einen kleinen Wagen, auf dessen Kutschbock Caterina und er Platz nahmen. Regine reichte Caterina ein Bündel mit Proviant hinauf und wünschte ihr einen erfolgreichen Tag.

Jost und Caterina gaben sich distanziert, setzten sich an das jeweils äußerste Ende der Kutschbank und guckten ernsthaft. Erst als sie das Löbertor durchfahren hatten und der Wagen auf dem unebenen Weg Richtung Süden hin und her schaukelte, rutschten sie beide in die Mitte und lachten gemeinsam auf, wenn sie bei dem Ruckeln der Kutsche aneinanderstießen oder auf ihrem Sitz in die Höhe hüpften.

Jost pfiff eine fröhliche Melodie, die Vögel zwitscherten, die Bienen summten, die Sonne kam heraus und es roch herrlich klar und frisch hier in der Natur. Ganz anders als innerhalb der Stadtmauern, wo jeder Unrat vor die Türen gekippt wurde und man stets Gefahr lief, in einen Kothaufen zu treten.

Sie machten eine kurze Rast an der Wipfra, die durch Rockhausen nach Kirchheim floss, und kühlten ihre Füße im Wasser des Flüsschens. Jost fing einen kleinen Frosch, den er Caterina zeigte, bevor er ihn wieder davonhüpfen ließ, dann suchte er sich einen breiten Grashalm, legte ihn der Länge nach zwischen seine beiden Handballen und Daumen und blies darauf ein kleines Lied. Dann band er das Pferd wieder vom Baum, sie stiegen auf den Kutschbock und es ging eine knappe halbe Stunde weiter, bis sie die Wegkirche St. Lorenz in Kirchheim erreichten. Immer wieder begegneten ihnen Händler und Reisende, die sie freundlich grüßten. In der Lorenzkirche läuteten gerade die Glocken zum Ende der Morgenandacht.

»Das ist eine gute Zeit. Jetzt wird der Bauer sicher anzutreffen sein«, meinte Jost.

Lange hatte sein Anwesen direkt an der großen Straße. Die Familie bot Ausspanndienste für diejenigen an, die Erfurt vor Einbruch der Dunkelheit nicht mehr erreichen konnten. Frau Lange und ihre Töchter kümmerten sich um die Übernachtungsgäste. Bauer Lange war für die Felder und den Marktstand in Arnstadt zuständig. Jeden Dienstag und Freitag war Waidmarkt auf dem großen Platz vor dem Arnstädter Rathaus. Montags war Lange zu Hause in Kirchheim, dann wurde geerntet, mittwochs hatte er den ganzen Tag die Werningslebener Waidmühle zum Mahlen gemietet und donnerstags formten Mägde und deren Kinder die Ballen aus dem Waidbrei.

Als sie seinen Hof erreichten, erkannte Jost den Bauern, der gerade in seinen Pferdestall ging, sofort. »Meister Lange!«, rief er.

Der drehte sich verwundert um, schaute und kam dann näher.

Jost stieg von der Kutsche ab und hielt das Pferd am Geschirr fest. »Ich bin Jost, Waidknecht bei den Sebers in Erfurt. Vielleicht erinnert Ihr Euch an mich.« Er zog seine Kappe vom Kopf und deutete eine Verbeugung an.

»Ja, natürlich! Vor der großen Pest habe ich dich und deinen Herrn das letzte Mal gesehen. Walter Seber. Wie geht es meinem Schwager? Wir haben uns seither lieber von der Stadt ferngehalten und er hat sich gar nicht mehr gemeldet«, sagte der alte Herr.

»Mein Herr ist an der Pest gestorben. Sein Sohn Florian hat jetzt das Waidgeschäft inne, er ist viel in Italien unterwegs. Eine hübsche Frau hat er sich von dort mitgebracht.« Jost deutete zu Caterina, die jetzt ebenfalls von der Kutsche stieg.

»Guten Tag, ich bin Caterina Seber«, stellte sie sich vor. »Während Florian in Italien nach guten Farben und Stoffen sucht, suche ich den besten Waid der Umgebung. Ich habe gehört, den gäbe es bei Euch! Jost hat von Euch geschwärmt, und von Euren Äpfeln.« Caterina lachte.

Lange erinnerte sich und nickte ebenfalls lachend.

»Ich weiß auch von den Geschäften, die Ihr und mein Schwiegervater miteinander gemacht habt. Vielleicht kann man diese alten Geschäftsbeziehungen wieder aufleben lassen?«

Lange war sofort auf der Hut. »Aber Ihr kennt doch bestimmt die neuen Waidverordnungen. Denen zufolge dürfen die Erfurter Händler keinen Waid aus Kirchheim kaufen.«

Caterina winkte ab. »Ach, die Waidverordnungen. Die nützen doch nur denen, die sie machen!«

Lange schaute sie durchdringlich an. Konnte man ihr vertrauen? Wer sich nicht an die Verordnungen hielt, hatte mit harten Strafen zu rechnen. Aber sie hatte den Nagel auf den Kopf getroffen: Die Vorschriften waren für die, die sich noch mehr in die eigene Tasche wirtschaften wollten. Sein Geschäft litt empfindlich darunter, dass er den Erfurter Markt nicht beliefern durfte. Und Caterina war ihm sympathisch. »Warum nicht? Kommt erst einmal rein in die gute Stube.« Während sie über den Hof gingen rief er laut: »Stallbursche! Schirr das Pferd meiner Gäste aus und gib ihm eine ordentliche Portion Futter!«

Sie gingen durch ein geräumiges Treppenhaus, über eine breite Treppe in den oberen Stock und dort in eine Bohlenstube, deren gesamte Holzvertäfelung an den Wänden und an der Decke bunt bemalt war mit Bildern der Feldarbeiten der verschiedenen Jahreszeiten.

»Setzt Euch und erzählt!« Lange stellte einen Krug Bier mit drei Bechern auf den Tisch und Caterina, ergänzt durch fachliche Einwürfe Josts, berichtete, wie die Zunftmeister der Waidhändler Erfurts Florian aufgefordert hatten, nur noch Waid von Erfurter Bauern zu kaufen und außer der daraus gewonnen Farbe nichts aus eigener Herstellung anzubieten. Das bedeutete allerdings, dass sie sich nicht mehr von den anderen abheben könnten, ja, sogar ins Hintertreffen gerieten, da die anderen längst die besten Ernten für sich reserviert hätten. Und bei einer so geringen Ausbeute wie in diesem Jahr, bliebe ihnen nur noch die zweite Wahl.

Lange nickte dazu. Er konnte sich nur zu genau vorstellen, wie das ablief.

Deshalb erzählte Caterina nun, dass die Waidjunkerfrauen sie schnitten und Florian darunter leiden ließen, weil er sie, eine Italienerin, mit nach Erfurt gebracht hatte, statt eine von ihren langweiligen Töchtern zur Frau zu nehmen. Zum Schluss kam sie zurück auf das Geschäft.

»Gerne würde ich mir Euren Waid anschauen. Wenn mich die Qualität zufriedenstellt, würde ich mich freuen, wenn Ihr mich beliefern würdet.«

Lange zeigte sich einverstanden. Er hasste Hochmut und es war ihm geradezu eine Freude, mit dieser hübschen Südländerin einen geheimen Pakt zu schließen. Er würde seine Beziehungen nutzen, um seine Ernte in Erfurt anzumelden. Caterina wäre dann die Erste an seinem Wagen und er würde ihr alles verkauft haben, bevor der Nächste überhaupt bei ihm vorstellig wurde.

Zum Schluss zog Jost ein dünnes, kurzes Seil hervor, dass zu einem Kreis geknotet war, und gab es dem Bauern. »Hier, das Waidmaß für die Größe der auf dem Erfurter Markt angebotenen Ballen. Ich bin heute früh extra nochmal in den Hof des Rathauses gegangen, wo der geschmiedete Waidring als Vorlage für jedermann hängt. Danach habe ich das Seil gebunden. Ihr wisst, dass die Waidschauer mit Strenge walten!«

Lange versprach, das Maß einzuhalten. Darauf tranken sie und dann machten sich Caterina und Jost auf den Heimweg, nicht ohne dass Lange Jost noch einen kleinen Sack Äpfel geschenkt hatte.

Auf dem Rückweg hielten sie tatsächlich bei einigen Waidbauern, die sie kannten, benahmen sich standesgemäß wie Herrin und Knecht und kauften verschiedene Waidkübel, die Caterina miteinander vergleichen wollte. Am späten Nachmittag waren sie zurück.

Die Wochen vergingen. Caterina probierte verschiedene Möglichkeiten aus, den getrockneten Blättern das Blau zu entziehen, das sie aus ihrer Heimat kannte. Sie kam jedoch zu keinem befriedigenden Resultat.

Jost hielt sich so oft wie möglich in ihrer Gegenwart auf und kommentierte die Ergebnisse. Sie verstanden sich gut und fuhren sogar gemeinsam auf den Erfurter Markt, um, wie verabredet, die erste Waidlieferung aus Kirchheim aufzukaufen. Caterina legte aber immer Wert darauf, eine schickliche Distanz zu Jost zu wahren.

Unterdessen wurde sie nämlich immer runder. Sie dachte viel an ihr zukünftiges Kind und dessen Vater. Dann freute sie sich auf Florians Rückkehr und seine Berichte aus ihrer Heimat.

Im August schenkten sie das letzte Mal aus. Caterina zog zufrieden Bilanz: Der Biergarten hatte für ausreichend Urin gesorgt und der Bierrufer des Viertels Mariä und Andreas war von ihrer Schlunze sehr angetan gewesen. Er war täglich zur persönlichen Verkostung gekommen, wobei er immer darauf bestand, dass Caterina ihm Gesellschaft leistete. Traf er danach seinen Kollegen vom Mercatorum- und Viti-Viertel, schwärmte er stets von der schönsten Biereigenbraut, die er je gesehen hatte, und wünschte lautstark, zu gerne einmal ihr Fass anzustechen, worauf alle in lautes Gelächter ausbrachen.

3

HERBST 1630 BIS FRÜHJAHR 1631

Ende August, als sich die ersten Blätter langsam bunt färbten, die
Sonne aber noch warm vom Himmel schien, erreichte Florian
kurz vor Toresschluss die Stadt. Er war braun gebrannt, seine blon-
den Haare fielen ihm länger auf die Schulter als sonst und das
Grün seiner Augen leuchtete. Das Wichtigste jedoch, er hatte einen
voll beladenen Wagen. Darunter waren so wertvolle Waren wie
Seide aus China, die er in Venedig gekauft hatte, Brokat und Samt
aus Florenz sowie Purpur aus Genua. Den Rest der Ladung machten kleine Mengen anderer Farbpigmente und -pulver aus, die er
in Urbino erstanden hatte. Sein Schwiegervater hatte ihn dorthin
begleitet und beim Kauf beraten. Auf dem Weg von Genua quer
durch Oberitalien in die quirlige Stadt in der Region Marken hatte
er ihn zahlreichen Tuchmachern und Färbern vorgestellt. Diese
Kontakte würden sich in den nächsten Jahren auszahlen.

Wie immer in Italien hatte Florian alles Neuartige gierig in sich
aufgesogen. Es bereitete ihm große Freude, täglich etwas Neues
kennen zu lernen und er hatte sich geschworen, ganz nach Italien
zu gehen, würden die Nafzers und Zieglers und wie sie alle hießen,
ihm das Leben zu schwer machen. Der Gedanke war ihm das erste
Mal in den Sinn gekommen, als er in Genua am Meer saß und die
Weite des Blickes, das Rauschen der Wellen und den Geruch des
Salzwassers genossen hatte.

Da es keine protestantischen Gottesdienste gab, war er sogar
in die italienischen Kirchen gegangen. Latein war Latein und das
hatte er in der Lateinschule gelernt.

Jetzt freute er sich auf sein Zuhause, auf Caterina vor allen Dingen, und auf die Auslieferung der Bestellungen und das Klingeln der Münzen in seinem Geldbeutel. Er fragte sich, ob in seiner Abwesenheit alles gut gegangen war.

Als er sein Haus erreichte waren die Fensterläden noch geöffnet, um die kühlere Abendluft und etwas Licht hineinzulassen. Es sah alles völlig normal aus.

Florian fuhr durch die Toreinfahrt direkt vor den Waidspeicher, wo Jost mit einem anderen Waidknecht Waidballen in Eimer füllte, die dann an dem Flaschenzug zum Dach hinaufgezogen und vom nächsten Waidknecht auf dem Holzboden entleert wurden. Solange es noch hell war und die Waidernte den Markt mit immer neuen Lieferungen versorgte, war viel Knochenarbeit nötig, bis das wertvolle Pulver verkaufsfertig war.

Als er den heranrumpelnden Wagen hörte, schaute Jost auf und ging sofort auf Florian zu, um ihn zu begrüßen und ihm das Pferd abzunehmen.

»Florian, Ihr seid zurück! Heil und unversehrt, Gott sei es gedankt. Und der Wagen ist hoch beladen. Ich werde mich aber am besten erst einmal um das Pferd kümmern.«

»Sei gegrüßt, Jost! Ja, das Pferd ist erschöpft und benötigt Ruhe. Es hat brav die schwere Fuhre bis nach Hause gezogen. Aber sag, gab es irgendwelche besonderen Vorkommnisse während meiner Abwesenheit?«

»Nein … außer, dass wir einen alten Waidbauern Eures Vaters als Lieferanten gewinnen konnten. Florian, sieh mal …«, Jost korrigierte sich, »… seht mal! Das ist Qualität!« Dabei hielt er seinem Herrn einen handgroßen Waidballen hin. Florian nahm den Ballen, zerbröselte etwas davon und begutachtete dabei die Blätter.

»Die Blattstruktur ist gut. Es sind große, dunkle und kräftige Blätter. Aber von wem stammt dieser Waid? Wer ist dieser alte Bauer und wie seid ihr auf ihn gekommen? Und wer ist überhaupt ›wir‹«?«, wollte Florian wissen.

»Oh, das wird Caterina, ich meine Eure Frau, Euch sicher selber erzählen wollen.«

Als hätte sie nur auf ihr Stichwort gewartet, erschien Caterina im Hof. Sie trug eine Holzschale mit einer kleinen Stärkung im Arm, die für die Waidknechte gedacht war. Beim Anblick von Florian stellte sie die Schale rasch ab und lief ihrem Mann in die geöffneten Arme. Ungeachtet dessen, was die Knechte über sie denken mochten, hielten sie sich umschlungen und sogen den vertrauten Geruch des anderen ein. Dann schob Florian Caterina etwas von sich, um sie von oben bis unten zu betrachten.

»Ich dachte schon, meine Arme wären kürzer geworden, aber es ist dein Bauch, der so dick ist, dass ich dich kaum noch richtig umarmen kann.«

»Ja, da wächst ein kräftiges Kind heran. Es kommt wohl ganz nach seinem Vater«, spann Caterina den Scherz weiter.

Sie lachten beide.

»Komm, gehen wir rein«, sagte Caterina schließlich. Zu Jost gewandt erklärte sie: »Eine kleine Mahlzeit für euch steht dort drüben. Abladen tun wir alle gemeinsam, wenn die Ballen auf dem Speicher sind. Ich will höchstpersönlich sehen, was mein Liebster aus dem schönsten aller Länder mitgebracht hat.«

Damit drehte sie sich wieder zu Florian um, lachte ihn glücklich an und zog ihn ins Haus hinein. Dort musste er Caterina und seiner Mutter ausführlich von seiner Reise erzählen und die beiden Frauen berichteten ihm vom Sommergeschäft in Erfurt. Da das Seber'sche Geschäft gut dastand und auch der Nachschub gesichert war, waren die Erzählungen von vielen heiteren Anekdoten und Gelächter begleitet.

Jost verrichtete seine Arbeit hingegen etwas lustloser als zuvor. Durch die Rückkehr seines Herrn war sein Rat nun nicht mehr nötig und sein Umgang mit Caterina wieder auf das Verhältnis zwischen Herrin und Knecht beschränkt.

Im September wurde die letzte Ernte des Herbstes auf dem Erfurter Waidmarkt angeboten. Danach wurde es auf dem Marktplatz ruhiger. Es kamen weniger Fuhrwerke. Die Waidjunker, Färber, Tuchmacher und Schneider arbeiteten wieder überwiegend in ihren Werkstätten und jeder versuchte, noch so viel wie möglich zu verdienen, um für den bevorstehenden Winter genug Holz in den Verschlägen und genug Essensvorräte in den Gewölbekellern einlagern zu können.

Nach seiner Rückkehr nahm Florian auch wieder an den Zunfttreffen teil. Bei den letzten Zusammenkünften hatte niemand mehr etwas an seinen Geschäften zu bemängeln gehabt. Trotzdem fühlte er sich als Außenseiter, was er aber auf seine lange Abwesenheit aufgrund der Handelsreise schob. Während er unter der italienischen Sonne über Preise und Lieferungen verhandelt und neue Produkte begutachtet hatte, sahen sich die Herren Nafzer, Ziegler, Milwitz und all die anderen fast täglich, besprachen ihre Geschäfte, tranken und aßen zusammen. Ihre Frauen tauschten regelmäßig auch die klitzekleinsten Neuigkeiten aus, disputierten die neuesten Kochrezepte, Kleiderschnitte und das Benehmen ihrer Kinder.

Florian wusste, dass dieses endlose Palavern nichts für Caterina war, ebenso wenig wie für ihn, und so konzentrierte er sich auf die Dinge, die ihn, seine Familie und seine Freunde betrafen.

Zu seinen Freunden zählte er die von Denstedts. Der alte Denstedt, Heinrich, war ein Freund seines Vaters gewesen, er hatte sich nach dessen Tod rührend um Regine gekümmert. Heinrich war einst Ratsherr gewesen, so wie sein Sohn Ferdinand heute, der eine Frau aus Frankreich geheiratet hatte. Ferdinand und seine Frau Malou fühlten sich den Sebers sehr verbunden. Alle vier wussten ein Lied davon zu singen, wie schwierig das Leben als und mit einer Ausländerin in Erfurt zuweilen zu bewältigen war.

Einige der Goldschmiede waren ebenfalls gut mit Florian befreundet. Schon seit Generationen hatten die Sebers mit ihnen an gemeinsamen Aufträgen gearbeitet. Der Waidjunker lieferte Stoff für Gürtel und Gewänder, die dann aufwendig mit Goldapplikationen verziert wurden.

Nicht zuletzt verstand sich Florian sehr gut mit einigen der Gelehrten an der Erfurter Universität. Er hatte des Öfteren mit ihnen zu tun, weil er auf Bestellung Bücher aus Italien mitbrachte.

Wenn er die Bücher dann auslieferte, fragten ihn die Professoren gerne nach seinen Erlebnissen und Beobachtungen in Italien. Florian stellte sich dann immer wieder als guter Beobachter heraus, der nicht nur klug, sondern auch unterhaltsam berichten konnte, was er gesehen und erlebt hatte. Es machte ihm Freude, sich über Dinge auszutauschen, die nicht direkt vor der Haustür lagen, sondern andere Länder, andere Sitten, neue Erkenntnisse und unglaubliche Ereignisse betrafen.

Einmal im Monat lud er schließlich andere Fernhändler zu sich nach Hause ein, Caterina tischte ein leckeres Mahl auf und er diskutierte mit ihnen die halbe Nacht über Gott und die Welt.

Florian war mehr als froh, in Caterina eine Frau gefunden zu haben, mit der er, bevor sie abends die Augen schlossen, über alles, was ihn beschäftigte, sprechen konnte. Nicht nur, dass sie ihn in Haus und Hof in jeder Hinsicht unterstützte, wie es einer Ehefrau geziemte, sie hatte auch einen sehr guten Sinn für das Geschäft und gab ihm so manchen klugen Rat. Auch ihr war es zu verdanken, dass die Geschäfte so gut liefen. Nach seiner Italienreise hatte es sich zudem schnell herumgesprochen, dass Florian abermals zu deren vollster Zufriedenheit Stoff an die Herzöge geliefert hatte. Wer etwas auf sich hielt, wollte nun ebenfalls das italienische Tuch der Sebers, ihr Waidpulver oder eine der anderen Farben erstehen.

Ihre nächtlichen Unterhaltungen waren oft so temperamentvoll, dass Florian und Caterina sich zum Schluss liebten und erschöpft und glücklich miteinander einschliefen. Langsam musste er allerdings etwas Rücksicht nehmen, denn ihr Bauch wuchs und wuchs. Hin und wieder durfte er seine Hand darauf legen und fühlen, wie sich das kleine Wesen darin bewegte.

Es wurde Winter und Weihnachten stand vor der Tür. Diesmal wollten Regine, ihr Sohn und seine Frau nicht getrennt die Weihnachtsmessen besuchen. Sie einigten sich auf einen gemeinsamen Weihnachtsgottesdienstbesuch in der Predigerkirche um sechs, danach wollten sie essen und beisammensitzen und um Mitternacht würden sie zu dritt zur Mette in den Dom gehen.

In der protestantischen Predigerkirche spielte Johann Bach die Orgel. Die Mehrheit der Ratsherren war zugegen, ebenso die Hälfte der Universitätsgelehrten. Caterina bemerkte, dass sich einige mit dem Ellenbogen anstießen und dann zu ihr herüberschauten. Es hatte sich herumgesprochen, dass sie dem katholischen Glauben treu geblieben war. Hatte sie ihre Meinung nun etwa geändert? Sie schaute so freundlich und liebreizend, wie sie nur konnte, hakte sich bei ihrem Mann unter und feierte den Weihnachtsgottesdienst. Sie hatte sich den Ablauf zuvor genau erklären lassen, trotzdem fühlte sie sich unsicher.

Jost saß neben seiner Mutter ein paar Reihen hinter den Sebers. Als er Caterina vorübergehen sah und ihren unsicheren Blick bemerkte, lächelte er ihr aufmunternd zu. Florian wurde auf dem Weg zu ihren Plätzen immer wieder begrüßt und angesprochen, er bekam deshalb nichts von dieser vertrauten Geste mit. Schließlich schlüpften die Sebers in ihre Reihe. Ihre Plätze waren genau neben denen der Denstedts. Nach einem Gebet im Stehen zu Beginn nahmen sie auf den Bänken Platz.

Nach dem Schlusssegen erhoben sich alle und verließen das Gotteshaus, das einst den Dominikanern gehört hatte. Wie üblich standen die Gottesdienstbesucher noch eine Weile in Grüppchen auf dem Platz zwischen der Prediger und der Paulskirche beisammen.

»Die Predigt über die einst verbotenen Lehren Meister Eckhardts hat mir gut gefallen«, hörte Caterina jemanden sagen.

»Ja, genau, ich spüre auch, wie Gott mir zuhört, wenn ich bete. Wer braucht da schon den Papst?«

Caterina fragte sich, wie Gott das wohl bewerkstelligte, immer allen zuzuhören. Sie hielt sich lieber an einen der Heiligen, um ihre Bitten vorzubringen.

»Genießen wir heute jede einzelne Sekunde. Schenken wir unseren Familien Aufmerksamkeit und erinnern wir uns an das Wichtigste: die Liebe zum Nächsten!«

Und das aus Nafzers Mund, dachte sich Caterina. Aber sie kannte den Ausspruch Eckhardts: Die wichtigste Stunde ist immer die Gegenwart, der bedeutendste Mensch der, der dir gerade gegenüber sitzt, und das notwendigste Werk ist immer die Liebe. Sie ging also kurzentschlossen auf Familie Nafzer zu und wünschte allen, auch der jetzt nervös schauenden Alena, ein gesegnetes Weihnachtsfest, lobte die hervorragende Predigt des Pfarrers und kündigte an, künftig nun öfter in die Ratskirche zu kommen. Im Gegenzug lud sie Jakob ein, doch einmal an der wirklich stimmungsvollen Mitternachtsmesse im Dom teilzunehmen. Dabei schenkte sie ihm ein strahlendes Lächeln. Florian hatte sich gerade zu ihnen gestellt und ergänzte, man könnte im Anschluss an die Messe noch einen warmen Gewürzwein bei ihnen trinken. Jakob schien die Idee zu gefallen, doch Alena konnte ihren Ärger kaum noch zügeln. Sie zupfte ihren Mann so heftig am Wams, dass ihm nichts anderes übrig blieb, als den Sebers einen guten Nachhauseweg zu wünschen.

Caterina und Florian warteten noch ein paar Minuten auf Regine, die sich mit Heinrich von Denstedt unterhielt. Zu dritt gingen sie mit einer kleinen Laterne in der Hand über die leicht verschneite Straße am Friedhof mit der Magdalenenkapelle vorbei zu ihrem Hof.

Dort briet bereits die Gans im Ofen und ihr Duft zog durch das ganze Haus, als sie ihre Umhänge an die Haken hängten. Voller Vorfreude trafen sie die letzten Vorbereitungen für das Weihnachtsmahl und ließen sich schließlich gemeinsam am Tisch nieder.

Sie hatten noch nicht lange gegessen, als Caterina ein leichtes Ziehen in der Unterbauchgegend verspürte. Sie schob es auf das üppige Mahl und wollte sich eigentlich nichts anmerken lassen. Regine jedoch entging das kurze schmerzhafte Verziehen ihres Gesichtes nicht. Sie mahnte ihre Schwiegertochter, dass dies vielleicht schon ein Hinweis auf die anstehende Geburt wäre, und schlug vor, die Hebamme aus der Breiten Straße zu benachrichtigen, aber Caterina winkte ab. Es würde schon gehen.

Sie saßen bis kurz vor Mitternacht zusammen. Das Ziehen trat nun in regelmäßigen, aber großen Abständen auf und Regine hatte Caterina einen warmen Wickel um den Bauch gelegt. Ja, sie wollte zur Messe gehen, aber bitte in Begleitung ihrer Familie.

Die drei zogen sich warm an und machten sich auf den Weg über den Platz vor den Graden, die siebzig Stufen hinauf, in den mit Öllampen und Kerzen erhellten Dom. Die Stimmung war sehr feierlich. Bevor sie in den hohen Chor abbogen, schaute Caterina auf das große Wandgemälde, das den heiligen Christophorus beim Überqueren eines mit Dämonen besetzten Flusses zeigte. Er trug dabei ein kleines Kind, das Jesuskind, auf den Schultern. Sie bat ihn in Gedanken um Beistand. Dann stellten sie sich in die Nähe der Reliquie der heiligen Elisabeth. Es wurde Weihrauch geschwenkt, man kniete nieder, stand wieder auf und wiederholte lateinische Gebetspassagen.

Caterina fiel der Wechsel von Knien und Aufstehen zusehends schwerer. Die Krämpfe im Bauch wurden immer heftiger, die Abstände dazwischen immer kürzer. Irgendwann flüsterte sie Regine zu, der Hebamme, die unweit vor ihnen kniete, Bescheid zu sagen. Vielleicht wäre es doch besser, den Dom zu verlassen.

Anne hieß die Hebamme. Sie wohnte in der Breiten Straße und kaufte hin und wieder eine Kleinigkeit bei den Sebers ein. Dabei unterhielt sie sich mit Caterina über Pflanzen und deren Verwendung als Heilkräuter, etwas, das die Italienerin ebenfalls sehr interessierte.

Ohne viel Aufhebens verließen sie den Dom während des Abendmahls. Caterina musste die Treppe hinunter gestützt werden und nur mit Mühe und Not schafften Regine und Anne es, sie zu Hause ins Bett zu legen, warmes Wasser zuzubereiten und Tücher auszulegen, bevor sich der kleine Kopf durch die enge Öffnung nach draußen kämpfte. Caterina keuchte vor Schmerzen, hechelte, unterdrückte den Drang zu pressen, solange Anne sie dazu aufforderte, und gehorchte auch sonst, so gut es ging, den Anweisungen der Hebamme. Endlich hielt sie erschöpft das kleine, blutverschmierte und schreiende Bündel Mensch in ihren Armen. Es war ein Mädchen, komplett und perfekt.

Caterina merkte in ihrer Freude nicht, wie Anne auf ihrem Bauch herumdrückte, um alles aus ihr herauszubekommen, damit das Bluten endlich ein Ende hätte. Sie schaffte es erst nach längerer Zeit. Anne war besorgt, denn Caterina war ungewöhnlich blass und geschwächt. Sie bat Regine, eingemachte Sauerkirschen, rote Beete und Blutwurst in ihren Vorräten zu suchen. Diese roten Lebensmittel sollte Caterina so lange verzehren, bis sie wieder an Farbe gewänne.

Als der nächste Morgen anbrach, war Caterina immer noch zu schwach, um aufzustehen. Florian wollte seine Tochter trotzdem so rasch wie möglich taufen, damit das Kind seinen Bund mit Gott schloss. Also kleidete Regine die Kleine in das traditionelle Taufkleidchen der Familie Seber und wickelte es gegen die Kälte warm ein. Während des Frühgottesdienstes in der Predigerkirche wurde Caterinas Tochter ohne ihre Anwesenheit auf den Namen Margareta getauft.

Die Nachricht von der Geburt der neuen Erdenbürgerin in der Weihnachtsnacht sprach sich schnell herum und jeder, der die Familie kannte, brachte der jungen Mutter rote Speisen und Traubenmost zur schnellen Genesung vorbei. Nach zehn Tagen war Caterina endlich wieder bei Kräften und konnte sich selbst der Pflege ihrer kleinen Tochter Margareta annehmen. Bis dahin hatten sich Großmutter und Vater liebevoll um den Säugling gekümmert.

Auch Anne war täglich vorbeigekommen, um das kleine Wesen in Augenschein zu nehmen und nach der Mutter zu sehen. Als sie alles zu ihrer Zufriedenheit vorfand, hatte das neue Jahr begonnen und Florian übergab einem Boten eine Nachricht für seine Schwiegereltern, in der er stolz die Geburt bekanntgab und berichtete, dass Mutter und Kind wohlauf waren.

Der restliche Winter verlief kurzweilig im Haus Seber. Margareta war ein fröhliches Kind, das mit seinem Lachen jeden ansteckte, der in seine Nähe kam. Catarina und Regine wechselten sich bei der Pflege ab und Florian sah als Familienoberhaupt stolz dabei zu, wie seine kleine Tochter gedieh.

Ende März erwachte das Leben in den Straßen und auf den Plätzen der Stadt. Und kaum waren die Fernwege wieder passierbar, kamen weit gereiste Händler in die Stadtmauern. Sie brachten wie jedes Jahr Nachrichten aus der weiten Welt mit, die von den Erfurtern begierig aufgenommen wurden. Dieses Jahr verbreiteten sie allerdings die Kunde, dass sich die schwedischen Truppen langsam aber unaufhaltsam in Richtung Erfurt bewegten.

Die Menschen in und um Erfurt waren angesichts des drohenden Truppeneinfalls sehr beunruhigt. Man erinnerte sich noch gut daran, als der Krieg vor vier Jahren das letzte Mal in der Region gewütet hatte. Dabei hatte die Stadt zweimal ein Schutzpatent erworben, um keine kaiserlichen Truppen verpflegen zu müssen. Es hatte nichts genützt. Auch wenn die Stadt selbst verschont geblieben war, die Bauern im Umland waren ausgeplündert und misshandelt worden, nicht wenige waren sogar getötet worden.

Und nun war die gegnerische Seite im Anmarsch. Wann würden die Schweden eintreffen? Was hatten sie vor? Würden sie die Bevölkerung auspressen?

Die Waidbauern hatten wie üblich die Waidsamen ausgesät. Die ersten zarten Blattrosetten sprossen bereits auf den Feldern. Die Waidjunker wogen und füllten das Waidpulver der vergangenen Ernte ab und die Tuchmacher und Weber verkauften, was sie in den Wintermonaten angefertigt hatten. Alle versuchten, das alltägliche Leben so lange wie möglich aufrecht zu erhalten.

Florian erklärte, dass er unter den gegebenen Umständen auf seine diesjährige Italienreise verzichten würde. Er wollte bei Caterina und seiner Tochter, die sich weiterhin gut entwickelte, bleiben und

Haus und Hof beschützen. Der Verzicht auf den Nachschub aus Italien bedeutete ein Risiko für sein Geschäft. Er tröstete sich damit, dass die vier bedeutendsten Waidjunker noch nie auf Handelsreise gegangen waren und dennoch gut dastanden. Er fragte sich, mit welchen Menschen er zu tun bekommen würde, wenn er im Sommer da blieb.

Jost nahm Florians Entschluss nicht allzu begeistert auf. Es hatte ihm gefallen, Caterina im letzten Jahr eine Hilfe zu sein und mehr Verantwortung zu übernehmen. Er sprach seit Florians Rückkehr wenig mit seiner Herrin, die seit Weihnachten ohnehin nur noch Augen für ihre Kleine und ihren Mann hatte.

Die Frauen der anderen Waidjunker waren hingegen zufrieden damit, dass Florian in der Stadt blieb. Beschäftigt mit ihrem Kind und unter den Argusaugen ihres Mannes stellte die hübsche Italienerin keine Gefahr für ihre Männer dar. Das entspannte die Atmosphäre deutlich, wenn man sich in der Stadt über den Weg lief.

4

SOMMER 1631 BIS FRÜHJAHR 1632

Die schwedischen Truppen hatten im Sommer in den umliegenden Dörfern Quartier genommen und hielten die Stadt Erfurt besetzt. Die zweite Waidernte fiel aufgrund der Verwüstungen, die sie auf den Feldern verursachten, sehr spärlich aus, von einer dritten oder gar vierten Ernte ganz zu schweigen. Es zeichnete sich ein schweres Jahr für das Waidgeschäft ab. Hinzu kam, dass die Bevölkerung zur Versorgung der Truppen verpflichtet war. Fast jedes Haus musste Soldaten bei sich aufnehmen. Auch Lange in Kirchheim musste einige Schweden einquartieren.

Ende September wurden die schwedischen und finnischen Garnisonen plötzlich nervös, denn es verbreitete sich die Nachricht, dass ihr König und Anführer Gustav Adolf II. höchstpersönlich in den nächsten Tagen in die Erfurter Gegend kommen und sich vom guten Zustand seines Militärs überzeugen würde. Er hatte kurz zuvor eine Schlacht bei Breitenfeld gewonnen. Die Heeresführer beraumten noch mehr Übungen als sonst an, die Bauern mussten mehr Nahrung zur Verfügung stellen, damit die Männer bei Kräften blieben, und die Handwerker, wie Schmiede und Schneider, wurden gezwungen, ohne Entlohnung für ordentliche Uniformen, gut behufte Pferde und intakte Waffen zu sorgen.

Auf allen Marktplätzen hatte sich die Anzahl der Stände reduziert. Die Fernhändler mieden Erfurt. Niemand hatte mehr viel zu verkaufen, man ging an seine Reserven.

Auch das Nebeneinander von Katholischen und Protestantischen in der Stadt, das der protestantische Rat und der Mainzer

Erzbischof ausgehandelt hatten, drohte zu zerbrechen, jetzt wo der Krieg so unmittelbar vor die Tore gerückt war.

Im Hause Seber musste der Religionszwist weiterhin vor der Tür bleiben. Florian und Regine respektierten Caterinas Religion und alle zusammen versuchten sie, Vorurteilen und Anfeindungen zu begegnen. So oft es ging vermittelten sie zwischen den Fronten und versuchten, die Menschen auf die gemeinsamen Grundlagen des Glaubens zu verweisen.

Margareta versprühte nach wie vor so viel Lebensfreude und Neugier, dass für die Sebers jeder Tag ein Tag neuer Eindrücke war. Caterina kam das reduzierte Geschäft sehr entgegen, obwohl sie das nicht laut aussprechen würde, aber so hatte sie viel Zeit für sich und ihre Familie.

Ihre Figur war wieder ganz die alte und sie spürte das gesteigerte Verlangen Florians. Ihre Schwiegermutter hatte ihr zwei wunderschöne Kleider genäht, die sie nun, da sie wieder hineinpasste, so oft wie möglich trug, auch wenn sie eigentlich viel zu fein für den Markt waren. Außerdem fing sie sich damit erneut zunehmend die neidischen Blicke der anderen Waidjunkerfrauen ein, die sie jedoch ignorierte.

Auf eifersüchtige Distanz gingen auch die Waidhändler, als Herzog Wilhelm und seine Brüder abermals bei Florian Seber ihre Bestellungen aufgaben und er sich Ende September entschloss, doch nach Italien zu reisen, um sein Sortiment aufzubessern. Er benötigte dringend Nachschub für seinen Handel und wusste sich schließlich keinen anderen Rat, als doch die Reise zu wagen. Andernfalls wäre er Ende des Jahres ruiniert gewesen. Ihm war klar, dass es ein enormes Risiko war, Haus und Hof in Zeiten des Krieges allein zu lassen, zumal so kurz vor dem Winter. Und seitdem die Fernhändler nicht mehr oft kamen, hatte er keine Nachricht davon, wie es im Rest des Landes aussah oder ob die Straßen überhaupt passierbar waren. Vielleicht warteten marodierende

Truppen oder gar Diebsgesindel nur darauf, ehrbare Händler auszurauben.

Nachdem er seinen Entschluss verkündet hatte, umwarben ihn zahlreiche Interessenten an italienischen Waren. Für viele war die vage Hoffnung auf Nachschub besser als untätig auf den eigenen Untergang zu warten. Er konnte allerdings niemandem feste Zusagen machen. Gänzlich unerträglich wurde es für Florian jedoch, als das Gerücht umging, dass der schwedische König von seinen Stoffen und Farben Notiz genommen hätte und an einer Bestellung interessiert sei. Dieser vermeintliche Erfolg ließ die Mienen der Zunftbrüder gefrieren, sobald sie Florians gewahr wurden.

Jakob Nafzer traf sich deshalb mit Paul Ziegler, Eugen Milwitz und Walter Ludolf in der Ratsstube.

»Wir dürfen das Geschäft nicht dem Seber allein überlassen. Sondern wir müssen den Auftrag des Schwedenkönigs bekommen!«, schwor Nafzer seine Zunftbrüder ein. »Unsere Zunft als Ganzes! Und ich weiß auch schon, wie wir das anstellen werden: Jeder steuert einen Teil bei und zusammen sorgen wir dafür, dass das Erfurter Blau weit über die Grenzen unseres Territoriums gelobt und gepriesen wird. So muss es sein!«

Walter Ludolf pflichtete ihm bei. »Richtig. Unser Blau muss im Vordergrund stehen. Es darf nicht passieren, dass der König von Erfurt davonzieht mit der Nachricht, hier italienische Stoffe und Farben gekauft zu haben, statt unser Waid zu preisen. Das muss doch zu verhindern sein!«

Und Eugen Milwitz sagte: »Hört zu, Brüder, ich habe gerade eine Idee. Eduard Bode, der Gastwirt der Hohen Lilie am Domplatz, wo der König einkehren wird, ist ein Freund von mir. Ich werde mit ihm zusammen alles so arrangieren, dass nur wir als Vertreter der Waidhändlergilde in die Nähe des Königs kommen und Florian mit seiner katholischen Frau weit ferngehalten wird.«

Alle nickten begeistert und stimmten zu: »Endlich ist es einmal auch für uns zu etwas nütze, dieses italienische Weibsbild!«

Nachdem der Plan nun feststand, verlegten sie ihre Runde in den gegenüberliegenden Ratskeller. Lange nach Schankschluss taumelten sie betrunken nach Hause.

Am Tag, als der Schwedenkönig in Erfurt einzog, es war der 2. Oktober, waren sämtliche Erfurter auf den Beinen und versammelten sich auf dem Platz vor den Graden. Vom Andreastor kommend erschien König Gustav Adolf II. in einem prächtigen Gewand und auf seinem Schlachtross reitend, gefolgt von seinen finnischen Panzerreitern. Als Willkommensgruß donnerte vom Dom der tiefe Klang der Gloriosa herab, dem ein Chor der übrigen Glocken folgte. Dann ertönten feierlich schmetternde Fanfaren. Dazu wehten stolz die schwedischen Fahnen, Waffen blitzten und die Menge jubelte.

Die einflussreichen Erfurter und die Ratsherren mit Oberratsmeister Heronimus Brückner an der Spitze bildeten vor dem Tor der Hohen Lilie ein Spalier, durch das seine Majestät mit einem Sprachmittler, seinem Berater und zwei Soldaten einritt, während der Rest der Truppe vor dem Gasthaus Aufstellung nahm.

Der König blieb nur wenige Tage in der Stadt und traf sich mit Zunftmeistern, Ratsherren und reichen Bürgern. Der Rat und die Vorsteher der einzelnen Stadtviertel sowie der Handwerker leisteten ihm ihren Huldigungseid und gelobten ihm so lange ihre Bündnistreue, bis der Krieg beendet sein würde. Daraufhin verfügte Gustav Adolf den Ausbau der Festungsanlagen und die ständige Anwesenheit einer schwedischen Besatzungstruppe. So sicherte er der Stadt seinen königlichen Schutz zu. Man feierte ihn dafür, denn mit seiner natürlichen Liebenswürdigkeit eroberte er die Herzen der Erfurter im Fluge. Er ließ sich sogar in einer mit vielen merkwürdigen Zeremonien verbundenen Handlung feierlich zum Ritter der Riemer- und Sattlerzunft schlagen, erhielt den Willkommensbecher überreicht und wurde aufgefordert, das übliche Gesellengeschenk zu zahlen, was er in Form eines vergoldeten Schaustückes tat. Am letzten Tag seines Aufenthaltes ließ er einen schwedischen Reiter, der mehrfach gestohlen und geplündert hatte, am Galgen in der Nähe der Hohen Lilie hängen und verließ die Stadt Richtung Thüringer Wald.

Sebers waren tatsächlich nicht zum Empfang eingeladen worden. Der König dachte zunächst auch nicht an irgendwelche Stoffe oder Farben. Erst im Gespräch mit den überaus zuvorkommenden Waidhändlern der Stadt fiel ihm ein, dass ihm einer empfohlen worden war, immerhin der Lieferant des Weimarer Herzogs. Den wollte er unbedingt noch treffen, bevor er weiter musste.

Gustav Adolf wollte die Stoffe und Farben des Florian Seber ohne viel Aufsehen begutachten und begab sich deshalb in einem einfachen Gewand und mit nur einem Geleitknecht im Gefolge in der frühen Abenddämmerung zum Haus der Sebers. Jost fegte gerade den Hof, als er die zwei Reiter kommen sah. Er erkannte, dass es sich um Schweden handelte, ließ sie in den Hof ein und bat sie zu warten, er werde seinen Herrn holen. Florian war mit dem Befüllen von Glasflakons beschäftigt und rief nach Caterina, die nachsehen sollte, was die Besucher wünschten. Ginge es um Einquartierung, sollte sie Italienisch sprechen und so tun, als würde sie nichts verstehen.

Caterina folgte Jost, der Augenkontakt zu ihr suchte, als wollte er sagen, dass er ihre Gespräche vermisste. Aber darauf wollte sie jetzt nicht eingehen.

Draußen im Hof war der König vom Pferd gestiegen, hatte seinem Knecht die Zügel gegeben und schaute sich ein wenig um.

»Das ist meine Herrin«, stellte Jost seine Begleiterin vor.

Gustav Adolf war überrascht, plötzlich einer fremdländischen, aber dafür umso schöneren Frau gegenüberzustehen. Als sie keine Anstalten machte, etwas zu sagen, verbeugte er sich galant.

»Gestattet mein Eindringen zu so später Stunde. Aber Eure Stoffe wurden mir angepriesen. Und da ich dringend ein neues Gewand benötige, wollte ich mich zuerst bei Euch umsehen.« Der König lächelte freundlich.

Caterina atmete innerlich auf. Es ging um ein Geschäft, nicht um eine weitere Einquartierung. Dennoch war es ungewöhnlich, dass der Kunde um diese Zeit auf ihrem Hof auftauchte. Was mochte der Grund dafür sein? Er sah wohlhabend aus, sein Wams war von sehr guter Qualität und selbst der Knecht in seiner Begleitung steckte in ordentlicher Kleidung, ohne Risse und Flicken. Und irgendwoher kannte sie das Gesicht. Aber wer war dieser Mann?

»Sehr gerne zeige ich Euch unsere Stoffe und erkläre Euch, wie sie gefärbt sind. Aber am besten kommt Ihr morgen wieder, dann ist auch ausreichend Licht, um alles genau zu betrachten.«

»Gute Frau, morgen wird es zu spät sein. Wenn wir ins Geschäft kommen wollen, dann muss es hier und heute sein. Erkennt Ihr mich denn nicht?« Gustav Adolf lächelte sie noch einmal an.

Mit einem Mal erinnerte sich Caterina, woher ihr das Gesicht des Mannes so bekannt vorkam. Sie hatte ihn gesehen, als er in die Stadt eingeritten war! Sie erschrak, machte eine tiefe Verbeugung, zog im Aufrichten ihr Kleid zurecht, stopfte sich die vorwitzigen Locken unter die Haube und setzte ein herzliches Lächeln auf. »Oh, bitte verzeiht, Majestät. Auf solch hohen Besuch waren wir nicht eingestellt. Aber bitte kommt doch erst einmal herein. Ich werde sofort meinen Mann holen!«

Binnen weniger Minuten fanden sich Regine, als Schneiderin, Caterina als Beraterin und Florian als Stoff- und Farbexperte in der guten Stube ein. Der Magd wurde aufgetragen, zunächst Erfurter Schlunze und später, nachdem der König und sein Begleiter ihren Durst mit dem Bier gelöscht hatten, italienischen Wein anzubieten. Regine ließ außerdem eine kleine Mahlzeit herrichten.

Der König fragte zunächst nach gelben und blauen Stoffen, die zum Glück sofort zur Verfügung standen. Für alles Weitere musste Florian immer wieder auf seine bevorstehende Italienreise verweisen. Da verriet Gustav Adolf, dass er weitere Aufenthalte in Erfurt plane, weshalb er gerne eine Bestellung aufgeben wolle. Wenn Florian aus Italien zurück sei, solle er die Stoffe im Haus zum schwarzen Löwen auf dem Anger abgeben, das der König zur schwedischen Statthalterei auserkoren habe.

»Leider werde ich selbst Italien nicht so schnell einen Besuch abstatten können«, meinte der König zum Abschied betrübt und wünschte dem Hausherrn eine gute und erfolgreiche Reise und eine glückliche Wiederkehr.

Jost hatte sich nicht zurückhalten können und an der Tür gelauscht. Alles, was er nicht hatte verstehen können, berichtete ihm die Magd, die glücklich war, dass Jost plötzlich von ihr Notiz nahm, war sie doch schon lange heimlich in ihn verliebt. Beide hielten mit ihrem Wissen nicht hinter den Berg, so dass sich die sensationelle Begegnung am nächsten Tag wie ein Lauffeuer in der Stadt verbreitete.

Mitte Oktober machte sich Florian erneut auf den Weg in Richtung Italien. Er hoffte, dass er trotz der Jahreszeit die Alpen würde passieren können.

Caterina und Margareta blieben selbstverständlich zu Hause. Frühestens im kommenden Jahr würde er seine Frau und sein kleines Töchterchen zu seinen Schwiegereltern nach Italien bringen.

Jost hatte Pferd und Wagen reisetauglich gemacht, die Waren für die Hinreise festgezurrt und dafür gesorgt, dass die Magd ausreichend Proviant gepackt hatte. Sie scharwenzelte kurz vor Florians Abreise ständig um Jost herum und stellte ihm lauter Fragen, deren Beantwortung angeblich wichtig für die Erledigung ihrer Aufgabe wäre.

»Wie lange dauert die Reise?«

»Wenigstens zwei Monate, vielleicht länger«, brummte Jost.

»Wie oft übernachtet der Herr?«, wollte sie daraufhin wissen.

»Wie immer, jede Nacht, zähl es dir an den Fingern ab. Was macht das für dich für einen Unterschied?«

»Ich muss wissen, wie viel Proviant er braucht. Vor allem, wie viel Geräuchertes ich ihm mitgeben muss.«

»Aha.« Jost war bereits genervt von der Fragerei und ihrem andauernden Auftauchen. Aber sie ließ nicht locker.

»Wo ist im Wagen noch Platz?«, wollte sie mit einem verschnürten Paket in der Hand wissen. Jost wies ihr eine Ecke.

»Und wohin kommen die Weinflaschen?«, fragte sie gleich darauf.

Jost gab sich alle Mühe, nicht ungeduldig zu werden.

»Und hier, die Mandelmilch. Steck sie am besten direkt unter den Kutschbock!«

Obwohl Jost die Magd stets so gut es ging ignorierte, nur das Nötigste mit ihr sprach und ihr schon gar nicht in die Augen sah, kam es ihm so vor, als hätte sie ihr Hemd am Dekolleté heute nur lose gebunden und als schaue bei jedem neuen Erscheinen vor ihm etwas mehr Busen aus dem Ausschnitt hervor oder als raffe sie aus irgendeinem Grund ihren Rock jedes Mal ein Stückchen höher, um noch mehr Bein zu zeigen.

Die Magd hieß Agnes, war etwa zwanzig Jahre alt, hatte blondes Haar, das sie als unverheiratete Frau nur unter einer Arbeitshaube tragen musste, und war eigentlich gar nicht so unansehnlich, wenn man davon absah, dass sie ihren Mund immer wieder offen stehen ließ, was ihr einen dümmlichen Gesichtsausdruck verlieh. Jost hatte ihr von Anfang an gut gefallen und sie glaubte, dass sie ihn schnell verführen könnte, wenn er sie nur ließe. Die Tatsache, dass er kaum von ihr Notiz nahm, machte sie nur noch verliebter.

Nachdem Florian, wiederum an einem Sonntagmorgen, auf seinem Wagen vom Hof gerumpelt war, suchte Agnes Josts Blick. Der aber hatte nur Augen für Caterina, die mit Margareta auf dem Arm immer noch ihrem Mann hinterher sah. Er sprach sie an: »Herrin, darf ich Euch, nun da Ihr alleine seid, zur Kirche begleiten?«

»Nein danke, Jost, das wäre nicht recht. Außerdem wartet Anne schon auf mich.« Sie lächelte ihn freundlich an. »Aber nutze den Tag! Geh doch gemeinsam mit Agnes zum Gebet.« Sie schaute zur Magd hinüber, die beim Klang ihres Namens den Kopf hob und erwartungsvoll zu Jost sah. Caterina winkte ihr, näher zu kommen, und Agnes hakte sich rasch bei Jost ein. Der beachtete sie gar nicht, sondern warf seiner Herrin einen flehentlichen Blick zu. Zu Caterinas Glück löste Regine die unbehagliche Runde auf.

»Komm, Margareta, du isst jetzt deinen Brei und dann nimmt Großmutter dich mit in die Predigerkirche«, sagte sie entschlossen und fasste ihre Enkeltochter an der Hand. Caterina folgte den beiden ins Haus.

Die nächsten Wochen verliefen ereignislos. Jost wuchs wieder einmal über seine Rolle als Knecht hinaus und wurde zur rechten Hand Caterinas und zur tatkräftigen männlichen Stütze der beiden Geschäftsfrauen. Regine und Caterina waren froh, den zuverlässigen jungen Mann an ihrer Seite zu haben. Und Jost und Caterina vermieden jede Situation, die sie hätte in Verlegenheit bringen können.

Als im Oktober eine weitere Waidernte anstand, wagte es Caterina daher, zusammen mit Jost nach Kirchheim zu fahren, um den Waid direkt bei Lange abzuholen. Jost war nicht so unterhaltsam und lustig wie beim letzten Mal, also fühlte sich Caterina bemüßigt, die Stimmung ein wenig aufzulockern. Sie verwickelte ihn in ein Gespräch über ihre Experimente mit der Waidverarbeitung, die nach wie vor keinen Durchbruch erbracht hatten.

Bei einer kurzen Pause an der Wipfra nahm er ihre Hand in die seine und schaute ihr in die Augen, wobei sich sein Mund in Richtung ihres Gesichtes bewegte. Caterina war zu erschrocken, um zu reagieren, und die Berührung ihrer Hände jagte ihr einen Schauer über den Rücken.

Kurz bevor er sie küssen konnte, wieherte das Pferd und scheute vor einer Maus, die durch das Gras raschelte. Jost sprang auf und beruhigte das Pferd. In der Zwischenzeit besann sich Caterina und bestand darauf, sofort weiterzufahren. Für den Rest der Reise blieb sie wortkarg und abweisend.

Als sie am späten Nachmittag, es dämmerte bereits, in den Hof einfuhren, hörten sie das Schluchzen Regines durch das offene Fenster, begleitet vom lauten Weinen der kleinen Margareta.

Caterina sprang vom Kutschbock und rannte in die Küche, wo sie ihre Schwiegermutter vor einem Stück Papier sitzen sah, ihre Tochter auf den Knien. Beide hatten ein tränenüberströmtes Gesicht und rote Augen. Als Margareta ihre Mutter sah, streckte sie ihr ihre kurzen Ärmchen entgegen und wollte auf ihren Arm. Sie schrie dabei noch lauter, denn die für sie unverständliche Traurigkeit der Großmutter beunruhigte sie noch stärker, als sie den entsetzt fragenden Blick ihrer Mama sah.

»Dio mio! Was ist passiert, Regine, sprich!« Die Stimmung im Haus hatte Caterina sofort angesteckt.

Regine schob ihr das Papier mit der Botschaft zu. »Florian …«, schluchzte sie erneut auf.

Caterinas Herz klopfte bis zum Hals. »Was ist mit Florian? Bitte sag es mir, du weißt doch, dass ich nicht lesen kann.«

Regine griff nach dem Papier und las stockend vor: »Mit Bedauern müssen wir Euch mitteilen, dass Herr Florian Seber, Waidjunker zu Erfurt, offensichtlich durch einen Unfall, möglicherweise ausgelöst von scheuenden Pferden in der Nähe eines Abhanges, ums Leben gekommen ist. Brüder unseres Ordens haben ihn auf ihrem Pilgerweg nach Rom gefunden, was als glücklicher Umstand zu werten ist, denn wir konnten seine Waren sicherstellen. Sein Besitz kann von der Familie abgeholt werden. Der Benediktinerorden zu Banz.«

Caterina wurde schwarz vor Augen und sie sank zu Boden, als sie begriff. Jost, der nach ihr die Stube betreten hatte, fing sie auf, bevor sie mit dem Kopf aufschlug. Hilflos tätschelte er Caterinas Hand. Daraufhin sammelte Regine sich, stand auf, schob Jost beiseite und brachte die Schwiegertochter mit etwas Wasser wieder zu Bewusstsein. Dann fielen sich die beiden Frauen in die Arme und weinten, bis sie sich an Margareta erinnerten und daran, dass dieses kleine Wesen gar nicht wusste, worum es ging, und doch so leiden musste beim Anblick der völlig aufgelösten

Frauen, die doch sie trösten und beschützen müssten und nicht anders herum.

Regine fasste sich als Erste. »Caterina, es nützt nichts. Kümmere dich um deine Tochter! Ich bereite uns ein Abendbrot und dann beraten wir, was nun zu tun ist.«

Caterina nickte zaghaft. »Wer hat die Nachricht überbracht?«

»Ein Bote des Klosters. Er sagte, die Mönche leben im Fränkischen südlich des Thüringer Waldes.«

»Dann ist er ja gar nicht weit gekommen … Oh, mein Gott. Wir leben ganz normal in den Tag hinein, denken an nichts Böses, wähnen Florian im warmen Süden bei bester Gesundheit, dabei liegt er tot und von Gott verlassen in irgendeinem Kloster … Wie konnte das passieren?« Caterina schluchzte erneut. »So oft ist er diesen Weg gefahren! Nie ist ihm etwas zugestoßen! Er war ein vorsichtiger Reisender.«

Jetzt konnte auch Regine nicht mehr an sich halten und selbst Jost lief eine Träne die Wange hinunter. Schließlich beruhigten sich die Frauen wieder.

»Bitte spann das Pferd aus, stell den Wagen mit dem Waid unter und geh schlafen. Morgen wirst du gebraucht«, sagte Caterina schließlich zu Jost. Der dreht sich um und verließ die Stube.

Er wurde morgen gebraucht. So schrecklich die Situation war, das hatte er gerne gehört. Wenn er nun klug genug vorging, würde er, bei aller Trauer um den Herrn, einen guten Stand auf dem Hof haben. Und wer weiß, vielleicht eines Tages sogar an der Seite von Caterina.

Nachdem sie gegessen und Margareta ins Bett gebracht hatten, saßen Regine und Caterina fast die ganze Nacht beisammen. Sie erinnerten sich an alle möglichen Situationen mit Florian, erzählten sich gegenseitig, wie er gewesen war. Caterina gestand, dass sie Angst vor der Zukunft hatte.

»Allein seinetwegen habe ich Italien damals verlassen. Was soll ich nun ohne ihn machen? Denkst du, ich kann das Geschäft alleine weiterführen? Die anderen Waidhändler und vor allem ihre Frauen konnten mich doch bisher schon nicht leiden.«

Sie verschwieg ihrer Schwiegermutter, wie verlassen sie sich fühlte. Niemand würde sie mehr so beschützen, wie er es getan hatte, niemand würde mehr ihre Gedanken lesen, so wie er es immer konnte. Nie wieder würde sie seine warme Haut spüren, auf seiner Brust einschlafen und seinen Herzschlag hören. Es war, als hätte ihr jemand das Herz aus der Brust gerissen.

Regine wusste keinen Rat für Caterina. Auch sie konnte sich nicht vorstellen, dass die anderen Waidjunker tatenlos zusehen würden, wie die junge Italienerin den Seber'schen Waidhandel übernahm.

Stattdessen spekulierten sie darüber, ob der Tod Florians auf einen Überfall oder einen Unfall zurückgegangen war. Gegen einen Überfall sprach, dass die Benediktiner offensichtlich einen vollen Wagen vorgefunden hatten. Sie mussten den Wagen unbedingt abholen, mussten die Bestellnotizen sicherstellen und sehen, was sie davon erledigen konnten. Und Caterina musste ihre Eltern informieren. Sicher fragte sich ihr Vater schon, wo der Schwiegersohn blieb.

Sie besprachen, dass sie sich damit ablenken mussten, nun alles tapfer zu regeln, damit das Geschäft vielleicht doch irgendwie weitergehen konnte. Sie wollten ihren Mann stehen, wenn die Aasgeier ihre Köpfe nach ihnen ausstrecken würden, wenigstens äußerlich.

Am nächsten Morgen suchte Caterina bei der Kaiserlichen Reichspost in der Stadt nach dem Boten, der immer die Nachrichten zu ihrem Marktstand brachte. Als sie ihn fand, sattelte er gerade sein Pferd. Sie sprach ihn an.

»Mein Beileid, liebe Frau Seber. Mein Kollege aus dem Kloster hat mir berichtet, dass er gestern der Überbringer schlechter Nachricht war.«

»Ich danke Euch. Es wird nicht leicht für mich werden, das könnt Ihr Euch ja vorstellen. Aber es muss irgendwie weitergehen.

Deshalb habe ich eine ganz andere Frage. Ich muss meine Eltern in Italien vom Ableben ihres Schwiegersohns in Kenntnis setzen. Wisst Ihr eine Möglichkeit, die Botschaft zu ihnen zu bringen?«

»Italien? Lasst mich überlegen. Ich habe den Auftrag, nach Frankfurt zu reiten. Wenn Ihr mögt, könnt Ihr mir die Botschaft mitgeben und ich werde sie einem anderen Boten übergeben, der sie nach Italien mitnimmt. Von dort wird man sie zu Euren Eltern bringen können. Es wird allerdings eine ganze Weile dauern.«

»Das ist mir recht, Hauptsache, die Nachricht kommt überhaupt an. Habt vielen Dank für Eure Bemühungen«, sagte Caterina und übergab dem Boten ein versiegeltes Schreiben, das sie von einem Schreiber hatte aufsetzen lassen. Es enthielt die Todesnachricht und die Bitte, so schnell wie möglich bestimmte Stoffe und Farben zu ihr zu schicken, damit sie die Bestellungen, von denen sie noch wusste, besonders die für die Herzöge und den Schwedenkönig, ausliefern konnte.

Danach hatte sie keine Lust, in der Stadt auf irgendwelche Bekannte zu treffen, und ging deshalb direkt nach Hause zurück. Dort standen allerdings einige Leute im Hof herum, die sich bei Regine nach Florian erkundigten, um Trost zu spenden, ihr Beileid zu bekunden oder ihre Hilfe anzubieten.

Einer von ihnen war Jakob Nafzer, der in seiner Eigenschaft als Zunftmeister erschienen war. Als er Caterina sah, ging er direkt auf sie zu und legte ohne zu fragen seine Hand auf ihren Arm. »Caterina, ich bedaure sehr zu hören, was Florian passiert ist. Ich und die ganze Zunft leiden mit dir.«

»Ich danke dir für dein Beileid. Aber komm doch bitte erst einmal herein.« Caterina schob ihn durch eine Seitentür und dann in die Stube. »Die Neuigkeit hat sich ja schnell herumgesprochen«, sagte sie traurig, als sie saßen. Sie riss sich zusammen und versuchte, die Tränen zurückzuhalten.

»Nun, euer Stand ist heute leer geblieben. Das ist ungewöhnlich und da haben wir uns gefragt, was der Grund dafür sein mag«, erklärte Jakob.

»Du hast recht, Erfurt ist einfach zu klein, um etwas vor den anderen geheim zu halten.«

»Caterina, ich möchte noch etwas Wichtiges mit dir besprechen und ich spreche dabei im Namen aller Zunftbrüder.« Jakob setzte eine gewichtige Miene auf. »Wir bieten dir an, Florians Wagen bei den Benediktinern in Banz abzuholen und seinen Leichnam nach Erfurt zu überführen, damit er in der Predigerkirche beigesetzt werden kann.«

Caterina sah auf und erkannte eine Bestimmtheit in Jakobs Gesichtsausdruck, die keinen Widerspruch zuließ. Sie überlegte. Natürlich wäre es schön, wenn sie nicht selbst die beschwerliche Reise über den Thüringer Wald antreten müsste. Andererseits passte es ihr nicht, dass sie so weder die Ladeliste noch Florians Bestellbuch vor den Zunftbrüdern sehen würde. Sie würde nicht überprüfen können, ob etwas fehlte. Trotzdem.

»Jakob, das ist ein überaus großzügiges Angebot der Zunft. Ich nehme es gerne an. Ihr nehmt damit eine große Last von mir. Eine Bitte habe ich jedoch. Kommt vor eurer Abreise noch einmal bei mir vorbei, ich möchte euch etwas für die braven Mönche mitgeben.«

»Das machen wir gerne, Caterina. Und ich will jetzt aufbrechen, um alles für eine schnelle Abreise vorzubereiten.« Jakob stand auf und verließ die Stube.

Nur wenige Stunden später ritten Jakob Nafzer und Paul Ziegler auf ihren Pferden bei Caterina vor, um die erste Etappe ihrer Reise Richtung Banz anzutreten. Zu ihrer Überraschung kam Caterina mit einem gesattelten Pferd am Zügel durch die Stalltür in den Hof, warm und wetterfest gekleidet mit Stiefeln und Florians Lederhut auf dem Kopf. Ihre Augen waren rot umrandet vom vielen Weinen, aber ihr Gang war fest.

»Noch einmal vielen Dank, dass ihr mir euren Schutz und eure Begleitung anbietet. Das ist wirklich sehr großzügig! Ich habe mir überlegt, den Mönchen meinen Dank persönlich auszusprechen und die Ladung vor Ort zu überprüfen. Dann kann ich am besten entscheiden, was davon ich den Klosterbrüdern überlasse.«

Die Männer waren zu perplex, um mit ihr zu diskutieren. Sie nahmen die kleine Ansprache zur Kenntnis und nickten Caterina zu, ihnen zu folgen.

Regine und Margareta winkten ihr und den Männern, die vor Verblüffung immer noch kein Wort herausgebracht hatten, hinterher.

Die kleine Reisegruppe wechselte kaum ein Wort. Nur an den Wegkreuzungen mussten sie sich kurz verständigen, welche Richtung sie einschlagen wollten. Es herrschte eine ungemütliche Stimmung zwischen den dreien. Als die Dunkelheit hereinbrach, baten sie in einer Mühle an einem kleinen Bach um Unterkunft und ein Abendessen. Der Müller und seine Familie waren solche Bitten gewöhnt und wiesen den Gästen Zimmer mit Strohmatratzen an. Das Abendessen war einfach, aber schmackhaft.

Am folgenden Morgen schwangen sie sich zeitig wieder auf ihre Pferde. Die Reisegefährten hatten immer noch Schwierigkeiten, sich ungezwungen miteinander zu verständigen. So sah sich Caterina genötigt, die Stimmung durch ihre alte ungezwungene und offene Art aufzulockern. Sie erzählte von Florian, von Italien, von dem Unterschied zwischen den Nord- und den Südländern, wobei sie die Männer sogar kurz zum Lachen brachte, und am Ende waren sich Jakob und Paul sicher, dass Caterina arglos und tatsächlich nur mitgeritten war, um den Mönchen persönlich ihren Dank auszusprechen. Genau das hatte sie erreichen wollen. Insgeheim wusste sie natürlich genau, was die ach so guten Zunftgenossen vorhatten. Sie wollten spionieren und hatten es besonders auf die schriftlichen Bestellungen mit den Namen der Auftraggeber abgesehen, um ihr die Kunden abspenstig zu machen und selbst die Erfüllung der Aufträge zu übernehmen. Ihr Ärger über diese Unverfrorenheit half ihr, Haltung zu wahren.

Vorsichtig lenkte Jakob schließlich das Gespräch auf den Seber'schen Handel. »Hast du dir schon überlegt, was du nun mit dem Waidspeicher machen willst? Und wie soll es mit den Knechten und dem eingelagerten Waid weitergehen? Die Zunft ist dir natürlich gerne bei der Auflösung des Handels behilflich. Die Knechte werden übernommen und für den Speicher samt Inhalt kannst du einen ordentlichen Batzen Geld verlangen. Damit hättest du ein sicheres Auskommen und könnest dir sogar überlegen, wieder nach Italien zurückzukehren. Dein Herz hängt ja immer noch an deiner alten Heimat, das haben wir gerade selbst von dir gehört.« Er zwinkerte ihr zu.

Paul pflichtete ihm bei: »Den Handel aufzugeben, solltest du dir wirklich überlegen. Denn Regine ist ja auch schon alt. Sie wird kein Interesse mehr an dem großen Anwesen haben.«

Caterina zögerte. Das war es also, woran sie dachten. Den Waidjunker Seber gab es nicht mehr, also sollte es auch den Waidhof, den Waidstand und das Waidpulver der Sebers nicht mehr geben. Aber nicht mit ihr! Jetzt erwachte ihr Kampfgeist. Nicht einen Gedanken hatte sie bisher daran verschwendet, das Geschäft aufzugeben, sie verstand genug von den Farben und den Stoffen, sie war schließlich die Tochter eines italienischen Farbenhändlers. Und durch Florian hatte sie alles gelernt, was sie über den Erfurter Waidhandel wissen musste. Außerdem musste sie an die Zukunft ihrer Tochter denken. Es wäre das Letzte, was Florian gewollt hätte: dass sie aufgab und das traditionsreiche Seber'sche Geschäft verhökerte. Niemals!

»Meine Herren, ich muss euch enttäuschen. Ich bin eine Seber und dazu die Tochter eines Farbenhändlers und ich werde den Waidhandel meines Mannes weiterführen!«, sagte sie bestimmt.

Die Männer sahen sich betreten an. Sie waren offenbar zu weit gegangen und hatten damit genau das Gegenteil dessen erreicht, was sie beabsichtigt hatten. Die gute Stimmung war verflogen. Schweigend ritten sie weiter und erreichten am folgenden Tag das Kloster Banz.

Die Mönche waren sehr nett und gastfreundlich. Der Leichnam lag würdig aufgebahrt in einer Kapelle der Klosterkirche, hatte aber schon angefangen, unangenehm zu riechen, weshalb die Mönche nun froh waren, ihn in einen Holzsarg umbetten zu können, den sie auf Florians Kutsche hievten. Die zerbrochene Hinterachse hatten sie bereits repariert.

Nach einem Trauergebet mit weiteren Tränen Caterinas beim Anblick ihres so friedlich daliegenden Mannes führten sie sie zur Kutsche und übergaben ihr Florians Schriftentasche. Sie fand darin seine vollständigen Aufzeichnungen mit den Bestellungen, Auftraggebern und Adressen. Gemeinsam mit einem Mönch, der ihr vorlas, überprüfte sie anhand der Listen die Ladung, schenkte dem Kloster alles, was nicht vorbestellt war, und organisierte den Weitertransport der für Italien bestimmten Waren an die Adresse ihres Vaters, der sich auch um Florians Handelsgüter kümmern würde. Zwei Ordensbrüder würden sie auf ihrem Pilgerweg nach Rom mit zwei Laseseln mitnehmen und in Italien angekommen in Richtung Genua weiterleiten.

Jakob und Paul wechselten sich auf dem Rückweg mit dem Lenken der Kutsche ab und Caterina ritt nebenher. Sie hatte sich wieder gefangen und machte sich nun einen Spaß daraus, mehrfach zu betonen, wie großzügig sie es fand, dass die beiden Männer ihre Marktstände für ein paar Tage in der Obhut ihrer Frauen zurückgelassen hatten, um aus reiner Freundschaft und um der zünftigen Verbindung mit Florian willen ihr, seiner Frau, Schutz und Trost zu bieten und seinem Leichnam Geleit zu geben. Gott würde diese Uneigennützigkeit sicher hoch belohnen.

Jakob und Paul kochten innerlich, mussten aber gute Miene zum bösen Spiel machen, wenn sie ihr Ziel doch noch erreichen wollten, Caterina zur Aufgabe des Handels zu überreden. Sie stellten sich auch die Gesichter ihrer Frauen vor, wenn sie berichten konnten, dass die bedauernswerte Caterina nun endlich ihr Haus aufgegeben und zurück nach Italien gehen würde.

Noch vor dem nächsten Zunfttreffen, zu dem sich Caterina bereits angemeldet hatte, hatten sie alle an der feierlichen Beisetzung Florians in der Predigerkirche teilgenommen. Jeder einzelne der Zunftbrüder hatte die Witwe und auch Florians Mutter Regine unauffällig gemustert, um wenigstens eine Andeutung von Schwäche oder Unsicherheit zu entdecken. Aber die beiden Frauen blieben gefasst und ließen keinen Zweifel daran aufkommen, dass ihr Waidgeschäft ohne Unterbrechung weiterlaufen würde. Selbst als die schwere steinerne Platte das Grab für immer verschloss, verloren weder Regine noch Caterina auch nur eine Träne, sondern legten zwei schön gewachsene gelbe Waidblumen auf das Grab und flüsterten: »Der Waidhandel der Sebers wachse und gedeihe wie diese Blumen.« Auch die kleine Margareta lächelte, als ihre Mutter ihr etwas zuflüsterte.

Wer gehofft hatte, dass mit dem Tod des letzten männlichen Erben der Waidhandel der Sebers in der Arche dem Untergang geweiht war, und womöglich darauf spekuliert hatte, etwas von diesem Kuchen abzubekommen, wurde in den folgenden Tagen und Wochen eines Besseren belehrt. Caterina trat so selbstbewusst auf, das selbst ihre ärgsten Kritiker ihr dafür Respekt zollen mussten. Bald darauf keimten jedoch Gerüchte auf, sie sei eine geldgierige Frau und vermutlich aus verarmten Verhältnissen nach Erfurt gekommen, um hier, auf Teufel komm raus, reich zu werden, ob mit oder ohne Mann. Die eigentliche Leidtragende dabei sei Regine, die erst ihren Mann und nun auch noch ihren Sohn verloren hatte. Daraufhin fragte man sich, wie es überhaupt zu dem Unfall kommen konnte, ob sich Florian mit den langen Italienreisen nicht übernommen hatte, und alles nur wegen seiner Frau.

Caterina und ihre Schwiegermutter hatten besprochen, sich von Spekulationen, die in der Stadt zirkulierten, nicht aus der Ruhe bringen zu lassen. Vermutlich wollte man sie damit nur verunsichern und ihren Namen in den Schmutz ziehen. Stattdessen suchten sie den Kontakt zu ihren Waidbauern und den Kunden, um ihnen gegenüber die Gerüchte zu zerstreuen und ihnen zu versichern, dass das Geschäft ohne Wenn und Aber in gewohnt zuverlässiger Weise weiterginge. Im März stand schließlich die nächste Marktsaison an und da wollte Caterina mit gewohnter Menge und Qualität an ihrem Stand präsent sein.

Lange in Kirchheim war bestürzt, nun auch vom Tod des Sohnes seines Schwagers zu erfahren, und sah sich umso mehr in der Pflicht, ihnen die besten Ballen seiner Waidernte zuzusagen. Caterina atmete auf, diese Zusage war eine wichtige Grundlage für die Weiterführung ihres Geschäfts.

Im Februar 1632 erhielt Caterina eine Nachricht von den Mönchen des Klosters Banz. Regine las vor, dass ihre Waren gut in Genua angekommen waren und man sich nochmals für die großzügige Spende an das Kloster bedanke. Beim Lesen der folgenden Zeilen stockte Regine: Die Mönche schrieben, sie empfänden es als ihre Pflicht, nicht länger zu verschweigen, dass der Verstorbene vermutlich schon vor dem Unfall das Bewusstsein verloren hatte, denn er habe merkwürdig aus dem Mund gerochen. Womöglich sei er sogar erstickt. Der Brief endete mit der Grußformel »Gott segne Euch«.

Nachdem Regine geendet hatte, nahm ihr Caterina das Papier aus der Hand. »Darüber dürfen wir im Moment nicht einmal nachdenken. Florian ist tot und niemand wird ihn uns zurückgeben. Wir müssen uns darauf konzentrieren, den Handel weiterzuführen, alles andere ist im Moment zweitrangig.«

Regine stimmte ihr zu und zwang sich ebenso, nicht über die Umstände des Todes ihres Sohnes nachzudenken. Caterina versteckte das Schreiben auf der hohen Kante ihres Bettes, zwischen dem Baldachingestänge und dem Stoff.

Jost entwickelte sich in den Monaten nach Florians Tod zu einer unentbehrlichen Hilfe für Caterina. Er begleitete sie zu den Gesprächen mit den Waidbauern und den Kunden und warb für das Geschäft, indem er seinen ganzen Sachverstand in die Waagschale warf. Außerdem organisierte er alle Arbeiten, die auf dem Hof anfielen. Caterina konnte sich völlig auf ihn verlassen.

Regine hatte ihr eigenes Geschäft aufgegeben und kümmerte sich um den Schriftverkehr, die Buchhaltung und den Verkauf. Der Markt fand im Winter zum Glück nur an wenigen Tagen statt, denn nicht viele Händler fanden den Weg in die Stadt, während die Handelsstraßen verschneit waren. Das Wintergeschäft bestand hauptsächlich aus Lieferungen ans städtische Färbehaus am Walkstrom und an feste Kundschaft in der Umgebung.

Wenn Caterina zu beschäftigt war, gab sie Margareta in die Obhut der Magd Agnes, der die Kleine dann beim Waschen, Kochen und Putzen zusehen durfte. Das bereitete den beiden immer viel Freude. Eifersucht wallte hingegen in Agnes auf, wenn sie ihre Herrin und Jost einträchtig im Gespräch oder gar zum Hoftor hinausfahren sah. Allerdings, so sagte sie sich, konnte dies auch bedeuten, dass Jost bald einen höheren Lohn bekommen würde und dann vielleicht auf die Idee käme, sich eine Frau zu suchen. Und die wäre natürlich sie.

Was Caterina anging, wurden schon einige der alleinstehenden Waidjunker als Nachfolger Florians gehandelt. Es war üblich, dass die Witwe eines Geschäftsmannes schnell wieder heiratete, damit ein Mann das Geschäft fortführen konnte. Die Welt des Handels war nichts für Frauen, und erst recht nichts für eine Italienerin.

Auf den Fahrten über die holprigen Straßen des Erfurter Umlands, wenn sie und Jost schweigend nebeneinander saßen, gingen Caterinas Gedanken ungewollt immer wieder zurück zu der letzten Nachricht der Mönche. Florian sei schon vorher bewusstlos gewesen, hatten sie geschrieben … War er etwa krank gewesen, hatte er etwas Falsches gegessen, oder hatte ihm gar jemand etwas angetan? Jakob Nafzer und seine Zunftbrüder? Jost? Sie wusste um seine Gefühle ihr gegenüber, die weit über den Respekt, den er ihr als Herrin schuldete, hinausgingen. Und er hatte die Kutsche für Florian fertig gemacht … Allerdings hatte der Wagen schon einige

Tage zuvor frei zugänglich im Hof gestanden und das Tor war meist geöffnet …

Sie drehte sich zur Seite und sah Jost an, der die Zügel in den Händen hielt und ebenfalls in Gedanken versunken über die Landschaft blickte. Als er ihren Blick spürte, sah er zu ihr und lächelte sie kurz an. Er machte nicht den Eindruck, als quälte ihn sein Gewissen.

Es war auch möglich, dass Florian in einem Gasthaus auf dem Weg etwas in ein Getränk gemischt worden war, um ihn nach dem dann unvermeidlichen Unfall auszurauben, doch dann wurde das Vorhaben vereitelt, weil die Mönche des Weges kamen …

Caterina klammerte sich an den Gedanken, dass es so gewesen sein musste, alles andere war undenkbar. Florian war kerngesund gewesen, als er sie verlassen hatte.

5

FRÜHJAHR UND SOMMER 1632

Ab März experimentierte Caterina in einem kleinen Raum des Hinterhofgebäudes erneut mit den frischen Waidproben der verschiedenen Bauern und mit dem Waidpulver. Sie versuchte, das Pulver zu einer streichfähigen Malfarbe zu verarbeiten, indem sie etwas Leinöl oder Walnussöl hinzugab. Sie verglich die Proben hinsichtlich ihrer Färbekraft und merkte sich die entsprechenden Strukturen der getrockneten Blätter. Sie zermahlte Waidsamen unterschiedlicher Herkunft und Größe und filterte das Öl heraus und schließlich pflanzte sie eigene Waidpflänzchen in Kübeln auf ihrem Hof.

Jost war still geworden, aber er war immer noch sehr aufmerksam. Fehlte etwas, bemerkte er es sofort und besorgte es. Gab es etwas zu tun, so kümmerte er sich ohne Umschweife darum. Seine Knechte instruierte er so, wie es Florian getan hätte. Wie so viele Männer ging auch er abends noch dorthin, wo gerade Bier ausgeschenkt wurde, bevor er zu seinen Eltern im Haus zum stolzen Knecht nahe der Wigbertikirche heimkehrte. Oder er setzte sich in den Ratskeller, wo die großen Waidhändler ihre Zunftstube hatten, denn der Wirt, ein Freund seines Vaters, schnappte immer irgendeine interessante Neuigkeit auf, die er Jost gerne verriet.

So erfuhr er, dass sich Martin von Hochheim um seine Herrin bemühen sollte. Martin und sein Vater Franz stellten ebenfalls das kostbare Blaufärbemittel her, waren allerdings nach dem Tod der Mutter in ein Loch gefallen. Die Mutter hatte das Geschäft organisiert, sich um die Bücher und die Kundenpflege gekümmert, während Martin und sein Vater sich lieber mit Bierbrauen und vor allem -trinken beschäftigten. Ohne ihre Frau und Mutter würden sie bald vor den Scherben ihres Waidhandels stehen. Mit einer Einheirat in einen gut gehenden Handelsbetrieb jedoch, wären sie gerettet. Und es passte ja auch alles sehr gut. Zwei Frauen, zwei Männer, jeweils im ähnlichen Alter, dazu alle Waidhändler und die Frauen offenbar mit genug Verstand gesegnet, um das Geschäft am Laufen zu halten. Außerdem wäre Martin das Wohlwollen der Zunft sicher, wenn er Caterina unter seine Fuchtel nehmen würde.

Martin war 32 Jahre alt und sah gut aus, hatte aber bisher keine Frau gefunden, weil ihn Frauen mit ihrem Geschwätz nervten. Die Italienerin wäre jedoch einen Versuch wert. Er war bereit, sie näher kennen zu lernen.

Caterina ging täglich zu Florians Grab in die Predigerkirche. Auch an den Sonntagen nahm sie zusammen mit Regine und der kleinen Margareta an den Gottesdiensten in der evangelischen Kirche teil, was mit Unbehagen zur Kenntnis genommen wurde. Schließlich war sie nach wie vor katholisch. An den Abenden stieg sie deshalb regelmäßig die siebzig Stufen auf den Domberg hinauf und betete zur Jungfrau Maria, sie möge ihr beistehen und ihr Kraft geben in dieser ungastlichen Stadt, die sie ohne Florian nur dank ihrer Familie und einiger Freunde ertragen konnte.

Manchmal ging sie im Anschluss noch in die Severikirche und kniete vor dem Sarkophag ihres Landsmannes nieder. Der Heilige Severus war einst Wollhändler in Ravenna gewesen. Als die Wahl eines neuen Bischofs anstand, sandte Gott ein Zeichen in Gestalt einer weißen Taube, woraufhin die Gemeinde ihn zum Bischoff machte. Seine Gebeine hatte der Mainzer Erzbischof Otgar nach Erfurt bringen lassen, zusammen mit denen seiner Frau und seiner Tochter. Ihre Überreste ruhten ebenso einsam in Erfurt wie sie sich hier fühlte. Im Gebet erzählte sie ihnen von der italienischen Sonne, vom Meer und den Pflanzen, vom Zirpen der Grillen und den lachenden Menschen und fragte die Toten, ob sie ihre Heimat nicht auch vermissten.

Auf ihren Kirchgängen trug sie das dunkelste Blau, das sie bekommen hatte. Es war fast schwarz und ließ sie geheimnisvoll und schön gleichermaßen erscheinen.

Ebenfalls im März belud Caterinas Vater Giuseppe seinen Wagen und trat erstmalig den weiten Weg nach Erfurt an, das er bislang nur aus Florians Erzählungen kannte und aus Berichten italienischer Reisender. Ein Gelehrter hatte ihm sogar von der dortigen Universität berichtet, die als das Bologna des Nordens bekannt war, in Anlehnung an die älteste Universität der Welt, die natürlich in Italien beheimatet war. Auch wusste er, dass der Papst einige Erfurter Geistliche nach Rom berufen hatte und dass sich in Erfurt die größte Glocke der Welt befand. Florian hatte ihm vom tiefen Klang der Gloriosa erzählt, der weithin im Umland zu hören war und der ihnen zu Hause durch Mark und Bein ging, da sie keine 200 Ellen davon entfernt wohnten. Abgesehen von der Stadt war Giuseppe aber vor allem gespannt auf seine Enkeltochter.

Es war ein sonniger Nachmittag im April, als Giuseppe durch das Löbertor in die Stadt einfuhr. Der Torwächter hatte ihm gesagt, er müsste zuallererst zur Waage in die Waagegasse fahren, um die mitgebrachten Waren zu verzollen, bevor er damit in der Stadt handelte. Danach könnte er Fuhrwerk und Pferd in der Futterstraße unterstellen. Aber er konnte genug Deutsch radebrechen, um sich erfolgreich zum Haus seiner Tochter durchzufragen, und fand auch bald das Anwesen, dessen Toreinfahrt offen stand.

Er fuhr durch den gotischen Torbogen und war beeindruckt vom Ausmaß des Anwesens. Im Hof war die Magd Agnes dabei, Holztische und Bänke mit Stoffen und Kissen zu verschönern, denn sie hatten gerade wieder Ausschank. In den Bierlöchern steckten Strohbündel und der Bierrufer würde bald auf seiner zweiten Runde durch Mariä bei ihnen einkehren und ihr Bier verkosten. Am Abend würden die ersten Gäste erscheinen.

»Sie sind zu früh!«, wies Agnes den dunkelhäutigen Herrn zurecht, der bereits von der Kutsche gestiegen war. »Außerdem können Kutschen und Pferde nicht mit in den Hof gebracht werden«, fügte sie hinzu und stemmte die Hände in die Hüften.

»Es tut mir leid. Ich verstehe nicht. Wo ist Caterina? Ich bin ihr Vater.« Diesen Text hatte er vorsorglich auswendig gelernt.

Agnes war überrascht. »Oh. Wenn das so ist, dann hole ich sie gleich.«

Caterina stapelte gerade mit Regine Bierkrüge in der Nähe der Fässer und besprach mit dem Brauknecht, wer das Fass anstechen sollte, was normalerweise der Hausherr tat. Sie bezweifelte, dass sie dabei eine gute Figur machen würde.

»Frau Seber, Euer Vater ist da«, platzte Agnes herein.

Caterina ließ alles stehen und liegen und rannte in den Hof. Tatsächlich. Dort stand ihr Vater mit seinem dunklen Haar, braun gebrannt und italienisch gekleidet. Und hinter ihm sah sie eine große, voll beladene Kutsche.

»Papa!« Sie lief auf ihn zu und gleich darauf lagen sie sich in den Armen und lachten. Margareta hatte die ungewohnten Geräusche im Hof gehört und kam auf ihren kurzen Beinchen aus der Küche gelaufen. Sie freute sich über beide Pausbäckchen beim Anblick ihrer glücklichen Mutter. Als Caterina sie sah, nahm sie sie auf den Arm und zeigte sie ihrem Vater.

»Das ist meine Margareta! Margareta, das ist dein Großvater, mein Vater. Zu ihm ist dein Papa immer gefahren. Großpapa wollte dich kleine Maus einmal sehen und ist den weiten Weg von Italien gekommen.« Sie gab Giuseppe das Mädchen in die ausgestreckten Arme. Der schaute sie lange an und drückte sie dann an sich.

»Che bellissima ragazza!« Er überschüttete sie mit Küssen auf Wange, Stirn und Händchen und hatte dabei ein so nettes Lachen, das Margareta gleich Zutrauen zu ihm fasste. Inzwischen war auch Regine in den Hof gekommen, die schmunzeln musste angesichts dieser freudigen Begrüßung. Sie wurden einander vorgestellt,

Caterina übersetzte, und dann lud Regine zu einer kleinen Mahlzeit ein. Jost bot an, sich um Kutsche und Pferd zu kümmern.

»Das Pferd ja, die Ladung möchte ich zuerst dir zeigen«, sagte Giuseppe auf Italienisch zu seiner Tochter, »am besten gleich, solange wir noch Licht haben.«

Während Caterina noch übersetzte, winkte Giuseppe sie und Regine schon zum Wagen, schlug die Plane zurück und bat nun doch um die starke Hand des Knechts. Zu zweit luden sie mehrere Ballen erlesener Florentiner Stoffe ab – Brokat, Seide, Samt und Wollsatin – und stapelten sie auf den Tischen, die für die Biertrinker gedacht waren.

»Papa, du bist großartig. Du hast viel mehr mitgebracht, als ich dir geschrieben hatte.« Glücklich zählte Caterina die Ballen durch.

»Ach, nur für den Fall, dass der Schwedenkönig oder die Herzöge mehr verlangen«, winkte Giuseppe lachend ab.

Er hatte außer dem Stoff etwas italienischen Waid geladen und an die verschiedenen Waideimer ein Säckchen der dazugehörenden Samen gebunden. Als nächstes mussten zwei Fässer italienischen Weins in den Keller gerollt werden, Olivenöl, Oliven und Schinken aus Parma trug Jost in den Vorratsraum.

Der Großteil der Ladung bestand jedoch aus Scheffeln mit den verschiedensten Farbpulvern, die in die Räume im Erdgeschoss des Waidspeichergebäudes geschleppt werden mussten. Während Jost und zwei Knechte damit beschäftigt waren, öffnete Giuseppe ein kleines Geheimfach im Wagen und drückte Regine eine Flasche mit feinem königsblauem Farbpulver sowie Caterina einen blauen Stein, der wie ein unbearbeiteter Lapislazuli aussah, in die Hände.

»Versteckt es, wenn die Knechte zurückkommen. Das ist Indigo! Ich habe es von einem indischen Handelsschiff in Genua gekauft.«

Caterina übersetzte rasch und betrachtete den blauen Klumpen auf ihrer Handfläche. »Indigo ist ein Mineralfarbstoff?«, wunderte sie sich.

»Nein, aber man kann es zu einem steinähnlichen Klumpen pressen, nachdem man der Pflanze das Farbkonzentrat entzogen hat. Es ist auf diese Art gut zu lagern, zu wiegen, zu transportieren und, das Wichtigste, es ist um ein Vielfaches ergiebiger als die graue Waidasche. Leider weiß ich noch nicht, wie man das genau macht«, erklärte Giuseppe.

»Ich bringe es gleich in meine kleine Experimentierwerkstatt, die ich dir später gerne einmal zeige«, sagte Caterina. Sie nahm Regine das Pulver ab und deponierte das verbotene Indigo in einer verschließbaren Nische in der Wand ihrer Werkstatt. Dorthin brachte sie schließlich auch die Purpurflakons, von denen ihr Vater ebenfalls eine größerer Anzahl dabei hatte. Die rote Farbe, die aus dem Drüsensekret der gleichnamigen Schnecken gewonnen wurde, war in den deutschen Landen mit Gold kaum aufzuwiegen.

Dann durfte Jost das Gefährt unterstellen. Giuseppe nahm Margareta auf den Arm und folgte Regine und Caterina in die Küche. Die Magd brachte ihm einen Krug frisch gebraute Schlunze und während Regine und Caterina abwechselnd Essen auf den Tisch stellten und sich anschließend setzten, musste Caterinas Vater ihr von seiner Reise erzählen und von zu Hause. Caterina übersetzte hin und wieder für Regine, die dank ihrer Lateinkenntnisse sogar einiges dieser melodischen fremden Sprache verstand. Margareta saß auf seinem Schoß und brabbelte vor sich hin.

Schließlich seufzte Giuseppe theatralisch auf. »Jetzt werde ich wohl Deutsch lernen müssen. Schließlich möchte ich mich eines Tages ordentlich mit meiner Kleinen unterhalten können.« Er lachte sie an.

»Ihr könnt ja gemeinsam das Sprechen lernen, Margareta und du«, spann Caterina den Scherz weiter.

Nach dem Essen bot Giuseppe an, den ganzen Hof einmal genau unter die Lupe zu nehmen: die Waidböden und die Arbeit der Knechte, die Lagerung der Ballen und des Pulvers, die Bücher und die Bestellungen.

»Wenn ich darf, würde ich die Zeit gerne nutzen und dir damit behilflich sein. Ich habe ja oft mit Florian über das Geschäft gesprochen und weiß darum, wie er sich alles vorgestellt hat. Und die Buchführung werde ich schon verstehen. Die haben schließlich wir Genuesen erfunden!«

»Papa, das wäre wirklich wunderbar, wenn du dir alles genau ansehen würdest. Das wäre mir eine große Hilfe.«

»Na, so schlimm wird es schon nicht werden. Der erste Eindruck ist ja wirklich gut.«

»Danke. Aber jetzt müssen Regine und ich rasch hinaus in den Hof, die ersten Biertrinker sind schon da und Agnes kann den Ausschank nicht alleine bewältigen.«

In den folgenden Tagen besah sich Giuseppe wirklich jeden Winkel des Seber'schen Anwesens. Immer wieder rief er seine Tochter herbei, damit sie etwas für ihn und Jost übersetzte. Jost war zunächst nicht sehr angetan gewesen von dieser Inspektion, aber als er erkannt hatte, dass Giuseppe ihn nicht kontrollieren, sondern ihnen helfen wollte, die Abläufe und den Handel insgesamt zu verbessern, taute er rasch auf.

Wenn ihr Vater nicht gerade seine Nase in irgendeine staubige Ecke irgendwo im Speicher steckte oder eines der Bücher durchging, um nachzuvollziehen, was wohin verkauft worden war, nahm Caterina ihn mit in die zahlreichen Kirchen der Stadt. Stolz zeigte sie ihm die Malereien Cranachs und den heiligen Christophorus im Dom, die kostbaren Flügelaltäre in der Paulskirche, der Barfü-ßer- und der Predigerkirche. Auch die neuen Bilder der Künstlerfamilie Friedemann in der Kaufmannskirche am Anger ließ sie nicht aus.

Giuseppe war begeistert von den zahlreichen Türmen, die der Stadt den Beinamen Erfordia turrita eingebracht hatten, von der Schnitzkunst im Erfurter Dom und von den prächtigen Fassaden der Waidhändlerhäuser. Gegen Ende seines Aufenthalts kaufte er auf den Erfurter Märkten für Kunden, die sich früher von Florian Waren hatten mitbringen lassen, verschiedene Dinge ein.

Schließlich war der Tag des Abschieds da. Giuseppe schloss seine Tochter im Hof fest in seine Arme und gab ihr einen letzten Rat. »Du hast eine niedliche Tochter, eine großartige Schwiegermutter und du lebst in einer wirklich schönen Stadt. Wenn Margareta größer ist, kommst du uns besuchen. Aber bis dahin, such dir eine starke Hand, um gemeinsam den Hof zu führen. Dieser Jost macht einen guten Eindruck!«

»Papa, Jost ist unser Knecht!«, sagte Caterina mit verständnislosem Kopfschütteln.

»Du machst ja ohnehin, was du möchtest. Aber denk an meine Worte.« Damit schwang sich Giuseppe auf seinen Kutschbock und rollte davon. Caterina blieb am Hoftor stehen und winkte ihm nach, bis er um die Kurve verschwunden war.

Agnes hatte mitbekommen, dass Giuseppe und ihre Herrin über Jost gesprochen hatten, auch wenn sie den Sinn der fremdländischen Worte nicht wirklich verstanden hatte. Es hatte aber sehr wohlwollend geklungen, was der Italiener über den Knecht gesagt hatte. Eigentlich hatte sie ja damit gerechnet, dass ihre Herrin mit ihrem Vater zurück nach Italien gehen würde. Das war offensichtlich nicht der Fall. Sollte stattdessen Jost, mit dem Giuseppe in den letzten Tagen so viel Zeit verbracht hatte, etwa eine gewichtigere Rolle auf dem Hof spielen? Gar als Ehemann von Caterina? Vom Knecht zum Waidjunker … Was für ein Einfall! Zum Glück kam so etwas gar nicht infrage. Dass sich ihre Herrin nicht neu binden wollte, hatte sie mehr als deutlich gemacht. Sie setzte alles daran, es aus eigener Kraft zu schaffen. Agnes musste sich nur etwas gedulden, bis auch Jost wieder zur Vernunft kam und das Herumgeschwänzel um die Italienerin bleiben ließ.

Dank der Stoffe ihres Vaters konnte Caterina ihre Kunden mit neuer italienischer Ware erfreuen, allen voran Herzog Wilhelm. Sie konnte ihm sogar ein Angebot für eine weitere Stofflieferung unterbreiten und so dauerte es nicht lange, bis der Bote der kaiserlichen Reichspost hoch zu Ross auf dem Markt vor ihrem Stand auftauchte, wieder so, dass es jeder in der Nähe mitbekam. Mit einer theatralischen Geste zog er ein Schreiben mit dem herzoglichen Siegel aus seiner Satteltasche und verkündete lautstark: »Die übliche Bestellung des Herzogs, mit freundlicher Empfehlung!«

Nachdem er davongeritten war, verbreitete sich die Neuigkeit blitzschnell über den ganzen Markt, bis sie am anderen Ende beim Ursulinenkloster angekommen war. Dort hatten Jakob Nafzer und Paul Ziegler ihre Stände.

»Sie ist nicht kleinzukriegen, was?«, sagte Jakob.

»Im Gegenteil. Den Nachschub aus Italien erhält sie seit Neuestem von ihrem Vater«, erwiderte Paul.

»Aber was machen eigentlich ihre Erfurter Produkte? Braut sie? Hat sie die Knechte im Griff?« Jakob überlegte hin und her, wie er der Italienerin Einhalt gebieten konnte.

Am selben Abend ritt der Bierrufer stark angetrunken auf Caterinas Hof, wo an zwei Tischen noch einige Männer beisammensaßen. Er band sein Pferd an, setzte sich etwas abseits und rief nach der Hausherrin, die in einem rostbraunen Kleid mit weißer Spitze erschien, die Haare nur nachlässig unter die Haube gesteckt, so dass wieder einmal einige der lockigen Strähnen hervorlugten.

»Komm her, Frau, ich muss dir etwas sagen. Aber leise … ich muss es flüstern.«

Sie beugte sich zu dem Mann hinunter, wobei dessen Blick sofort zu ihrem Dekolleté wanderte.

»Du machst mich heiß. Ich bleibe heute ein wenig länger hier, bis alle weg sind, und dann zeigst du mir dein Bett.«

Caterina sprang empört zurück. »Ich glaube eher, deine Runde ist für heute beendet und du gehst schnell nach Hause zu deiner Frau.«

»Nein«, der Mann lallte bereits ein wenig, »du verstehst mich nicht richtig. Du schickst jetzt alle nach Hause, das Bier ist aus für heute und dann will ich dich. Sonst ist es vorbei mit der Brauerei. Ohne Mann, kein Bier. Wenn du ablehnst, war's das.« Er tatschte mit seiner Hand nach ihrem Busen.

Reflexartig schlug Caterina ihm mit der flachen Hand ins Gesicht, was ihn umgehend so nüchtern machte, dass er das Gelächter der Männer an den anderen Tischen richtigerweise als Auslachen auslegte. Mit böser Miene wankend stieg er auf sein Pferd und verließ den Hof.

Als Caterina ein paar Tage später bei der Brauzunft ihre nächsten Brautermine erfragen wollte, wozu sie in deren Zunftstube im Gasthaus zum Mohren ging, erklärte man ihr, der Name Seber sei von der Liste gestrichen worden. Sie fragte den Gastwirt, der Zunftmitglied war, was das zu bedeuten hätte.

»Komm zur nächsten Zunftsitzung, da wird man es dir genau erklären. Aber ohne Biereigen darfst du nicht brauen. Florian hatte das Brauprivileg, er ist tot. Du müsstest dich erst um die Aufnahme bewerben, aber als Italienerin …«

In den nächsten Tagen erfuhr Caterina, was passiert war. Der Bierrufer Peter war nach ihrer Ohrfeige zur Wiederherstellung seines Stolzes und seiner Würde ins städtische Badehaus gegangen, hatte sich seine Männlichkeit mit einer Dirne bewiesen und war daraufhin nach Seife duftend und erfrischt zum Treffpunkt der Bierbrauer gegangen, wo er den Namen der Sebers eigenmächtig aus der Liste ausgestrichen hatte. Dem Gastwirt sagte er nur: »Seit da der Mann fehlt, ist die Plörre keinem mehr zuzumuten. Bei der nächsten Sitzung bin ich da.«

Caterina und Regine verkauften unbeirrt weiter ihre Biervorräte, den aktuellen Ausschank konnte ihnen niemand streitig machen. Der Bierrufer kam natürlich nicht mehr vorbei und machte auch keine Werbung mehr für die Seber'sche Schlunze. Zum Glück hatte sich die gute Qualität ihrer Gebräus bereits herumgesprochen und die Gäste blieben nicht aus. Regine fragte sich jedoch, was an Schikanen noch auf sie zukäme. Gegen Ende ihres Ausschanks erklärte sie ihrer Schwiegertochter: »Ich werde meinen alten Freund Heinrich aufsuchen. Vielleicht weiß er Rat.«

Regine besprach sich lange mit Heinrich von Denstedt. Er erläuterte ihr, dass die Feindseligkeiten vor allem auf Neid und Gier zurückzuführen waren. Der Seber'sche Handel floriere seit Jahren und jetzt, da Florian tot sei, würden viele danach trachten, zumindest einen Teil dieses Erfolgs für sich zu beanspruchen. Hinzu käme, dass die beiden Frauen – hübsche Frauen obendrein – nun mal nicht wie Männer respektiert würden. Vielleicht sollte die Italienerin besser weben und schneidern, statt auf dem großen Waidhandelsplatz mitzumischen, riet er.

»Heinrich, du enttäuschst mich! Sie stammt aus einer Familie von Farbenhändlern und Waidkennern, sie kennt sich besser mit den Pflanzen und dem Pulver aus als alle anderen Waidjunkerfrauen. Sie hat sich mit Florian einen erlesenen Kundenstamm aufgebaut, der sehr zufrieden mit ihren Lieferungen ist, und sie will das Geschäft fortführen, um ihrer und Florians Tochter eine Zukunft zu bieten. Und ich werde ihr dabei helfen!«

»Heißt das etwa, dass sie sich nicht wieder verheiraten wird?«

»Nein. Wenn sie es will und derjenige unseren Hof erhalten kann, spricht nichts gegen eine Heirat. Aber sag, was machen wir nun ohne Urin? Der Ausschank jetzt wird für ein paar Monate reichen, aber danach weiß ich nicht, wie es weitergeht. Ohne Urin werden wir kein Waidpulver mehr herstellen können.«

»Hm. Lass mich kurz nachdenken. … Ich kenne den Leiter des Ratsgymnasiums im alten Augustinerkloster. Gegen eine gewisse Spende wäre er vielleicht bereit, euch auszuhelfen. Und Knabenurin soll hervorragend sein. Das käme euch sogar günstiger als die Brausteuer und der Lohn für den Brauknecht, den Zapfer und das Schankmädchen, von den Scherereien mit den Betrunkenen und dem Zunftklüngel einmal ganz abgesehen.«

»Das würdest du für uns tun? Wo es doch stadtbekannt ist, dass das Gymnasium nichts mit dem Uringeschäft zu tun haben möchte.«

»Für dich werfe ich meinen ganzen Einfluss in die Waagschale.« Heinrich lachte Regine aufmunternd an.

»Danke. Und sag mir Bescheid, ob es klappt!« Regine küsste ihn auf den Mund, wodurch sie alte Hoffnungen bei ihm weckte. Von Denstedt hatte seinem besten Freund damals bei Regine den Vortritt lassen müssen. Aber das war schon lange her.

6

HERBST UND WINTER 1632

Anfang November machte sich in der Stadt die Kunde breit, dass der schwedische König nebst Gemahlin ein zweites Mal nach Erfurt kommen würde. Er war bereits auf dem Weg, um seinem Verbündeten, dem Herzog Wilhelm von Weimar, militärisch zur Seite zu stehen. Ein paar Tage vor ihm traf bereits seine Gemahlin Eleonora ein. Sie nahm zunächst im Haus zur hohen Lilie Quartier.

Am 7. November nachmittags gegen fünf Uhr erschien der König durch das Krämpfertor in der Stadt. Abermals erschallten die Hörner der Türmer, die auf den Türmen der Nikolai-, Kaufmanns-, Wigberti- und Allerheiligenkirche ihren Dienst verrichteten, um den hohen Gast anzukündigen. Die Wächter am Stadttor sahen den Tross als Erste, die Soldaten in ihren Uniformen, angeführt vom König der Schweden.

Ein Großteil seiner Soldaten blieb vor der Stadtmauer. Der Weg, den der König nahm, war wieder von Menschen gesäumt. Es ging über den Anger bis zum Platz vor den Graden, wo die gesamte Bürgerwehr Aufstellung genommen hatte. Nach der Begrüßung ging er rasch ins Haus zur hohen Lilie, um seine Frau in die Arme zu schließen. Die beiden liebten sich sehr, weshalb Eleonora immer möglichst da sein wollte, wo ihr Mann war.

Auch die Herren des Stadtrates hatten sich ihre Amtsketten umgehängt und sich ihre roten Gewänder über die Schulter geworfen, um den König standesgemäß begrüßen zu können. Sie erwarteten ihn vor dem altehrwürdigen Rathaus am Fischmarkt, wo nur für den König ein roter Teppich an den Eisenringen der großen Treppe befestigt war. Als Gustav Adolf eintraf, schaute er sich zunächst einmal um und bewunderte die schönen Häuser, die den Platz säumten. Dann grüßte er die große Figur eines römischen Soldaten vor dem Haus zum breiten Herd. Israel von der Milla hatte sie 1591 gefertigt.

Die Ratsherren empfingen den König und geleiteten ihn hinein in den großen Rathaussaal, wo man sich nach dem Austausch von Höflichkeiten und einer kleinen Mahlzeit zu Beratungen zurückzog. Auch Herzog Wilhelm war zugegen, der von der Bedrohung seiner Stadt Leipzig durch die Truppen von Wallenstein und Pappenheim berichtete. Das galt es zu verhindern und man einigte sich darauf, die Katholischen möglichst bald anzugreifen.

Am folgenden Tag wurden die Soldaten, nach einer Nacht in Zelten außerhalb der Stadtbefestigung, in den Häusern der Stadt einquartiert. Auch die Sebers mussten fünf Mann samt Pferden aufnehmen. Da der Schwedenkönig jedoch am selben Abend noch zu ihnen kam, um Stoff zu bestellen und Caterina in den nächsten Tagen zu seiner Gemahlin zu befehlen, benahmen sich die Soldaten so unauffällig wie es nur ging.

Zwei Tage später fuhr eine königliche Kutsche in ihren Hof ein. Ein Diener bat Caterina, mit einer Auswahl an Farben und Stoffen mitzukommen. Sie ordnete schnell ihre Kleidung und setzte sich eine frische Haube auf, dann gab sie ihrer Tochter einen Kuss auf die Nase und sagte: »Ich fahre jetzt zu einer Königin.«

Margareta lachte ihre Mutter an. Jost sah Caterinas Aufbruch vom Waidspeicher aus zu und seufzte. Wie hübsch und unerreichbar Caterina doch war.

Die Fahrt ging zum Haus zum schwarzen Löwen am Anger, wohin die Königin umgezogen war. In diesem Haus befand sich die schwedische Statthalterei und der König glaubte seine Frau dort sicherer als im Gasthaus zur hohen Lilie. Das Tor wurde Caterinas

Kutsche von zwei schwedischen Wachen geöffnet und sie fuhren in den Innenhof. Dort empfing sie eine Zofe der Königin zusammen mit einem Knecht, der die Wagenladung in die Kammer der Königin brachte. Dahin folgte auch Caterina der Zofe.

Die Königin saß in einem bequemen Stuhl mit Armlehnen vor dem Fenster, von wo aus sie den großen Waidmarkt und das Treiben auf dem Anger beobachten konnte.

»Ihre Majestät!«, verbeugte sich Caterina.

»Und Ihr müsst Caterina Seber sein. Wenn ich es richtig sehe, stammt Ihr auch nicht von hier.«

»Das seht Ihr richtig, Majestät. Ich bin aus Italien, aus dem schönen Genua.«

»Dann sind wir beide fremd hier. Aber Ihr sprecht zum Glück so gut Deutsch, wir werden uns also schon verstehen. Der König sagte, Ihr hättet erlesene Stoffe aus Florenz und wunderschöne Farben, was ich nur bestätigen kann, nachdem ich seinen prächtigen Überwurf gesehen habe, den er im letzten Jahr von Euch kaufte. Bitte, Caterina, zeigt mir Euer Angebot. Während mein Mann sich berät und die Festungsanlagen der Stadt inspiziert, habe ich viel Zeit und bin froh, sie mit etwas Schönem verkürzen zu können.«

Caterina verbeugte sich erneut und bedankte sich für so viel Lob. Sie hoffte, den hohen Ansprüchen gerecht werden zu können. Dann musste ihr der Diener einen Stoffballen nach dem anderen herbeitragen und auf Zuruf die richtigen Farben reichen. Die Zofe und Caterina hielten der Königin die Stoffe an und Eleonora drehte sich damit vor einem großen Spiegel. Weil die Königin hin und wieder über sich selbst lachte, lachte die Italienerin bald mit, auch über ihre Verständigungsschwierigkeiten, so dass sich die anfangs steife Atmosphäre schnell zu einer fröhlichen Runde entwickelte. Caterina merkte, dass die Königin froh war, sie und ihre Stoffe um sich zu haben. Sie hielten verschiedene gläserne Farbflaschen an ihr Gesicht, um zu sehen, ob die Töne zu ihrer Haut passten. Nach einigen Stunden, während der Eleonora Wein servieren ließ, hatte sich die Königin für einige Tuche und Farben

entschieden. Caterina sollte möglichst bald mit ihrer Schwiegermutter Regine wiederkommen, die dann Maß nehmen würde, um
aus dem Stoff Kleider und Umhänge zu schneidern.

Am 9. November verließ Gustav Adolf die Stadt, um mit seinen
Truppen in Richtung Leipzig zu ziehen. Seine Gemahlin blieb in
Erfurt zurück. Caterina freute sich darüber. Während der nächsten
Treffen und Anproben wollte Eleonora wissen, warum Caterina
keinen Mann mehr hatte, und wie es war, als Italienerin und
Handelsfrau so ganz ohne Beschützer zurechtzukommen. Als die
Kleider und Umhänge fertig waren und Caterina die Schneider-
arbeiten ablieferte, bat Eleonora sie zu sich.

»Ich freue mich immer, wenn ich Euch sehe, Caterina. Lasst
mich die Kleider ein letztes Mal anprobieren, bevor ich sie in der
Öffentlichkeit vorführen muss.«

Als sie gerade hinter ihrem Wandschirm hervortrat, stürzte ein
schwedischer Soldat in ihre Kammer und übergab ihr eine Nachricht mit den Worten: »Es ist nichts Gutes.«

Dann schickte er die Zofe nach Wasser und winkte einen her-
beigeeilten Diener heran, um gerade rechtzeitig die Königin auf-
zufangen, die plötzlich blass in sich zusammensackte. Zusammen
betteten sie sie auf ihrem großen Bett. Die Zofe stand mit dem
Becher Wasser in der Hand gelähmt vor Schreck im Raum. Caterina nahm ihr das Wasser aus der Hand, befeuchtete die Stirn der
Königin, legte Kissen unter ihre Beine und gab ihr zu trinken, als
sie langsam wieder zu sich kam.

Die Italienerin hatte gehört, wie der Soldat dem Diener sagte,
dass der König gefallen sei. Wenn sie es recht verstanden hatte,
war es in einer Schlacht geschehen, die bei Lützen ganz in der
Nähe von Leipzig ausgetragen worden war. Caterina hatte noch
nie von dem Ort gehört, aber das spielte jetzt keine Rolle. Wichtiger war die Frau, die vor ihr auf dem Bett lag. Sie nahm die Hand
von Eleonora.

»Eure Majestät, es tut mir unendlich leid. Das ist eine furchtbare Nachricht. Ich weiß, wie Euch zumute ist.«

Die Königin drückte ihre Hand und ließ ihren Tränen freien Lauf. Irgendwann fasste die Zofe Caterina an den Schultern und bat sie, die königlichen Gemächer zu verlassen. Die Königin bräuchte Ruhe. Caterina drückte noch einmal kurz die Hand, die Eleonora ganz festhielt, lächelte sie tröstend an und verließ mit einer Verbeugung den Raum.

Auf dem Markt, der heute ausnahmsweise stattfand, waren die Aufregung und der Tumult in der Statthalterei nicht unbemerkt geblieben. Ein Wachsoldat hatte einem der Händler gesagt, dass der König gefallen sei, und diese Neuigkeit sprach sich in Windeseile in der ganzen Stadt herum. Die Menschen strömten herbei und versammelten sich vor dem Haus zum schwarzen Löwen. Manch einer hoffte insgeheim, Zeuge einer Sensation zu werden.

Jakob Nafzer blieb hingegen an seinem Stand, von dem er das Haus gut sehen konnte. Was sollte schon passieren, außer dass die Schweden nun, nach dem Tod ihres Anführers, hoffentlich bald wieder aus der Stadt abzögen. Er war mit dem Ausbau der Festung gar nicht einverstanden, das war nicht gut für den Handel. Aber dann passierte doch etwas Bemerkenswertes: Eine allen auf dem Markt wohl bekannte Person verließ die Statthalterei und wurde höflichst verabschiedet. Caterina, die Italienerin, war offensichtlich bei der Königin gewesen. Jakob wusste, dass Eleonora Kleidung bei ihr bestellt hatte. Also war ausgerechnet sie die Erste, die vom Tod des Königs erfahren hatte. Und sie war auch die Erste, die am Bett der Königin gesessen hatte, wie sich bald darauf erzählt wurde. Todesnachrichten schienen ihr Spezialgebiet zu sein. Vielleicht kam sie gar nicht aus Italien, sondern geradewegs vom Teufel aus der Hölle.

Caterina ging unter den Blicken der Umstehenden zu ihrem Stand vor der Bartholomäuskirche. Sie spürte, dass ihr die anderen Händler nichts Gutes unterstellten. Regine hatte den Stand kurz alleine gelassen und fing sie bereits an der Straßenbiegung in die

Schlösserstraße ab. Caterina erzählte ihr alles ganz genau, von der Botschaft und der Reaktion der Königin. Regine versuchte, sie zu trösten.

»Solch ein Tod ist tragisch, aber in Schlachten passiert so etwas. Du darfst dir das nicht zu sehr zu Herzen nehmen.«

»Aber die Königin tut mir so leid, sie ist ganz alleine in der Stadt und ausgerechnet hier muss sie so etwas Furchtbares erfahren.«

»Ja, das ist wirklich tragisch. Ich frage mich allerdings, wie es nun weitergeht. Die Königin wird sicherlich bald abreisen müssen, um ihren Mann in Schweden zu beerdigen. Ob sie vorher noch daran denken wird, uns für die aufwendigen Kleider zu entlohnen?«

Regines Sorge war zum Glück unbegründet. Sie bekamen ihren Lohn einige Tage später zusammen mit einer Botschaft, in der sich Eleonora für die netten Worte Caterinas bedankte. Es hatte ihr gut getan, in dieser schwierigen Stunde eine Frau an ihrer Seite zu haben, die ebenfalls in jungen Jahren ihren Mann verloren hatte und wusste, wie man sich dabei fühlte. Bald darauf verließ sie Erfurt, nachdem der Leichenzug die Stadt erreicht hatte. Der Alltag hielt wieder Einzug in der Stadt.

Die Waidjunker konnten diesen Tag, als die Todesnachricht die Stadt erreicht hatte, nicht vergessen. Es saß wie ein Stachel in ihrem Fleisch, dass ausgerechnet Caterina an der Seite der Königin gewesen war. Sie, die sowohl den König als auch den Herzog derart umgarnt hatte, dass sie fast nur noch bei ihr bestellten. Auch dass sie der Entzug des Braurechts nicht zum Aufgeben gezwungen hatte, ärgerte sie maßlos. Stattdessen bezog sie sogar das kostbare Knabenurin des Ratsgymnasiums! Die Italienerin hatte wirklich unverschämtes Glück und ließ schamlos ihre Beziehungen spielen. Und das als Katholikin! Bald war es abgemachte Sache. Die Sebers mussten irgendwie aus der Zunft entlassen werden. Die Kränkung, als alteingesessene Erfurter Waidhändlerfamilien mit Geschichte und Tradition so völlig ignoriert worden zu sein, war nur durch die Auslöschung des Seber'schen Handelshauses zu tilgen.

Die Frauen der Waidjunker setzten ebenfalls zur Hetzjagd an. Sobald sie Caterina sahen, zischten sie sich so laut zu, dass die Umstehenden es hören mussten: »Da kommt die Farbhexe. Die bringt nur Unglück!«

Sie wussten um die Wirkung solcher Sätze. Erst vor einigen Jahren war eine Frau in Erfurt auf dem Scheiterhaufen verbrannt worden, nachdem ihr so übel nachgeredet worden war, dass sie sich der Wasserprobe unterziehen musste. Dass sie das grausame Ritual unter Wasser überlebte, wurde als klares Zeichen für ihre Beziehung zum Teufel gewertet, weshalb sie umso dringlicher einer Bestrafung zugeführt werden musste. Zweifel an ihrer Schuld blieben bei vielen, die auf dem Platz vor den Graden dabei gewesen waren, als die junge Frau halbtot aus dem Wasser gezogen wurde. Für derlei Proben hatten man extra einen Arm der Erpha über den Platz umgeleitet. Aber weil jede Frau Angst hatte, es könnte etwas Ähnliches über sie verbreitet werden, waren alle darauf bedacht, schnell mit dem Finger auf andere zu zeigen und ebenfalls Anschuldigungen zu erheben, bevor man auf sie zeigen würde. Und irgendetwas würde schon dran sein an den Vorwürfen, gänzlich unschuldig würden sie doch niemanden treffen. Und damit war das Gewissen der keifenden Weiber beruhigt.

Jost bekam abends beim Bier über die anderen Waidknechte viel vom Gerede auf der Straße mit. Er machte sich Sorgen. Besonders als er von einem alten Freund gefragt wurde, wie es wäre, für eine Hexe zu arbeiten. Er hatte sich ernsthaft erkundigt, ob sie nachts um ein Feuer tanzen würde! Seitdem hatte er kein Wort mehr mit diesem Freund gewechselt. Aber er musste dringend mit Caterina über alles sprechen. Er wollte ihr empfehlen, den Handel einige Zeit deutlich zu reduzieren: nur noch Erfurter Waid und davon nur wenig, keine italienischen Stoffe und Farben, keine Lieferungen an die Herzöge und an den Zunfttreffen sollten sie und Regine gemeinsam teilnehmen.

An einem Freitagabend sah er eine gute Gelegenheit, ihr alles vorzutragen. Seine Arbeit war getan, es war noch hell und er fand Caterina beim letzten Lichtstrahl, der durch das kleine Fenster fiel, am Steintisch in ihrer, wie sie es nannte, Experimentierwerkstatt sitzen. Sie hatte einen Holzkübel voll Wasser vor sich stehen und darin schwammen frische Waidblätter, die sie umrührte, um dann etwas von dem Wasser in ein kleines, schmales Glas zu füllen, das sie gegen das Licht hielt. Jost fand den Anblick etwas unheimlich. Die Szenerie erinnerte ihn schon irgendwie an eine Hexenküche.

»Was machst du da, Caterina?«, fragte er. Sie waren zum Du übergegangen, wenn sie alleine unter sich waren.

»Ich versuche, den Farbstoff auch ohne Urin in Wasser zu lösen, und schaue, ob sich das Wasser färbt.«

»Und?«

»Ich bin mir nicht sicher. Wahrscheinlich rühre ich nicht kräftig genug. Was gibt's?«

»Ich höre, dass die Leute schlecht über dich reden. Dein und Regines Erfolg, den ihr nicht teilt und den keiner nachmachen kann, weil er nicht deine italienischen Verbindungen besitzt, wird euch geneidet und Neid ist ein böser Gesell.«

»Ich weiß. Deshalb will ich mich nicht auf das Knabenurin des Gymnasiums verlassen. Es kann gut sein, dass der Leiter uns bald nicht mehr beliefert. Findest du, dass sich das Wasser ein wenig gefärbt hat?« Sie rührte erneut, füllte es um und hielt das Glas wieder in den Lichtstrahl. Jost stellte sich hinter sie und schaute über ihre Schulter auf die Wasserprobe, dabei roch er ihre warme Haut und sog den süßen Duft von Moschus und Lindenblüte ein. Als sich ihre Körper kurz berührten, legte er seine Hand auf ihre Schulter, drehte sie sanft zu sich um und sah ihr in die Augen.

»Caterina, sie nennen dich Farbhexe.«

Sie versteifte sich und schaute ihn trotzig an, dann drehte sie den Kopf zur Seite weg. Er fasste sie zärtlich am Kinn und zog ihn zurück. Dann suchte er ihren Mund und sie wehrte sich nicht, sondern öffnete ihm bereitwillig ihre Lippen. Es tat gut, nach so langer Zeit wieder geküsst zu werden. Und sie wusste auch, dass es stimmte, was Jost sagte, und dass er der einzige war, dem sie vertrauen konnte und der fast alles von ihr wusste. Dafür war sie dankbar.

Plötzlich hörten sie Schritte im Hof. Sie fuhren auseinander und kurz darauf kam Agnes mit Margareta auf dem Arm herein. Sie war sofort misstrauisch, schaute auf die Wasserbehälter und dann auf Jost und Caterina. Endlich erinnerte sie sich aber, dass ihr das nicht zustand, und sie sagte: »Margareta sucht ihre Mama und Frau Seber sitzt bereits am Abendbrottisch.«

»Ich komme!«, sagte Caterina, nahm Margareta auf den Arm und ließ Jost ohne einen weiteren Blick stehen.

»Was machst du hier?«, flüsterte Agnes Jost zu.

»Ohne Bier keinen Urin, ohne Urin kein Waidpulver! Wir versuchen es mit Wasser. Als Waidknecht betrifft es mich, oder?«, verteidigte er sich und verschwand – beschwingt, denn er war einen ordentlichen Schritt vorwärts gekommen. Es war ein guter Kuss gewesen. Weich, warm und nicht zu feucht. Ihre Zungen hatten sich gleich verstanden ... Ein gutes Zeichen!

7

FRÜHJAHR 1633

Caterina hatte sich Josts Worte zu Herzen genommen, wenngleich sie ihm seither keine Gelegenheit mehr gegeben hatte, sie alleine anzutreffen. Sie ging zusammen mit ihrer Schwiegermutter zum nächsten Zunfttreffen, das im Februar stattfand. Die Blicke der anderen verrieten ihr, dass sie lieber frei über die Sebers hergezogen hätten, aber gut, nun musste man Gesicht zeigen und die beiden mit den Beschlüssen, die bereits vor der Zusammenkunft feststanden, konfrontieren.

Erstens: Mit den Entscheidungen der Brauzunft habe man nichts zu tun. Trotzdem stünde fest, dass nur männlicher Urin zur Waidverarbeitung genutzt werden dürfe. Sie müssten zusehen, wie sie dazu kämen.

Zweitens: Man habe Caterina doch vor einiger Zeit deutlich auf die Waidverordnung hingewiesen, die besagte, dass ein Waidhändler kein anderes Handwerk ausüben dürfe. Die Gewänder für Könige, Königinnen und Herzöge machten sich aber nicht von selbst und es wäre ihnen nicht bekannt, dass ein Erfurter Schneider den Auftrag bearbeitet hätte.

»Doch!«, wandte Regine ein. »Das war ich!«

Schön und gut, wurde abgewiegelt, ihre Schneiderwerkstatt befände sich jedoch auf dem gleichen Anwesen wie der Waidhandel und damit sei keine eindeutige Trennung der Geschäfte gegeben, zumal Regine ja nun, seit dem Tod ihres Sohnes, verstärkt an der Waidherstellung und am Verkauf Anteil habe.

Drittens: Man habe erfahren, dass ein Waidbauer in Kirchheim mit den beiden Frauen Handel treibe, obwohl er ausschließlich für

Arnstadt zugelassen war und die Waidverordnung für Erfurter Waidhändler die Belieferung ausschließlich durch Erfurter Waidbauern vorschreibe. Was sei denn daran so schwierig zu verstehen? Der Waidhändler würde noch in der nächsten Woche mit einer Strafe belegt und müsse sich dann entscheiden, auf welchem Markt er in Zukunft anbieten wolle.

Caterina merkte, wie es ihr immer heißer wurde, und gab sich alle Mühe, ihre Wut zu unterdrücken. Die wollten sie vernichten. Alles zerstören, was Generationen von Sebers mit harter Arbeit aufgebaut hatten. Aber so einfach würde sie sich nicht unterkriegen lassen. Caterina schwieg die ganze Sitzung über und überließ es ihrer Schwiegermutter, Zugeständnisse zu machen, einzuräumen, dass man sich an die Regeln halten werde und deren Sinn natürlich verstand und teilte.

Auf dem Heimweg konnte Caterina nicht länger an sich halten. Tränen strömten ihr über das Gesicht. Heinrich von Denstedt kam vor dem Rathaus auf sie zu und ließ sich genau erzählen, was geschehen war. Er hatte einen kleinen Lichtblick für die beiden Frauen. Der Leiter des Ratsgymnasiums hatte ihm heute erst bestätigt, dass er weiterhin wöchentlich Knabenurin liefern würde.

Regine dankte ihm herzlich und sagte zu Caterina: »Na, dann geht doch alles weiter wie bisher.«

Caterina schniefte. »Wenigstens eine gute Nachricht heute. Ich frage mich nur, warum sie Lange angeführt haben. Er wollte sich darum kümmern, sein Waid in Erfurt anzumelden. Hat man ihm Steine in den Weg gelegt und er hat sich darüber hinweggesetzt?«

»Wer weiß, was dahintersteckt. Wir werden es mit ihm klären. Es lohnt nicht, sich jetzt den Kopf darüber zu zerbrechen«, beruhigte Regine.

Eine Woche nach der Zusammenkunft kam wieder einmal der Bote der kaiserlichen Reichspost an ihrem Marktstand vorbei. Caterina spürte, wie die anderen Händler darauf gierten zu sehen, was er diesmal aus seiner Tasche zog und ob die Botschaft das herzogliche Siegel trug. Caterina hätte sich in der momentanen Situation nicht über einen Auftrag gefreut.

»Eine Nachricht aus Italien!«, sagte der Mann gut gelaunt und übergab ihr ein gewöhnlich aussehendes Pergament. »Vielleicht ist es die Antwort auf das Schreiben an Eure Eltern, das Ihr mir mitgegeben hattet.«

»Oh, das wäre wunderbar.« Caterina nahm die Botschaft aufgeregt entgegen.

»Hübsch seht Ihr aus, wenn Ihr Euch so freut. Ich wünsche Euch einen schönen Tag und auf Wiedersehen!« Der Bote lächelte sie strahlend an, bevor er wieder auf sein Pferd stieg. Sie lächelte dankbar zurück. Er hatte mit wenigen Worten für Aufmunterung gesorgt, fast auf italienische Art, dachte sie. Heimweh überfiel sie.

Den Brief machte sie erst zu Hause auf, als sie abends mit Regine und Margareta beim Schein der Talglampe am Küchentisch saß. Regine las die italienischen Worte stockend vor und Caterina übersetzte: Giuseppe war gut zu Hause angekommen, er hatte einen netten Reisebegleiter gefunden, der, wie Florian, Waidhändler war, allerdings aus Langensalza kam. Ihm würde er etwas für sie mitgeben können, wenn der auf seinem Rückweg bei ihm in Genua vorbeikäme. Aber warum er eigentlich schriebe: Er wäre nochmals zum Hafen gegangen, als wieder ein Schiff aus Indien angelegt hatte, und er habe einen der Inder gegen ein paar schöne italienische Weine dazu bringen können, ihm zu verraten, wie man die Indigopflanze bearbeitete und aus ihr dieses reine blaue Pulver gewinnen konnte. Es wäre folgendermaßen … Caterina wurde ganz hibbelig, als ihr das Verfahren immer klarer vor Augen stand, und sie nahm sich vor, es gleich am nächsten Tag zu erproben.

Regine ermahnte sie: »Indigo ist verboten. Das weißt du.«

»Ich nehme Waid.«

»Aber die Waidverordnung schreibt ein bestimmtes Verfahren vor.«

»Nun, wenn ich Steine in den Weg gelegt bekomme, werde ich mir doch zu helfen wissen dürfen, oder? Ich kaufe von hiesigen

Waidbauern und ich nehme keinen schlechten Urin von Frauen oder Tieren, ich verzichte ganz darauf. Alles, was im Brief meines Vaters steht, ist gemäß der Waidverordnung nicht verboten, denn es weiß ja niemand davon« sagte sie triumphierend.

Regine sah sie besorgt an, aber sie wusste nichts darauf zu erwidern. Deshalb gingen sie schlafen.

Caterina wälzte sich neben Margareta im Bett hin und her, so gespannt war sie darauf, ob das Indigoverfahren auch mit Waid funktionierte und ob sich ein ebensolcher Klumpen daraus pressen lassen würde. Leider konnte sie nicht sofort mit den Experimenten beginnen, sie musste warten, bis der erste Waid im März geerntet werden würde. Zum Glück würde es bald so weit sein.

Regine versuchte derweil, wieder die eigene Herstellung von Bier zu erreichen. Die Experimente ihrer Schwiegertochter waren ihr nicht geheuer. Aber ein Vorsprechen bei der Brauereigilde nützte nichts. Das Braurecht blieb ihnen versagt.

Der Waidhändler Martin von Hochheim war von seinen Zunftbrüdern immer wieder angestachelt worden, der Italienerin endlich einen Antrag zu machen. Sie schlugen ihm sogar vor, ihr anzubieten, an seiner Braugenehmigung teilzuhaben, um die Italienerin herumzubekommen, aber er hatte sich nicht getraut. Sie war ihm nicht mehr geheuer. Schließlich machte sie Geschäfte mit den höchsten Herrschaften und er war sich nicht sicher, ob nicht doch der Teufel seine Hand bei ihr im Spiel hatte. Er wollte lieber abwarten.

Von Heinrich von Denstedt erfuhr Caterina, dass die Universität einen neuen Professor hatte. Er hieß Johannes Matthäus Meyfarth und war zuvor Rektor des Gymnasiums in Coburg gewesen. Dem evangelischen Theologen eilte ein sehr guter Ruf voraus. Heinrich erzählte, er sei ein beeindruckender Redner und würde im nächsten Jahr das Amt des Rektors an der Erfurter Universität antreten. Und jedermann könne ihn erleben, wenn er die Gottesdienste in der Predigerkirche leitete. Caterina nahm sich vor, demnächst einmal eine seiner Predigten anzuhören.

Vorerst war sie jedoch mit ihren Experimenten beschäftigt. Die ersten Versuche mit den jungen Waidblättern hatten keine befriedigenden Ergebnisse erbracht. Aber sie war nicht bereit, so schnell aufzugeben. Sie träumte davon, den arroganten Waidjunkern Waid zu präsentieren, das mit einem völlig neuen Verfahren gewonnen worden war. Sie würde den Anblick der verblüfften Gesichter genießen.

Sie weihte Jost ein und zusammen begannen sie noch einmal von vorne, das Rezept ihres Vaters auszuprobieren. Dazu schnitten sie zuerst frische Waidblätter in kleine Stücke und übergossen sie mit heißem Wasser. Dann mussten sie warten, bis sich das Wasser dunkel verfärbte. Jetzt konnten sie die Blätter absieben, mussten dann die Flüssigkeit so weit erhitzen, dass man gerade noch hineinfassen konnte, und etwas Asche von Buchenholz hinzufügen, wodurch sich die Flüssigkeit dunkelgrün färbte. Nun schlug Caterina mit einem Quirl so viel Luft, wie sie nur konnte, unter, dass sich ein Schaum bildete, der blau wurde. Diese Brühe verteilten sie auf mehrere Glasgefäße und ließen sie über Nacht ruhen. Am nächsten Tag hatte sich am Grund der Gläser ein Bodensatz gebildet. Mit einer Schöpfkelle schöpften sie die darüber stehende Flüssigkeit ab, gossen klares Wasser auf und warteten erneut, bis sich wieder ein Bodensatz bildete. Dieser Vorgang musste mehrmals wiederholt werden, bis schließlich nur noch blauer Schlick übrigblieb. Diesen füllte Caterina in flache Tonschalen und stellte ihn in die Frühjahrssonne zum Trocknen.

Und es funktionierte! Das Ergebnis war ein dunkelblaues Pulver. Nicht so leuchtend wie das Indigopulver, aber immerhin.

Jost und Regine waren die Einzigen, die ihre Werkstatt betreten durften. Und Margareta natürlich, die Florian in ihrer Mimik immer ähnlicher wurde. Sie war Caterinas Sonnenschein und der Grund, warum sie überhaupt noch in Erfurt lebte. Ohne ihre Tochter hätte sie Erfurt sofort nach Florians Tod verlassen. Margareta aber liebte nicht nur sie, sondern auch ihre Großmutter, hatte Freunde in der Stadt und würde ihre Wurzeln und das Andenken an den Vater verlieren, wenn sie sie einfach mit nach Italien nehmen würde. Florian hatte hart für sein gut gehendes Geschäft gearbeitet und sie wollte nicht dafür verantwortlich sein, dass es aufhörte zu existieren. Margareta war Florians Erbin.

Wenn Caterina die Kleine mit in ihre Werkstatt nahm, staunte sie über die vielen Behälter und Glasflakons, in denen sich die verschiedensten Substanzen zur Herstellung von Farbe oder zum Färben befanden. So gab es Tiegel mit Kalk, Waidasche und Holzasche zum Bleichen, Eisengallus, das aus dem Gallapfel gewonnen wurde, zum Schwarzfärben, Alaun und Weinstein als Beizstoffe zur Haltbarmachung der Färbungen, Kreide zum Binden der Farbe, Salz, Seifenkraut, allerlei Schneidewerkzeug, Siebe, Filter, Rührgeräte und Mörser. In einer Ecke stand ein kleiner Ofen mit einer Kochplatte und einem riesigen Topf darauf und daneben viele weitere Bottiche.

Nach dem ersten Erfolg wagte sich Caterina nun an eine Variation des Verfahrens. Abermals presste sie aus frischen Blättern den Saft heraus, kochte ihn, kühlte ihn ab und versetzte ihn anschließend mit Hühnerkot, bis er sich von braun zu braungelb und schließlich zu grün verfärbte. Diese Flüssigkeit schüttete sie dann zwischen zwei Gefäßen hin und her, um auf diese Weise Luft hineinzubringen und dadurch einen blauen Extrakt zu erhalten. Den goss sie durch feinporiges Filterpapier, auf dem sich das blaue Farbpulver ablagerte.

Und schließlich entsann sie sich an ein altes italienisches Rezept, das ihr im ersten Moment zu ekelig war, aber dann überwand sie sich und probierte es aus. Sie nahm frische Waidblätter, zerstampfte und zerrieb sie gut, gab den Brei in einen Topf und stellte ihn in die Sonne. Nun musste sie den Topf mehrere Tage stehen lassen und ihn täglich mit Urin befeuchten, bis der Brei vollkommen verfault war und sich große blaue Maden darin entwickelt hatten.

Dummerweise hatte Margareta den Topf entdeckt und war aufgeregt zu Regine gerannt. »Würmer, ekelige blaue Würmer sind in Mamas Topf im Hof! Jemand hat die Waidflüssigkeit verzaubert!« Regine hatte Caterina darauf angesprochen, die abwiegelte. Ja, ihr sei da etwas verfault, sie habe es aber schon weggeschüttet.

In Wahrheit hatte sie die Maden aus dem Topf gezogen und sie zerquetscht, wobei sie einen Würgereiz unterdrücken musste. Dann ließ sie den Saft durch ein dünnleinenes Tuch in eine Schüssel sickern, ließ ihn stehen und andicken. Am Schluss konnte die Masse zu Kuchen geformt und an die Luft zum Trocknen gelegt werden.

Das war's! Sie hatte es geschafft! Genau so sah auch der Indigostein aus! Jetzt musste das Verfahren nur noch optimiert werden, um große Mengen davon herstellen zu können.

Vorerst blieb sie jedoch beim herkömmlichen Waidpulver. Die Urinlieferungen des Ratsgymnasiums kamen regelmäßig und pünktlich und Lange aus Kirchheim hatte es schließlich geschafft, einen Teil seiner Äcker zum Waidanbau für den Erfurter Markt und den anderen Teil für den Arnstädter Markt anzumelden, sogar noch bevor der Erfurter Waidmeister eine Bestrafung veranlassen konnte. Caterina hatte dem Bauern nach der Sitzung seinerzeit umgehend eine Botschaft zukommen lassen und der hatte sich gleich an seine Innung gewandt, sich darauf berufend, dass Kirchheim als Küchendorf Erfurts galt und nur die kürzere Entfernung ihn zum Waidverkauf in Arnstadt gebracht hätte. Er könne aber gute Geschäfte in Erfurt machen und wolle deshalb einen Acker eigens für Erfurter Kundschaft bebauen.

Mit dem Beginn der Marktsaison hatte Jost viel zu tun. Das Hämmern der Waidknechte auf den Böden des Waidspeichers war täglich über Stunden zu hören, gefolgt vom Geräusch des Umschaufelns. Dann wurden immer wieder per knarrender Seilwinde Eimer mit Urin zum Dach heraufgezogen, um die auseinandergezogenen Blätterhaufen erneut zu befeuchten. Caterina wollte ihren Kunden nur hervorragende Qualität anbieten. Und der Urin junger, gesunder Knaben war sicherlich das i-Tüpfelchen auf den großen, kräftigen Blätter des südlichen Umlandes!

Aber Caterina wusste, dass das graue Zeug, das sie als Farbpulver abfüllten, weit von der reinen Farbe entfernt war. Der Kunde zahlte für ein Gemisch aus zerkleinerten Blattresten, Schmutz und Staub, das nur einen Bruchteil der tatsächlichen Färbesubstanz enthielt. Und dafür all dieser Aufwand! Dass das Produkt nicht besonders gut roch, darüber wollte sie lieber gar nicht erst nachdenken.

Sie war sich sicher, dass sie eine bessere Verarbeitungsweise gefunden hatte, die auch in großen Mengen ein weit besseres Blau hervorbringen würde. Sie traute sich aber nicht, es anzuwenden. Lieber experimentierte sie in ihrer Werkstatt weiter an dem Verfahren. Dabei konnte sie außerdem ihren Ärger vergessen und in Gedanken mit Florian sprechen. Sie ließ ihn wissen, was sie neugierig machte und was sie Interessantes entdeckt hatte.

8

SOMMER 1633

In ihren Waidkübeln im Hof wuchsen im Verlauf des Sommers stattliche Pflanzen heran. Statt das Wurzelwerk stehen zu lassen, riss sie diesmal eine komplette Blattrosette samt Wurzel aus. Diese war besonders lang und stark gewachsen und Caterina fragte sich, ob man damit nicht auch etwas anfangen konnte. Vielleicht war sie essbar, so wie Rüben? Sie ging in den Hasenstall und hielt die Wurzel einem Tier vor die Nase. Der Rammler schnüffelte daran und knabberte ein wenig davon ab. Es schien ihm aber nicht besonders zu munden, denn er hoppelte schnell wieder in die dunkle Ecke seines Verschlags zurück. Es schien ihm aber auch nicht geschadet zu haben, denn Caterina beobachtete ihn in den folgenden Tagen besonders aufmerksam und fand, dass er einen sehr gesunden Eindruck machte. Er bestieg einige Häsinnen und hatte offensichtlich viel Energie.

Sie besprach sich daraufhin mit Anne, der Hebamme, die sich mit Samen, Kräutern, Beeren, Wurzeln und den verschiedensten Pflanzen und ihren Bestandteilen auskannte. Sie besaß zwei Bücher, die ihr ihre Lehrmeisterin, eine verstorbene Arnstädter Hebamme, vermacht hatte. Sie versprach nachzusehen, ob Waid darin auch andere Eigenschaften zugeschrieben wurden, die über das Färben hinausgingen.

Am Nachmittag kam sie mit dem in Leder eingebundenen Buch zu Caterina auf den Hof. Der Foliant war sehr dick und mit Eisenhaken verschlossen. Sie schlug auf den Einband, woraufhin der Haken aus der Öse sprang und sie das Buch öffnen konnte. Auf den Seiten waren Tintenzeichnungen von verschiedenen

Pflanzen zu sehen, deren Einzelteile beschriftet waren. Auf der rechten Buchseite befand sich ein Text mit Erklärungen und Rezepten. Anne schaute unter W wie Waid nach. Und tatsächlich, die Pflanze war dort abgebildet. Anne las vor, was daneben stand: »Die Blätter eignen sich zum Färben, aber auch für einen Aufguss zum Trinken oder als Wickel, das Öl der Samen verwende man für Hautpasten und zur Wundheilung und die Wurzel zum Ansetzen eines bitteren Likörs oder in geriebener Form als Pulver zum Einnehmen bei Fieber und Gliederschmerzen.«

Caterina war begeistert und wollte alles ausprobieren. Anne würde natürlich von allem etwas für ihre Hebammentasche abbekommen. Sie witzelten, Caterina könne ja immer noch als weiblicher Bader durch die Lande ziehen, würde ihr die Waidzunft den letzten Nerv rauben.

Und dann passierte etwas, worauf die Konkurrenz schon lange gewartet hatte: An einem Montag, als Jost das mit Urinfässern voll beladene Fuhrwerk vom Gymnasium aus dem Augustinerviertel zu ihrem Hof in der großen Arche lenkte und in einer Kurve, wie es üblich war, absichtlich mit dem rechten Hinterrad den Kratzstein an der Ecke vor dem Wohnhaus der Ludolfs rammte, um dem Wagen um die Kurve zu verhelfen, brach das Rad von der Narbe und der Wagen krachte mit der rechten Hinterseite auf den Boden. Ein Großteil der Fässer rollte von der Ladefläche und zerbarst auf der Platzerweiterung neben dem Trinkwasserbrunnen, so dass der Urin sich in Pfützen auf dem Platz verteilte, in die Wasserklinge, einen der schmalen Gräben zur Sicherstellung der Löschwasserversorgung, die sich durch die ganze Stadt zogen, floss und sogar bis in den Trinkwasserbrunnen spritzte und zwar genau zu der Zeit, als alle zum Mittagessen in ihre Häuser zurückgingen.

Das war ein gefundenes Fressen für Walter Ludolf und seine Frau und für alle, die die andauernde Frauenwirtschaft nicht guthießen. Sämtliche Anwohner und andere Neugierige versammelten sich auf dem Platz, um die Bescherung zu beklagen, über die Sauerei zu schimpfen und endlich einmal loszuwerden, dass sie so etwas schon immer hatten kommen sehen. Man zitierte die Hausherrin sofort herbei und verlangte die umgehende Beseitigung der Urinlachen.

Da die Knechte einen Auftrag außerhalb der Stadt hatten und erst nach dem Mittagessen zurück sein würden, Regine ebenfalls unterwegs war und Agnes mit Margareta auf dem Markt zum Einkaufen war, blieb Caterina nichts anderes übrig, als vor den schadenfrohen Blicken der Umstehenden zusammen mit Jost Wassereimer zu schleppen, die Flüssigkeit zu verdünnen und dann wegzuspülen.

»Da ist noch was!«

»Ach, nun erst recht in die Klingen, Schweinerei!«

Diese und ähnliche Bemerkungen und Ausrufe gaben Caterina den Rest. Als sie den letzten Eimer aus dem Brunnen zog und ihr Jost gegenüberstand und sich ihre Blicke trafen, konnte sie sich nicht länger zusammenreißen und brach in Tränen aus. Jost hob den Arm, um sie zu berühren, zog ihn aber schnell wieder zurück.

»Geh nach Hause«, flüsterte er ihr zu. »Den Rest schaffe ich alleine. Es tut mir leid, dass mir das überhaupt passiert ist. Ich hätte die Wagenräder längst mal wieder überprüfen sollen.«

»Nein, das ist es nicht«, schluchzte sie so leise es ging. »Es ist diese Feindseligkeit und Falschheit. Ich halte das nicht mehr aus.«

»Ich weiß. Ich mache das hier schon. Geh nach Hause und ruh dich aus. Wir reden nachher.«

Sie war Jost unendlich dankbar.

Sie ging in ihre Kammer streifte sie sich die Haube vom Kopf und zog ihr Kleid aus, dessen Saum mit Urin vollgesogen und das ansonsten von den Wasserspritzern vollkommen durchnässt war, und betrachtete ihr verheultes Gesicht im Spiegel. Ihr eigener trauriger Anblick war ihr so zuwider, dass sie vor Wut erneut anfing zu weinen.

Sie merkte nicht, dass Jost ihr Zimmer betrat. Erst als er hinter ihr stand und ihr eine Decke über die nackten Schultern legte, sah sie ihn im Spiegel und drehte sich zu ihm um. Sie fror vor lauter

Erschöpfung und so ließ sie zu, dass Jost die Decke um sie wickelte und sie in den Arm nahm und an sich drückte. Dann nahm er ihr Kinn in seine Hand, strich ihr die von Tränen durchnässten Haarsträhnen aus dem Gesicht und begann, ihre Wangen trocken zu küssen.

Es fühlte sich gut an. Dieser Mann hatte Verlangen nach ihr und er wünschte ihr nichts Schlechtes. Er war stark und muskulös, ein guter Beschützer. Ein hübscher Mann. Florian hatte viel von ihm gehalten. Sie war Witwe, aber noch jung. Wie lange hatte sie schon keinen Mann mehr an sich herangelassen? Ihre Lippen fanden sich. Der Kuss dauerte an und ging, nur durch ein kurzes Luftholen unterbrochen, in den nächsten über. Ihr war wieder warm.

Schließlich hob Jost sie auf ihr Bett, wobei sich die Decke öffnete, die er um sie gewickelt hatte. Er schob sich neben sie.

»Warte, wir müssen erst die Tür verschließen«, flüsterte Caterina. Sie war ebenso erregt wie er.

Jost stand auf, drehte den eisernen Schlüssel im Schloss der Holztür herum und entledigte sich rasch seiner Kleidung. Dann gaben sie ihrem Verlangen nach und vergaßen Zeit und Ort.

Inzwischen war Agnes mit Margareta vom Markt zurückgekehrt und hatte sich noch vor dem Hoftor von einigen Tratschweibern von dem Vorfall mit den Fässern berichten lassen. Sie ahnte, dass die Stimmung nicht gut sein würde, besonders da die Hausherrin persönlich vor Publikum den Platz hatte reinigen müssen. Deshalb verhielt sie sich ruhig, ging leise mit Margareta in die Küche, um die Einkäufe auszupacken und eine Suppe vorzubereiten. Während sie sich am Herd zu schaffen machte, kletterte Margareta die Treppe hinauf, um nach ihrer Mutter zu schauen. Als sie Geräusche aus deren Kammer vernahm, die ungewöhnlich klangen, und die Tür sich nicht öffnen ließ, als sie vorsichtig an der Klinke zog, schlich sie sich auf Zehenspitzen wieder hinunter und holte Agnes, die mit einer Holzkelle bewaffnet sogleich nachsehen wollte.

Als sie an der Tür horchte, war ihr sofort klar, was die Geräusche bedeuteten. Sie maßte sich nicht an, an die Tür zu klopfen oder anderweitig zu stören, fragte sich aber, mit wem die Italienerin es wohl trieb.

»Die Mama träumt sicher nur. Wir lassen sie schlafen«, sagte sie zu Margareta und nahm sie mit in die Küche. Dort schaute sie kurz in den Hof, um zu sehen, ob sie Jost irgendwo entdeckte. Als das Gemüse in der Suppe gar war, hörte sie jemanden die Treppe herunterkommen. Als Jost in die Küche trat, verbarg sie ihren Schreck. Sie tat überrascht.

»Ach, was machst du denn hier? Ich dachte, es wäre niemand im Haus. Wo ist die Herrin?«

»Ich habe nach einer Tür gesehen, die geklemmt hat. Ich glaube, die Herrin ruht sich etwas aus«, log Jost, dem es gleichgültig war, was die Magd dachte.

Agnes deckte schweigend mit Margareta den Tisch und überlegte, was sie mit ihrem neu gewonnenen Wissen anfangen würde.

Caterina blieb noch einen Moment in ihrer Kammer, nachdem Jost gegangen war. Sie fühlte sich körperlich so leicht wie schon lange nicht mehr. Dann aber meldete sich ihr Gewissen und eine gewisse Ratlosigkeit machte sich in ihr breit. Wie sollte das weitergehen? Es war schön gewesen mit Jost und jede Faser ihres Körpers sehnte sich nach einer Wiederholung. Ihr Gefühl sagte ihr, dass er einen guten Partner an ihrer Seite abgeben würde. Aber er war ihr Knecht, dem solch eine Stellung einfach nicht zustand. Als solcher konnte er immerhin keine Ansprüche an sie erheben. Sie beschloss, ihn zu ermahnen, ihr Stelldichein für sich behalten. Dann spräche nichts gegen eine gelegentliche Wiederholung. Mehr konnte er nicht von ihr erwarten.

Als sie das für sich geklärt hatte, kehrte die Erinnerung an die Erniedrigung von vorhin zurück. So etwas würde ihr nie wieder passieren! Und ausgerechnet einer der Zunftbrüder war der Wortführer derjenigen gewesen, die sie zu dieser ganzen Aktion gezwungen hatten. Es meinte eben keiner in dieser Stadt gut mit ihr und niemand wollte ihr eine Chance geben. Aber ab sofort würde sie keine Rücksicht mehr nehmen, nicht auf die anderen Waidjunker und nicht auf ihre unsinnige Waidverordnung.

Noch am selben Nachmittag ging sie zum Leiter des Ratsgymnasiums, bedankte sich für die bisherigen Lieferungen, beendete aber die Vereinbarung und übergab dem Herrn zum Dank und als kleine Entschädigung für die kurzfristige Vertragsauflösung eine ansehnliche Geldspende. Das war geschafft! Caterina fühlte sich befreit.

Jetzt war es an der Zeit, den Waidknechten das neue Verfahren zu zeigen und die Aufgaben neu zu verteilen. Sie ließ sie nach ihrer Rückkehr auf dem Hof antreten und Verschwiegenheit geloben über alles, was sie ihnen nun sagen würde. Wer dagegen verstieße, würde seine Arbeit verlieren. Jost krempelte bei der Ankündigung seine Ärmel hoch, ließ die Muskeln spielen und sah jedem Knecht einzeln mit ernster Miene in die Augen. Doch Caterinas Vorhaben war ihm nicht geheuer.

Sie hatte Regine eingeweiht, die der Entschlossenheit ihrer Schwiegertochter nichts entgegenzusetzen wusste außer: »Na, ich weiß ja nicht … Wenn das nur gut geht …« Sie machte sich große Sorgen um die Zukunft ihrer Familie. Regine wusste, wie weit der Arm der mächtigen Waidhändlerzunft reichte. Sie wagte sich nicht vorzustellen, wie sie auf Caterinas Eigensinnigkeit reagieren würde.

Jost musste zunächst die Kutsche reparieren. Dann schickte Caterina ihn los, um größere Mengen Kalks und Holzasche zu besorgen. Zwei Tage später fuhren sie zusammen zu Lange nach Kirchheim, um ihm mehrere Fässer frischer Waidblätter abzukaufen.

Der war etwas verwundert über Caterinas Wunsch, unbehandelte Waidblätter zu erstehen.

»Aber Ihr kommt gerade rechtzeitig. Wir haben gestern eine Ernte auf den Hof gebracht, morgen wollten wir mit dem Zerkleinern beginnen, dem Mahlen, Formen und Trocknen von Ballen. Aber wozu benötigt Ihr die Blätter?«

»Ach, ich dachte mir nur, die Verarbeitung könnten wir auf dem Hof selbst übernehmen. Das ist doch auch praktisch für Euch, oder nicht?« Caterina war sich bewusst, wie dünn ihre Erklärung klang. Aber Lange fragte zum Glück nicht nach.

»Praktisch ja. So haben wir weniger zu tun und ich spare mir zusätzliche Helfer. Nun, dann soll es mir recht sein! Ich kann Euch sogar mit dem Preis entgegenkommen.«

Sie wurden sich einig, füllten die Blätter in die Fässer, von denen Caterina zwei kennzeichnete und mit trockenen Waidballen von der Hälfte bis zum Rand auffüllte, für den Fall, dass sie am Stadttor kontrolliert würden, und verschlossen sie mit Deckeln.

Am folgenden Tag begannen die Knechte mit der Verarbeitung der Blätter nach Caterinas Anweisung. Nicht alles klappte gleich auf Anhieb, zu ungewohnt war das neue Verfahren. Aber sie versuchten es wieder und wieder und bis zum Ende des Sommers waren sie so weit, auch größere Mengen des neuartigen Waidpulvers herzustellen.

9

HERBST 1633

Der Winter begann früh in diesem Jahr. Die Straßen waren schon Ende Oktober verschneit und zwangen alle dazu, in ihren Werkstätten und Speichern zu arbeiten.

Caterina und Regine verkauften die Waidasche aus früheren Ernten, während die Knechte das blaue Pulver für den Verkauf im nächsten Frühjahr produzierten. Den frischen Blättern entzogen sie zunächst durch Sieden den Farbstoff. Für die daraus gewonnene Flüssigkeit konnten sie ihre leeren Bier- und Urinfässer gut gebrauchen. Für die Weiterverarbeitung und das Filtern hatten sie dann mehr Zeit.

Agnes, die niemand eingeweiht hatte, wunderte sich seit einiger Zeit über die veränderten Arbeitsgänge und das fehlende Geräusch der Waidhämmer. Auffällig waren auch die Feuer, die häufig im Hof entzündet wurden, um etwas zu kochen. Ihr gebot man dann immer, das Haus nicht zu verlassen, so dass sie nicht genau mitbekam, was die Knechte dort taten. Und aus ihnen war kein Wort dazu herauszubekommen. Gut, sie hatten es mit dem Feuer während der kalten Jahreszeit wärmer, aber jeder wusste doch auch, dass offenes Feuer mit Vorsicht zu handhaben war. Ein Brand war schwer unter Kontrolle zu bringen und die Löscharbeiten mühsam. Agnes fühlte sich ausgeschlossen. Gäbe es nicht Jost, den sie jeden Tag sah, und wäre ihr Lohn nicht so hoch, hätte sie sich schon längst eine andere Arbeitsstelle gesucht. Seit der Herr Florian nicht mehr da war, kam ihr hier einiges merkwürdig vor.

Kurz vor Allerseelen ritt wieder einmal der Bote der kaiserlichen Reichspost in den Hof der Sebers. Er stieg ab und kam schnurstracks zum Hintereingang des Wohnhauses. Die Tür stand offen, weil Regine gerade nach dem Essen lüftete. Er machte sich mit einem Klopfen bemerkbar.

»Kommt herein!«, rief Regine von drinnen.

Er betrat den Flur und folgte dem Essensgeruch in die Küche. Am Tisch saß die kleine Margareta und knabberte an einem Stück Brot, während Caterina die Treppen herunterkam, um ihre kleine Tochter zu einem Mittagsschlaf nach oben zu holen.

»Oh, eine Botschaft!«, riefen die beiden Frauen fast gleichzeitig aus.

»Ich hoffe, es ist etwas Erfreuliches«, ergänzte Caterina.

Der Bote lächelte und übergab ihr einen Brief mit dem herzoglichen Siegel. »Nun, ich denke, da ist wieder jemand auf der Suche nach etwas Besonderem, Ausgefallenem und einem Herzog Würdigem.«

»Schauen wir doch gleich einmal nach. Wünscht der Herzog eine umgehende Antwort?«, machte Caterina das kleine Schauspiel mit.

»Genau so ist es. Was mir die Freude bereitet, Eure Schönheit noch ein wenig langer genießen zu können.« Er zwinkerte Caterina zu.

Sie ging nicht weiter darauf ein, sondern nahm die Nachricht und reichte sie Regine. »Lies doch bitte vor.«

Die erbrach gespielt umständlich das Siegel und entfaltete das Papier. Dann überflog sie den Text zunächst. Für Caterina wurde es langsam allzu spannend.

»Bitte, spann uns nicht länger auf die Folter, Regine.«

»Also gut. Ich lasse den ganzen Anfang weg und komme gleich zum Wesentlichen: … und benötigen für das Weihnachtsfest ein angemessenes Gewand. Königsblau kombiniert mit Purpurrot, dazu eine Tasselschnur mit Schließen und Lilien als Gewandbesatz aus Gold. Lasst uns wissen, ob die Goldschmiedearbeiten von Euch beschafft werden, andernfalls wird der Hof Sorge für eine

entsprechende Lieferung tragen. Es gelten noch immer die Schnei-
dermaße vom letzten Mal. Die Gestaltung überlasse ich Eurem
hervorragenden Geschmack. Erwarte umgehende Bestätigung
durch den Boten.«

»Regine, was sagst du? Kriegen wir das hin?«

»Im Grunde, ja. Aber es wäre alles aus einer Hand: Stoff, Fär-
bung und Schneiderei, alles andere können wir besorgen. Aber
erinnere dich an die Ermahnungen der Waidhändlerzunft«, gab
Regine zu bedenken.

»Hat Euch jemand gesehen?«, wollte Caterina vom Boten wissen.

»Nein. Jedenfalls nicht den Brief mit dem Siegel«, versicherte
der verständig.

»Gut. Dann bleibt das unter uns. Sollte dennoch jemand erfahren, dass der Herzog eine Lieferung von uns erhält, mache ich das
mit Euch aus.« Die Worte waren eindeutig, aber Caterina milderte
die Mahnung mit einem strahlenden Lächeln ab.

»Habe verstanden. Also, Abholung ohne Aufsehen, hier an der
Hintertür. Wann darf ich wiederkommen?« Dem Boten machte
die kleine Verschwörung Spaß und so verabredeten sie einen Ter-
min in vier Wochen und verabschiedeten sich. Regine schenkte
ihm noch ein großes Stück Schinken.

»Ich bin froh, dass uns unsere hochrangige Kundschaft treu bleibt.
Diesmal muss das Gewand besonders schön werden. Königsblau
hat er geschrieben …« Caterina überlegte laut, sobald der Bote das
Haus verlassen hatte.

»Du denkst doch wohl nicht das, was ich denke, dass du
denkst?«, fragte Regine besorgt.

»Doch, genau das! Wir nehmen Vaters Indigo. Es wäre nicht
gut, wenn man es irgendwann bei mir finden würde, und ich brau-
che es auch nicht länger als Beispiel für mein neues Verfahren.
Außerdem bin ich auf das Farbergebnis gespannt und schließlich
geht unsere Arbeit direkt an den Hof. Von den hiesigen Waidjunkern bekäme keiner das Gewand zu Gesicht und deshalb wird sich

niemand darüber beschweren. Wo kein Kläger, da kein Richter. Und wo kein Richter, da kein Henker!«, freute sie sich, nahm Margareta auf den Arm und tanzte mit ihr durch die Küche. »Morgen nehme ich dich mit auf die Krämerbrücke zu Aurifaber, meine Kleine. Da glitzert und funkelt alles. Du wirst sehen«, sagte sie zu ihrer Tochter und gab ihr einen Kuss. »Aber jetzt ab ins Bett!«

Am Abend setzte sie sich nach dem Essen mit Regine an den großen Küchentisch und besprach mit ihr die Gestaltung des edlen Mantels. Das Futter sollte ein mit Indigo gefärbter Seidenstoff sein, vernäht mit purpurrotem Samt und Brokat für die Außenseite. Der Kragen musste als Erweiterung der Unterseite ebenfalls aus blauem Brokat gefertigt sein, an dessen Ansatz darunter mit goldenen Knöpfen ein blauer Samtumhang mit rotem Brokatfutter zu befestigen war. Es war Winter, so planten sie, die Säume aus Fell zu fertigen, das jeweils entgegengesetzt zur Stofffarbe blau und rot eingefärbt werden sollte. Die Farben und Stoffe hatten sie. Goldene kleine Lilien als Gewandbesatz für den Kragen und den Umhang, Schließen und eine starke Tasselschnur, um den Mantel unter dem Hals zusammenzuhalten, mit roten und blauen Edelsteinen auf den Tasselenden, mussten sie kaufen. Passend dazu hatte der Herzog eine Kopfbedeckung bestellt, die sie ebenfalls rundherum mit kleinen goldenen Lilien unter einem Fellkranz verzieren wollten.

Die kleine Margareta konnte schon recht gut sprechen und mit ihren kleinen Beinchen tappelte sie stolz neben ihrer Mutter durch den Schnee, der aufgrund der frühen Stunde ganz weiß und noch nicht zertreten und verschmutzt war. Sie gingen die Breite Straße hinunter über den Fischmarkt in Richtung Benediktskirche, wo sie Ferdinand von Denstedt trafen, der auf dem Weg zum Rathaus war. Caterina hatte ihn seit Florians Beisetzung nicht mehr ausführlich gesprochen und auch jetzt war für kaum mehr Zeit als herzliche Grüße an Malou auszurichten.

Links in der Michaelisstraße, im Haus zum Schwarzen Horn, hörte man die Druckmaschinen rattern und ein größeres Fuhrwerk fädelte sich durch das Tor des großen Gebäudes der städtischen Waage. Eine alte Frau mit einer Kiepe auf dem Rücken bog links vor der Krämerbrücke in die Kreuzgasse ab, wo eine Reihe kleinerer Häuser am Wasser der Furt stand, gleich neben dem Kirchhof von St. Benedikt.

Caterina holte ihren Münzbeutel hervor und passierte den Durchgang im Kirchturm zur Krämerbrücke, wo sie einen Obolus zahlen musste.

»Na, kleines Mädchen. Schöne warme Stiefelchen hast du an!«, sagte der Brückenwächter.

Margareta guckte stolz. »Die hat meine Mama mir gekauft!«

»Dann hast du ja eine ganz wunderbare Mama.«

Schnell zog Caterina ihre Tochter weiter, bevor diese Unterhaltung noch peinlich für sie wurde. Ein paar Schritte weiter hatte sie den Brückenwärter aus ihren Gedanken gestrichen. Es gab über fünfzig kleine Krämerläden auf der Brücke und Caterina liebte sie. Der geschäftige Flussübergang erinnerte sie an den Ponte Vecchio in Florenz, auf dem die Goldhändler ihre Häuschen hatten. Ihr Vater hatte sie einmal dorthin mitgenommen und dann mit ihr in der Mitte auf den großen Fluss Arno geschaut. In Erfurt konnte man nicht auf den Fluss sehen, denn es gab bis zur anderen Brückenkopfkirche St. Ägidius nicht eine Lücke zwischen den Häusern. Aber es war herrlich bunt und hell, fast wie in Italien.

Jeder Krämer hatte seine Läden mit Waren beladen aufgeschlagen. Dahinter leuchtete es warm aus dem Innenraum heraus. Beim Begutachten der Waren war man vom oberen Fensterladen geschützt. Schneeflocken oder Regen störten die Händler also nicht. Dazu duftete es nach Rosmarin, Lavendel, Thymian, Kardamom und vielem mehr aus den Gewürzläden. Die Tuchhändler verkauften Leinen-, Hanf- und allerlei Webstoffe und die Goldschmiede boten herrlich glänzendes Gold und Geschmeide feil.

Egon Aurifaber hatte sein Geschäft im Haus zum Goldenen Helm kurz vor der kleinen Seitentreppe, die auf der Rückseite der Brücke zur Furt hinunterführte. Er und Florian kannten sich seit ihrer Kindheit und hatten gemeinsam die Lateinschule des Benediktinerklosters besucht. Für besondere Aufträge hatten sie meist bei ihm bestellt.

Margareta schaute mit großen Augen auf die Auslagen, die ein Gehilfe streng bewachte, und guckte besonders erwartungsvoll, als ihre Mutter mit ihr in das Haus des Goldschmieds hineinging und eine kleine Klingel bei ihrem Eintritt läutete. Egon Aurifaber kam sofort auf sie zu.

»Caterina Seber! Welche Freude! Wie geht es dir? Wir haben uns länger nicht gesehen. Und das ist der Nachwuchs? Hallo, kleines Fräulein!«, begrüßte er beide herzlich.

»Ich freue mich auch, dich endlich wieder einmal aufsuchen zu können. Und ja, das ist unsere kleine Margareta.«

Ihre Tochter hatte sich beim Anblick Aurifabers hinter Caterinas Rock versteckt, denn der Goldschmied war ein Riese von Mann. Wüsste Caterina nicht aus eigener Anschauung, zu welch feinen Arbeiten er fähig war, sie hätte ihm den Berufsstand nicht geglaubt. Nun zog sie Margareta aus ihren Rockfalten hervor und ermahnte sie, den Goldschmied anständig zu begrüßen. Aber der winkte gutmütig ab. Er war es gewöhnt, dass die Kinder Angst bekamen, wenn sie ihn das erste Mal sahen. Meist legte sich das rasch, denn er konnte wunderbar mit Kindern umgehen und gewann ihre Herzen im Nu.

»Du hast einen Auftrag? Sag, was genau benötigst du?«

Caterina erklärte ihm, was sie brauchte. Er holte seine hölzernen Schaukästen, bat seine beiden Besucherinnen, sich indes an den Verkaufstisch zu setzen, und dann durfte Margareta ihrer Mutter sagen, welche Teile ihr am besten gefielen. Nach wenigen Minuten hatte er sie völlig für sich eingenommen.

Die Lilien musste Aurifaber erst aus Silberblech pressen und dann vergolden, Schließen hatte er vorrätig und die Tasselenden gab Caterina als Einzelanfertigungen in Auftrag. Gerade als sie sich verabschieden wollte, kam Aurifabers Frau Christine in den Verkaufsraum und schien überrascht, Kundschaft anzutreffen.

»Oh, ich habe euch gar nicht gehört. Guten Tag, Caterina! Wie geht es dir?«, sagte sie. Sie war immer sehr höflich, aber Caterina vermisste die Herzlichkeit, die sie gezeigt hatte, als Florian noch gelebt hatte. Vielleicht lag es daran, dass sie mit den Frauen von Nafzer, Ludolf und Milwitz befreundet war. Caterina hatte dem Goldschmied gegenüber wohlweißlich so getan, als gäbe sie die Bestellung im Auftrag ihres Vaters in Italien auf.

Gegenüber Aurifaber, im Haus zum Schwarzen Ross, wohnte Johann Bach, der gerade auf einer Geige übte, als sie vorbeigingen. Sein Fensterladen stand offen. Sie verließen die Brücke auf der anderen Seite, um auf dem Wenigemarkt noch etwas Brot und Fleisch mitzunehmen. Dann konnte Margareta nicht mehr laufen und Caterina trug sie den ganzen Weg auf ihrer Hüfte nach Hause und musste dabei noch den Einkaufskorb schleppen.

Zu Hause sah sie zuerst nach den Knechten und der Magd, verteilte neue Aufgaben und machte sich dann direkt an die Auswahl der Stoffe und das Ansetzen der Küpe. Sie ging in ihre Werkstatt, öffnete ihr kleines Versteck in der Wand und holte das Indigopulver heraus. Der Färbebottich stand in einem Raum neben ihrer Werkstatt und war sowohl von dort, als auch von der Eingangshalle zugänglich. Sie hatten seit der Ermahnung durch die Waidhändler nicht mehr gefärbt, obwohl es ihr durchaus gestattet war, sowohl zum Ausprobieren und Beurteilen eines Farbstoffes als auch für private Zwecke.

Einen privaten Grund gab sie auch stets als Erklärung an, wenn jemand fragte, was sie in ihrer Werkstatt so trieb. Diesmal wolle sie die Färbekraft der neuen Waidasche testen, um sich dann vielleicht einen Vorhang daraus zu machen. Mehr erfuhren auch die Knechte und Agnes nicht. Jost sagte sie natürlich die Wahrheit, denn er musste ihr helfen, den schweren Stoff am Färbegitter, das aus parallel verlaufenden Holzstäben an einer Seilwindenvorrichtung bestand, zu befestigen. Der Stoff musste ganz gleichmäßig in Kurven herunterhängen, ohne dass die einzelnen Abschnitte sich berührten, damit beim Herablassen in die Farblösung keine Ungleichmäßigkeiten entstanden und er auch gleich so zum Trocknen hängen gelassen werden konnte.

Die Küpe bestand aus klarem Brunnenwasser und dem blauen Pulver. Caterina merkte, dass das Pulver nicht genug war für ein gutes Färbeergebnis, und ging abermals in ihre Werkstatt, um den Indigoklumpen zu holen, den sie ebenfalls mit einrührte. Jetzt reichte die Konzentration aus und zusammen ließen sie den Stoff in die Lösung eintauchen. Nur einige Minuten, dann zogen sie ihn wieder heraus und wiederholten den Vorgang fünf Mal, bis Caterina das Blau kräftig und königlich genug erschien. Die Lösung reichte sogar noch für das Futter, den Kragen, den Umhang und die blaue Fellborte.

Nach dem letzten Färbegang setzten sie einen Schlauch an den Bottich an, um die Flüssigkeit in die Sammelgrube des Hofes abzulassen. Die Küpe durfte keinesfalls in die Wasserklingen oder den Fluss geleitet werden. Als Jost sich das Ergebnis der zum Trocknen aufgehängten Stoffe anschaute und sie gemeinsam die Anzahl der Färbungen und die verschiedenen Farbtöne rekapitulierten, überkam sie wieder einmal ein starkes Gefühl der Einträchtigkeit. Jost legte einen Arm um Caterinas Schulter und drückte sie an sich.

»Florian kann stolz auf dich sein. Der Herzog wird den Stoff lieben! Dieses Indigo von deinem Vater leuchtet prächtig.«

»Ja, und ich danke dir für deine Hilfe.« Caterina küsste ihn auf die Wange. Daraufhin zog er sie zu sich herum und gab ihr einen langen Kuss auf den Mund.

Sie hörten beide nicht, dass Agnes den Raum betrat, auf der Suche nach Caterina, weil Margareta nach ihrer Mutter jammerte. Die Magd konnte kaum glauben, was sie da sah. Der Anblick von Jost, der ihre Herrin küsste, versetzte ihr einen Stich ins Herz. Wie betäubt schlich sie sich auf Zehenspitzen wieder hinaus in den Hof.

Dort musste sie sich an die Wand anlehnen, denn ihr war übel und alles um sie herum drehte sich. Regine bemerkte sie, als sie auf dem Weg zum Hasenstall war.

»Agnes, ist etwas mit dir?«, fragte sie.

Die Magd antwortete nicht gleich. Ihre Gedanken überschlugen sich: Die Beziehung zwischen Knecht und Herrin war ein ungeheuerlicher Skandal. Außerdem gehörte Jost ihr, das hatte sie doch schon vor langer Zeit beschlossen! Warum betrog er sie nun? Und nicht nur sie, sondern im Grunde auch alle anderen auf dem Hof! Andererseits, was würde es nützen, ihr Wissen jetzt preiszugeben. Das würde ihr Jost auch nicht näherbringen.

»Es geht gleich wieder, mir war nur etwas übel«, sagte sie deshalb. Sie beschloss jedoch, genau zu planen, wann sie ihr Wissen wem zutragen würde. Vielleicht konnte sie Jost zwingen, ihr eine Chance zu geben.

Regine wusste selbstverständlich von Caterinas Arbeit und auch, dass Jost ein unentbehrlicher und verschwiegener Helfer war. Sie vertraute ihm und sah in ihm eine weitere Verbindung zu Florian, denn sie hatte die beiden zusammen erwachsen werden sehen.

»Komm, Agnes, wir gehen rein. Margareta sitzt schon am Küchentisch und freut sich auf etwas zu essen. Kümmerst du dich um sie?« Regine wollte die Magd stützen, die aber jede Hilfe dankend ablehnte.

Noch am selben Abend ging sie zum Ratskeller, um zu schauen, ob jemand von der Waidjunkerzunft anwesend war. Tatsächlich saßen Jakob Nafzer und Paul Ziegler an einem Tisch in einer Ecke zusammen, jeder mit einem vollen Krug Bier vor sich. Sie ging auf sie zu.

»Meister Nafzer, Meister Ziegler, guten Abend. Ich bin Agnes, die Magd von Caterina Seber. Darf ich Euch kurz stören? Ich möchte Euch etwas zur Kenntnis bringen, das mir nicht rechtens erscheint.«

Neugierig blickten die beiden auf. Gespannt forderte Jakob die Magd auf weiterzusprechen. Er und Paul wurden nicht enttäuscht.

»Ich bin schon seit vielen Jahren in den Diensten der Sebers. Die Italienerin mochte ich von Anfang an nicht, habe mich aber stets treu und gehorsam verhalten, weil mein Herr und seine Mutter immer anständig zu mir waren. Seit dem Tod meines Herrn fürchte ich nun um meine Anstellung. Die Italienerin macht, was sie will. Ich habe mitbekommen, dass die Zunft sie ermahnt hat, sich an die Waidverordnung zu halten. Mir kommt es aber so vor, als würde sie trotzdem versuchen, die Gebote zum umgehen. Auf dem Hof gehen seit einiger Zeit merkwürdige Dinge vor. Statt den Waid zu verarbeiten, brennt oft ein Feuer, über dem etwas gekocht wird. Genauer weiß ich es leider nicht. Und erst gestern habe ich gesehen, dass sie einen Gewandstoff gefärbt hat. Es war ein Blau, wie ich es noch nicht zuvor gesehen habe. Ich komme zu Euch, denn ich möchte verhindern, dass ein Fluch über das ganze Geschäft kommt, wenn sie weiter gegen jede Regel verstößt.«

»Du hast genau richtig gehandelt, Agnes, und wir danken dir für dein Vertrauen. Wir werden uns der Sache annehmen«, erwiderte Nafzer mit wichtiger Miene.

»Dann hätte ich nur eine Bitte: Wäre es wohl möglich, meinen Namen nicht zu nennen? Ihr könntet stattdessen eine Visitation des Speichers vornehmen. Der blaue Stoff hängt noch zum Trocknen im Färberaum«, sagte Agnes.

»Wir werden deine Information vertraulich behandeln. Aber zunächst werden wir uns beraten.«

Damit war Agnes entlassen, die schadenfroh die Gaststube verließ.

Jakob und Paul rieben sich die Hände.

»Endlich haben wir etwas gegen die Italienerin in der Hand. Die Idee mit der Visitation ist gut, das sollten wir bald machen«, meinte Jakob.

»Auf jeden Fall. Aber sag, was denkst du, was die Seberin auf ihrem Hof tut? Sie kocht und färbt mit einem Blau, das man vorher noch nicht gesehen hat?«

»Schon während die Magd erzählt hat, hatte ich eine Idee. Was, wenn sie mit Indigo färbt? Ich habe darüber gelesen, welche Verfahren es damit gibt. Was wir gerade gehört haben, würde dazu passen.«

»Indigo!«, sagte Paul erschrocken. »Wie kann sie das nur wagen!«

»Wir werden es herausfinden. Aber wenn es stimmt, dann hilft ihr nicht einmal mehr Gott. Die Entfernung aus der Zunft wird dann ihr kleinstes Problem sein.«

Agnes erwachte am nächsten Tag mit gemischten Gefühlen. Sie musste Jost unbedingt zur Rede stellen, bevor die Zunftherren kommen würden. Hätte er ihr irgendetwas anzubieten, würde sie ihre Anschuldigungen zurücknehmen. Als sie sich in der geöffneten Tür eine Schürze umband, erschien Jost mit einem Knecht im Hof. Jeder von ihnen trug einen Eimer Wasser.

»Morgen, Agnes«, grüßten sie flüchtig, wobei Jost nicht einmal aufschaute.

»Jost, warte mal!«, rief Agnes dem Knecht hinterher. »Ich muss dich kurz sprechen.«

Jost guckte sie ärgerlich an. »Moment, erst stelle ich das Wasser weg.« Danach kam er aber zu ihr herüber. »Ja?«, fragte er gelangweilt. »Was gibt es denn so Dringendes?«

Vor lauter Aufregung haspelte Agnes die Worte hervor, die sie sich zurechtgelegt hatte. »Ich habe dich und die Herrin gestern gesehen. Ihr habt irgendetwas gefärbt und euch geküsst. Aber die Herrin wird dich nie heiraten. Sie hat ein Kind und ist dreißig, eine Witwe. Ich dagegen bin jung und würde dich nehmen, wenn du mich fragen würdest.«

»Wie bitte? Was willst du gesehen haben?«

»Ich weiß, was ich gesehen habe. Und es war etwas Verbotenes. Das Färben ebenso wie das Küssen. Ich werde aber nichts davon sagen, wenn du mich zur Frau nimmst.«

»Du und meine Frau? Vergiss es! Und was das Färben angeht, wer wird dir schon glauben, du bist eine Magd, Agnes, vergiss das nicht.«

»Bitte, gib mir eine Chance! Küss mich! Ich weiß, ich kann dich glücklich machen. Und wenn dir mein Körper nicht gefällt, kannst du mich immer noch wegschicken«, flehte sie.

»Du interessierst mich nicht. Zwing mich nicht, deutlicher zu werden!«, sagte Jost hart.

»Gut, dann werde ich nicht länger verschweigen, dass ich glaube, dass ihr beide an der Kutsche des Herrn hantiert habt, um ihn loszuwerden. Und nun verstoßt ihr gemeinsam gegen die Zunftregeln, um möglichst viel Geld zu scheffeln, mit dem ihr dann nach Italien verschwindet.«

Jetzt wurde Jost wütend und zog sie an den Schürzenbändern zu sich heran. »Untersteh dich, du falsche Schlange, solche Anschuldigungen in die Welt zu setzen, oder ich sorge dafür, dass du deines Lebens nicht mehr froh wirst!«

Zum ersten Mal bekam Agnes Angst vor Josts Kraft, aber sie riss sich zusammen und hob trotzig das Kinn. Sie würde ihn schon noch zur Besinnung bringen!

Doch es war bereits zu spät. Jakob und Paul hatten sich in aller Frühe mit ein paar anderen Zunftbrüdern besprochen. Sie wollten sichergehen, dass der Stoff noch da hing, so wie die Magd es gesagt hatte, und so rollten sie mitsamt einem Wagen, um Beweismaterial mitnehmen zu können, wenige Minuten nach der Auseinandersetzung zwischen Agnes und Jost auf das Seber'sche Anwesen. Walter Ludolf war den kurzen Weg von seinem Haus herübergelaufen und nun standen sie zu dritt im Hof und verlangten lautstark nach der Hausherrin.

Regine, Caterina und Margareta, die das Fuhrwerk gehört hatten, erschienen gleichzeitig mit fragendem Blick in der Tür. Jost kam vom Speicher herbei, Agnes aus der Küche und ein paar Waidknechte schauten aus einiger Entfernung hinüber. Ein Besuch um diese Tageszeit war mehr als ungewöhnlich.

»Wir haben berechtigte Zweifel daran, dass ihr beiden Frauen euch an die Regeln der Zunft haltet und möchten deshalb euren Waidspeicher in Augenschein nehmen«, kündigte Jakob Nafzer an.

Caterina sammelte sich als Erste. »Wie bitte? Was soll das? Und noch dazu zu dieser Stunde? Ich werde euch keinen Zugang zu meinem Speicher gewähren.«

»Du wirst müssen. Unsere Regeln geben uns jedes Recht zu einer Visitation, wenn es einen triftigen Grund dafür gibt.«

»Und was soll dieser Grund sein?«

»Uns liegt eine Beschwerde vor.«

»Dann verlange ich zu wissen, wer sich worüber genau beschwert hat.«

»Wir sind nicht verpflichtet, den Beschwerdeführer offenzulegen. Aber es geht um die Einhaltung der Waidverordnung. Und deshalb fordere ich dich ein letztes Mal auf, uns Zugang zu deinem Speicher zu gewähren. Andernfalls holen wir die Büttel, die werden uns den Weg bahnen.«

Caterina gab sich geschlagen. »Jost, zeig den Herren bitte die Böden. Ich komme gleich dazu.«

»Endlich kommst du zur Vernunft. Aber zuerst möchten wir euren Färbebottich sehen!«, bestimmte Jakob.

»Gut, dann folgt mir«, sagte Caterina und ging nun doch sofort mit. Sie blieb so gelassen, wie nur möglich, jetzt ließ sich nichts mehr ändern.

Sie gingen nicht durch ihre Werkstatt, sondern von der Eingangshalle aus in den Färberaum. Dort befand sich rote Küpe in einem Bottich und darüber hing ein großer roter Samtstoff.

»Wofür ist das?«, fragte Walter Ludolf.

»Für meinen Vater. Ein Geschenk. Es wird ein Umhang. Das Purpur hat er mir bei seinem letzten Besuch mitgebracht. Er wollte, dass ich es für ihn ausprobiere.«

»Und was sind das für blaue Tuche dort hinten auf dem Tisch? Und die blauen Spritzer auf dem Boden? Sie sehen frisch aus«, fragte Paul Ziegler.

»Waid«, log Caterina.

»Die Stoffe leuchten aber sehr auffällig, ganz anders als gewöhnlich«, wandte Ziegler ein. »Ein solches Blau ist nur durch die Verwendung von Indigo zu erzielen. Wir nehmen eine Probe von diesem blauen Tuch mit.«

»Die Probe sollt ihr haben. Jost, schneide den Herren ein kleines Stück Stoff ab. Aber ihr wisst ebenso wie ich, dass mir der Urinnachschub Sorge bereitet, seit ich keine Braugenehmigung mehr bekomme. Ich habe deshalb ein neues Verfahren entwickelt, um Waidpulver zu gewinnen. Dieses Pulver färbt sogar um ein Vielfaches schöner«, erklärte Caterina. »Jost, zeig den Herren jetzt die Arbeit der Knechte!«

Die drei Waidjunker folgten dem Knecht in den Lagerraum, wo viele Fässer gefüllt mit leuchtend blauem Pulver standen.

»Das haben wir alles aus Waid gewonnen«, sagte er und machte eine raumgreifende Handbewegung. Er erklärte genau, wie man die Blätter auskochen und weiterverarbeiten musste, um zu diesem Ergebnis zu kommen. Dann folgten die Herren ihm auf die Böden. Anstelle von grauen Waidblätterhaufen und Uringestank fanden sie dort Bottiche, Filterpapier und Kalk vor. Die drei staunten nicht schlecht.

»Das ist gegen die Waidverordnung«, erklärte Jakob Nafzer.

»Nein. Wir verwenden nur erlaubte Zutaten und beziehen den Waid wie vorgeschrieben von den Bauern aus dem Umland«, widersprach Caterina, die nachgekommen war.

»Das Verfahren zur Verarbeitung des Waid ist streng geregelt. Du kannst nicht einfach so dagegen verstoßen. Ich weiß noch nicht, welche Konsequenzen das hier haben wird, aber du hörst von uns. – Kommt!« Das Letzte war an Paul und Walter gerichtet, die wie Jakob ernste Mienen aufgesetzt hatten und nun den Speicher mit schweren Schritten verließen.

»Was hältst du davon? Was denkst du, wer dahintersteckt?« Caterina schaute Jost fragend an, nachdem die Männer außer Sichtweite waren und sie den Wagen vom Hof rumpeln hörten.

Er erzählte ihr von dem Zwischenfall mit Agnes wenige Minuten vor dem Eintreffen der Waidjunker. »Vermutlich hat sie bereits gestern etwas ausgeplaudert, nachdem sie uns offenbar gesehen hat, wie wir uns geküsst haben. Und sie hat das blaue Tuch gesehen, das wir mit Indigo gefärbt haben.«

Caterina war empört und rief sie sofort zu sich. Sie bezichtigte sie der Illoyalität und warf sie hinaus, ohne ihr die Gelegenheit zu einer Erklärung zu geben.

Am nächsten Tag kam ein Bote des Stadtrates zum Anwesen der Sebers und überbrachte eine Anklageschrift. Regine las vor: »Hiermit klagen wir die Witwe des Waidjunkers Florian Seber an, mit dem streng verbotenen Indigo zu handeln und zu färben, des Weiteren, die Waidverordnung zu missachten, indem Waidpulver nicht regelgerecht hergestellt wird und zudem auf ihrem Hof das Handwerk des Färbens und Nähens ausgeübt wird. Das hat die umgehende Entlassung aus der Zunft der Waidhändler zur Folge, die hiermit zur Kenntnis gebracht wird.

Die Ausübung nicht genehmigter Handwerke hat außerdem dazu geführt, dass Steuern in betrügerischer Absicht falsch entrichtet wurden. Über dieses Vergehen sowie über die Verwendung verbotener Färbesubstanzen wird ein Gericht entscheiden. Findet Euch deshalb zusammen mit der Witwe Regine Seber und Eurem Knecht Jost am kommenden Freitag im Gerichtsgebäude am Platz vor den Graden ein. Gezeichnet: Waidmeister, Ratsherr und Richter Jakob Nafzer«

Wie befohlen machten sich Caterina, ihre Schwiegermutter und der Waidknecht am Freitag nach dem Frühgottesdienst auf den Weg zum Gerichtsgebäude. Ihnen war mulmig zumute, denn der Vorwurf, Indigo verwendet und Steuerbetrug begangen zu haben, konnte ernste Strafen nach sich ziehen, bis hin zur Ausweisung aus der Stadt und der Ächtung als Vogelfreie. Caterina hoffte, dass das Gericht aus der Stoffprobe, die die Waidjunker mitgenommen hatten, keinen Rückschluss auf das Färbeverfahren ziehen konnte.

Die Tür des Gerichtsgebäudes war geöffnet, sie traten ein und meldeten ihre Ankunft bei einer Wache. Der verschwand, kam wieder und hieß sie, ihm zu folgen und in einen kleinen Raum einzutreten. Dort erwartete sie bereits eine Reihe von Menschen, die sie kannte: Christine Aurifaber, Agnes, Jakob Nafzer, Walter Ludolf, Paul Ziegler, Eugen Milwitz, Hiob von Stotternheim und ein paar schaulustige Ehefrauen. Ferdinand von Denstedt, der sowohl Ratsherr als auch Magister der Jurisprudenz war, leitete das Verfahren. Er schaute ernst in die Runde, dann freundlich auf Regine und Caterina.

»Nachdem nun alle anwesend sind, eröffne ich die Sitzung. Ihr, Caterina und Regine, kennt die Anklage: Verstoß gegen die Waidverordnung, was uns hier nicht beschäftigen soll, umso schwerer wiegen der mögliche Steuerbetrug und die Verwendung des Teufelszeugs Indigo. Erklärt euch dazu!«

»Wenn es genehm ist, möchte ich zuerst sprechen«, begann Regine.

Ferdinand nickte.

»Bei allem, was gegen uns vorgebracht wird, handelt es sich um falsche Anschuldigungen. Wir arbeiten ausschließlich mit Waidblättern, haben lediglich ein neues Verfahren gefunden, mit dem der Farbextrakt reiner und konzentrierter gewonnen werden kann. Und ja, ich nähe wieder. Eine Zeit lang hatte ich damit ausgesetzt, um Caterina nach dem Tod Florians beim Waidgeschäft zu helfen. Jetzt habe ich aber einen lohnenswerten Auftrag erhalten, den ich angenommen habe. Die Steuern dafür sind noch gar nicht eingetrieben, die hätte ich schon beizeiten übergeben. Und den Waidhandel hat meine Schwiegertochter immer korrekt versteuert. Woher also will jemand wissen, dass wir betrügen?«

Die Blicke der Waidjunker und des Richters richteten sich unwillkürlich auf Agnes, die bis unter die Haarwurzeln rot anlief. Dann platzte es aus ihr heraus: »Ich habe gesehen, wie meine Herrin und der Knecht Stoff in einem Blau gefärbt haben, das ich noch nie zuvor gesehen habe. Außerdem habe ich mitbekommen, dass es sich dabei um einen Auftrag des Herzogs gehandelt hat. Auch weiß ich, dass meine Herrin ihren Knecht verhext hat, der ihr jetzt hörig ist. Sie haben sich geküsst!«

Ein Raunen ging durch den Raum, Regine warf einen ungläubigen Blick zu Caterina, fasste sich aber gleich wieder. Caterina starrte unbewegt vor sich hin und auch Jost verzog keine Miene.

Da meldete sich Regine abermals zu Wort: »Zu Eurem Verständnis, werte Herren, werter Herr Richter: Unsere Magd ist schon lange in unseren Knecht verliebt. Leider bleibt ihr Werben unerhört. Ich denke, das erklärt ihre haltlosen Anschuldigungen hinreichend. Außerdem wurde sie gestern entlassen.«

»Das ist uns bekannt«, erwiderte Ferdinand von Denstedt. »Und die Verhältnisse auf eurem Hof sollen für heute auch nicht interessieren. Dieses Gericht beschäftigt sich vielmehr mit eurem Färbeverfahren. Ich möchte mit eigenen Augen sehen, ob man ohne Zauberei aus Waid ein indigoähnliches Pulver herzustellen vermag. Deshalb ordne ich eine öffentliche Demonstration des Verfahrens an. Morgen, am Sonnabend, vor dem Gerichtsgebäude! Wenn dieser Punkt geklärt ist, können wir uns dem anderen Anklagepunkt, dem Steuerbetrug, zuwenden.«

Wie ein Lauffeuer verbreitete sich die Nachricht von der öffentlichen Demonstration in der Stadt. Es gab kein anderes Gesprächsthema mehr.

Caterina sah dem morgigen Tag gelassen entgegen. Sie wusste, dass sie mit ihrem Verfahren zeigen konnte, dass sich auch auf anderem Weg Waidpulver herstellen ließ. Sie ärgerte sich nur darüber, dass danach alle wissen würden, wie es funktionierte, und sie daraus keinen Vorteil mehr ziehen konnte. Immerhin, aus der Stoffprobe hatten die Waidjunker keine Rückschlüsse ziehen können. Und ihr neues Verfahren würde eine ganze Menge ändern, die ganze Zunft würde es in Aufruhr bringen und schließlich bliebe ihnen nichts anderes übrig, als ihrem Weg zu folgen.

Am Samstag standen sämtliche Mitglieder des Seber'schen Haushalts in aller Herrgottsfrühe auf, beluden ihren Wagen mit allem, was benötigt wurde, zogen sich warm an und fuhren ihn neben den Trinkwasserbrunnen nahe dem Gerichtsgebäude. Sie benötigten das saubere Wasser, schließlich war es das Hauptargument für die neue Vorgehensweise. Das Sieden bei Minustemperaturen würde etwas komplizierter werden, aber die Knechte schafften es mit vereinten Kräften, eine ansehnliche Feuerstelle aufzubauen und mithilfe eines gezahnten Eisens an einem dreibeinigen Gestell einen riesigen Pott mit einer Ausgusstülle aufzuhängen.

Caterina hatte auf die Waidrosetten in ihren Kübeln zurückgreifen müssen, denn in so kurzer Zeit konnte sie nirgendwo anders frische Waidblätter auftreiben. Die Qualität der fast erfrorenen Strunke war schlecht. Hoffentlich genügte sie, um eine schöne Farbpulverprobe herzustellen.

Jost und seine Knechte entfachten das Feuer, während sich der Platz langsam mit Zuschauern füllte. Niemand wollte diese Demonstration versäumen. Die Waidjunkerzunft war selbstverständlich vollständig versammelt. Die Männer standen beisammen und versuchten den Anschein zu erwecken, als sei diese Vorführung nichts Besonderes.

»Legt mal einen Zahn zu!«, befahl Jost, woraufhin der Topf einen Zacken tiefer gehängt wurde und das Wasser endlich zu sieden begann. Daraufhin nickte er Caterina zu.

»Von nun an kann ich jederzeit beginnen«, sagte sie mit Blick auf Ferdinand von Denstedt, der die Vorführung kontrollierte und leitete.

»Bitte!«

Caterina nahm einen ganzen Arm voll frischer Blattrosetten und zeigte sie den Umstehenden. »Seht her, dies sind frische Waidblätter! Nicht zerkleinert, nicht gemahlen, nicht befeuchtet, nicht geformt oder getrocknet. Sie werden nur etwas zerrissen und dann in das siedende Wasser hier gelegt. Dort bleiben sie etwa eine Stunde.« Sie warf die Rosetten in den Topf.

»Das fängt ja gut an. Was sollen wir denn in der Zwischenzeit treiben?«, rief ein vorwitziger Beobachter dazwischen. Er hatte sich offenbar mehr von der Vorführung erhofft.

Ferdinand von Denstedt empfahl den Zuschauern, sich ein wenig auf dem Markt umzusehen, ein Schmalzbrot bei den Salzkrämern zu essen, die Zeit für notwendige Einkäufe zu nutzen und sich nach Ablauf einer Stunde wieder einzufinden. Das taten die meisten. Einige blieben jedoch und wollten die Verfärbung ganz genau beobachten. Vor allem die Waidjunker ließen den Topf keine Sekunde aus den Augen.

Als das Wasser nach einer Stunde fast dunkelbraun war, stellte sich Caterina mit einer Schöpfkelle neben ihren Kessel und erläuterte den erneut versammelten Zuschauern das weitere Vorgehen. »Jetzt können die Blätter abgefischt werden und haben ihren Dienst getan. Das verfärbte Wasser wird nun abgekühlt und muss dann belüftet werden, indem es gerührt oder umgeschüttet wird. Je mehr Luft die Flüssigkeit aufnimmt, desto besser wird das Ergebnis.«

Jetzt mussten ihr die Knechte beim Hantieren mit den schweren Bottichen helfen. Und mit jedem Umschütten verfärbte sich das Wasser, erst grünlich, dann bläulich.

»So, zum Schluss wird die Flüssigkeit durch Filterpapier gegossen, auf dem sich der blaue Farbstoff ablagert. Seht her!«

Die Menge blickte wie gebannt auf das weißliche Filtertuch. Als man die ersten blauen Schatten erkennen konnten, begannen manche mit den Köpfen zu nicken und ihre Beobachtungen zu kommentieren. Caterina konnte ganz deutlich Wörter wie »einleuchtend«, »sensationell«, »besser« heraushören. Als sie schließlich das Filterpapier in die Höhe hielt, das mittlerweile eine dicke blaue Pulverschicht enthielt, klatschten fast alle Beifall. Regine, Caterina und Jost atmeten erleichtert auf.

Auch Ferdinand von Denstedt war überzeugt und gab an Ort und Stelle bekannt: »Hiermit ist der Beweis erbracht, dass die Waidpflanze in nichts der Indigopflanze nachsteht. Das Verfahren zur Herstellung von Farbpulver kann auf beide gleichermaßen angewendet werden. Caterina Seber gebührt das Verdienst, uns dies gezeigt zu haben. Da dieser Punkt nun geklärt ist, Regine Seber bereits gestern glaubhaft versichert hat, die Steuern für ihr Schneidergewerbe zahlen zu wollen, und ein weiterer Steuerbetrug nicht zu erkennen ist, wird die Anklage hiermit fallengelassen!«

Caterina lachte vor Glück in die Zuschauermenge. Sie hatte die Menschen überzeugt. Die meisten zollten ihr anerkennende Blicke, aber sie entdeckte auch einige Gesichter, die über die neuen Erkenntnisse augenscheinlich nicht glücklich waren.

Während sich die Menge zerstreute, mischte sich Regine unter die Menschen, um zu hören, was sie über das neue Verfahren dachten.

»Die Waidbauern können ihre Trocknungsgestelle wegschmeißen.«

»Warum wegschmeißen? Man kann doch allerlei Kräuter dranhängen oder drauflegen.«

»Ja, schon.«

Ein anderer meinte: »Die Waidmühlen können abgebaut werden, was bedeutet: keine Einnahmen für die Dörfer.«

»Ja, bedeutet aber auch, weniger Kosten für die Bauern: Löhne und Nutzungsobulus entfallen.«

»Eben, keine Arbeit für die Lohnarbeiter.«

»Sicher muss der frische Waid sorgsam geerntet und behandelt werden. Es wird andere Aufgaben geben.«

Und wieder ein anderer überlegte: »Ob dann weniger Bier gebraut wird?«

»Ach wo, der Mensch muss trinken!«

»Aber wohin dann mit dem vielen Urin?«

»Dahin, wo er sonst auch hinfließt. Ist ja nun nicht so, als wäre alles in die Waidpulverherstellung gegangen.«

»Mein Junge hat sich immer ein schönes Taschengeld als Waidpinkler verdient ... na ja ...«

Insgesamt hatte Regine aber den Eindruck, als wären die Menschen dem neuen Verfahren gegenüber aufgeschlossen. So war eben die neue Zeit.

Während das Volk ganz praktisch dachte, überlegten die Waidjunker, welche Konsequenzen das eben Gesehene für sie haben würde.

»Stellt euch vor, es fängt nun jeder mit dem Sieden an. Eine große Feuerstelle mehr pro Waidjunker. Es ist mit dem Rat der Stadt zu besprechen, ob die erhöhte Feuergefahr überhaupt tragbar wäre«, überlegte Walter Ludolf.

»Und denkt an die fehlenden Einnahmen der Waidhäuser für die Einlagerung von Ballen, denn der frische Waid wird sofort verarbeitet. Auch die städtischen Mühlen verdienen nicht mehr.

Knechte müssen entlassen werden … eine Katastrophe!«, gab Jakob Nafzer zu bedenken.

»Jetzt mal langsam!«, meldete sich von Denstedt zu Wort, der sich zu den Waidhändlern gesellt hatte. »Die Sebers machen es doch vor. Die Knechte haben andere Aufgaben, aber sie arbeiten! Eine andere Methode erfordert andere Abläufe, eine andere Organisation. Die kann genauso besteuert werden. Für das Sieden, Wassertragen, Belüften und Filtern braucht man genauso viele Leute wie jetzt. Lasst euch von Caterina Seber erklären, was alles benötigt wird, und dann überlegt, wie ihr es in eine Verordnung bringen könnt.«

»Ausgerechnet von ihr sollen wir uns etwas sagen lassen? Das wäre ja noch schöner!«, widersprach Walter.

»Aber wenn ihr Verfahren vielleicht doch besser ist als das bisherige?«, wagte ein junger Waidjunker einzuwenden, der sich bislang noch nie zu Wort gemeldet hatte.

Die anderen starrten ihn verblüfft an.

»Gut, lasst uns in Ruhe darüber nachdenken«, sagte Jakob. »Ich lade euch alle erst einmal zu einer Runde in den Ratskeller ein, um die Kälte aus den Knochen zu vertreiben.«

Mit nachdenklichen Gesichtern folgten die Waidjunker dieser Einladung.

Zurück zu Hause, setzten sich Regine und Caterina für einen Moment in die Küche, um sich bei einem Teller Suppe aufzuwärmen.

Während sie löffelten, schaute Regine ihre Schwiegertochter durchdringend an. »Caterina, stimmt das, was Agnes gesagt hat? Das mit Jost und dem Kuss?«

Caterina wand sich. »Es war ein Ausrutscher und bitte verstehe das nicht falsch. Ich wollte mich nur bei ihm bedanken. Für all seine Hilfe und Treue.«

»Oh, ich verstehe dich sogar sehr. Du bist noch jung und Florian ist nun schon eine Weile tot. Deswegen bin ich auch gar nicht böse. Wenn ich es recht überlege, ist es mir sogar lieber so, als würdest du den Hof mit jemandem verlassen, den ich gar nicht kenne. Nur musst du aufpassen, dass Jost nicht irgendwann Ansprüche stellen kann, weder an dich noch an den Besitz. Du darfst ihm nicht zu weit entgegenkommen!« Trotz der Mahnung lächelte Regine ihre Schwiegertochter an.

Während Jakob Nafzer und seine Zunftbrüder in den Tagen nach der Vorführung weiter darüber diskutierten, ob sie weiter dem alten Vorgehen folgen oder vielleicht doch etwas Neues ausprobieren sollten, waren sich die Waidbauern bereits einig geworden und verfassten eine Schrift an den Rat der Stadt Erfurt: »Im Dorf leben viele Familien von der Arbeit der Frauen und Kinder beim Zertreten der Pflanze und beim Formen der Ballen. Wir haben noch etliche Waideimer in unseren Speichern stehen und genug Waidhändler haben ihre Waidasche noch nicht verkauft. Sollte der Rat der Stadt die neue Weise nicht deutlich verbieten, rutschen von heute auf morgen Familien in Armut, Bauern können ihre eingelagerten Waidballen vernichten, Händler ihr graues Pulver in den Wind streuen. Solange der Krieg uns das Leben ohnehin schon schwer genug macht, solange sollte eine Umstellung verboten werden.

Zwar war die Vorführung der Caterina Seber interessant, aber wir wissen über viele Dinge noch gar nichts. Wie ergiebig ist das Pulver? Ist es praktisch überhaupt möglich, die Mengen an Blau, die benötigt werden, mithilfe von frischen Waidblättern herzustellen, oder drohen uns nicht eher hohe Verluste und Versorgungsengpässe, wenn die Ernte schlecht ist oder der Waid verfault, weil die Farbe nicht so schnell produziert wird wie die Blätter frisch gehalten werden können? Das bitten wir zu bedenken. Mit hochachtungsvollen Grüßen.«

Das Schreiben wurde dem Rat der Stadt per Eilboten überbracht. Da einige der Waidjunker zugleich Ratsherren waren, verbreitete sich der Inhalt der Bittschrift rasch unter den Zunftbrüdern. Und das war die richtige Argumentation! Es musste alles bleiben, wie es war! Das Risiko einer Umstellung war einfach viel zu hoch. Bis auf Ferdinand von Denstedt stimmten alle für ein Verbot der neuen Verarbeitungsweise.

Als Caterina davon erfuhr, wurde sie wütend. »Wie eingefahren kann man nur sein! Wären alle schon immer so gewesen, hätte Columbus niemals die neue Welt entdeckt. Oder denkt nur einmal an meinen Landsmann Galilei, dem niemand glauben will, dass die Sonne und nicht die Erde im Mittelpunkt unseres Weltalls steht. Stattdessen wird immer nur auf allen herumgehackt. Ich habe es langsam wirklich satt«, schimpfte sie.

Margareta sah sie staunend an. Sie hatte kein Wort von dem verstanden, worüber ihre Mutter da sprach.

Caterina war noch nicht fertig. »Regine, was meinst du, sind wir immer noch Waidjunker oder nicht?«

»Nun, wir haben bewiesen, dass wir keinen Indigo verwendet haben. Wir haben ein neues Verfahren vorgestellt, das bis heute nicht verboten war, und ich konnte hoffentlich glaubhaft machen, dass es sich bei dem Auftrag für den Herzog um meinen Schneiderauftrag handelte, den ich ordnungsgemäß versteuern werde. Ich sage also, wir sind noch dabei!«, antwortete sie kämpferisch.

»Dann auf zum Markt!«, sagte Caterina grimmig und warf sich einen warmen Umgang über. »Denen werde ich es zeigen. Ich lasse mir nicht einfach so mein Verfahren verbieten!«

Es war Dienstag und trotz des kalten Wetters waren einige Händler an ihren Ständen und verkauften ihre Waren. Zu Caterina an den Stand kam jedoch niemand. Sie wurde schlicht ignoriert. Einmal gingen die Frauen der großen Waidhändler tuschelnd an ihr vorbei und zeigten mit den Fingern auf sie. Das schmerzte sie.

In den kommenden Tagen traf sie sich mit Malou von Denstedt und tauschte sich mit ihr darüber aus, wie sie sich als Fremde in dieser Stadt fühlten. Sie betete an Florians Grab, zeigte Margareta alles, was sie über Farben wusste und was die Kleine schon begreifen konnte und ließ sie damit malen. Sie trocknete Kräuter und experimentierte gemeinsam mit Anne mit verschiedenen Tinkturen und Cremes, denn die Hebamme rechnete mit einigen Geburten im Dezember. Einmal sagte ihr Anne, dass bei einer Geburt schlecht über sie gesprochen worden war. Sie hätte zwar versucht, sie in Schutz zu nehmen, aber die Mutter der Gebärenden habe ihr verboten, etwas Gutes über die Freundin zu sagen. Da habe sie den Mund gehalten.

»Ach, mach dir nichts daraus. Im Gegenteil, ich danke dir, dass du davon erzählt hast. Und du hast es immerhin versucht, meine Ehre zu retten, und du bist ehrlich zu mir, das ist ein echter Freundschaftsdienst«, versicherte Caterina ihr.

»Ich danke dir. Aber nimm bitte nicht auf die leichte Schulter, was da über dich geredet wird. Sie halten dich für eine italienische Hexe, die den reichen deutschen Waidjunker verzaubert hat, damit sie hier an sein Geld kommt. Du sollst ihm den Tod an den Hals gewünscht haben, um mit dem Knecht, der möglicherweise ein Gehilfe des Teufels ist, sein Haus und seinen Hof zu verkaufen, nachdem du die ganze Waidhändlerinnung in den Ruin getrieben haben wirst.«

Caterina erschrak nun doch. »Das hört sich ja furchtbar an. Wie kommen die Leute nur auf solche Dinge?«

»Eure ehemalige Magd scheint kein gutes Haar an euch zu lassen …«

Caterina wollte nicht länger darüber nachdenken und wechselte das Thema: »Morgen an Allerseelen soll der neue Rektor der Universität seine Antrittspredigt halten. Auch wenn er evangelisch ist, ich möchte ihn hören. Kommst du mit?«

»Nein, ich werde im Dom sein. Aber geh nur zu Florian!«, zwinkerte ihr Anne zu.

Regine und Caterina gingen mit der kleinen Margareta warm eingepackt durch das morgendliche Schneegestöber an der Magdalenenkapelle und an der Paulskirche vorbei und dann hinein in die große Predigerkirche, wo sie in der Nähe von Florians Grab stehen blieben. Als der Kirchenraum bis zu den Türen gefüllt war, hielt der Universitätstheologe Johannes Matthäus Meyfahrt mit einigen seiner Magisterstudenten Einzug und stellte sich vor den Altar, der sich genau vor dem Durchgang in den Chorschranken befand. Auf dem Lettner stand der Kantor und sang »Ein feste Burg ist unser Gott«, das bedeutendste Bekenntnislied der Protestanten, dann folgten ein paar Segensworte, ein Gebet für die Gemeinde und anschließend die Predigt. Es ging um das achte Gebot »Du sollst nicht falsch Zeugnis reden wider deinen Nächsten.«

Caterina bildete es sich vielleicht nur ein, aber sie hatte das Gefühl, als hätte der Pfarrer ein- oder zweimal aufmunternd zu ihr herübergeblickt. Andere hatte er hingegen an bestimmten Stellen mit einem mahnenden Blick bedacht.

Zum Schluss folgte das Vaterunser, ein weiteres Lied und der Segen, dann war der Gottesdienst zu Ende.

Caterina ging nachdenklich nach Hause. Ja, so einige in der Stadt erzählten sich merkwürdige und unwahre Dinge über sie. Aber woher sollte der Pfarrer davon wissen? Und selbst wenn, was sollte es ihn kümmern? Aber wie dem auch sei, entschied sie schließlich, vielleicht hatte es ja etwas genützt und die bösen Zungen hatten sich die Predigt zu Herzen genommen.

Jost erfuhr es zuerst, als er eines Abends im Ratskeller bei seinem Bekannten, dem Wirt, saß: Die Zunft hatte in der Waidordnung festgeschrieben, dass fürderhin nicht mehr mit frischen Blättern gefärbt werden durfte. Es gab angeblich zu viele Unklarheiten bei dem neuen Verfahren und gerade in Kriegszeiten wäre man nicht gut beraten, eine so einschneidende Umstellung zu vollziehen. Verbunden war das Verbot mit der Mahnung, dass sich ausnahmslos jeder an die neue Regel zu halten habe. Andernfalls würde sich der Unmut derjenigen, die die Regeln befolgten, auf furchtbare Weise entladen.

»Das war auf dich gemünzt. ›Habt ein Auge auf die Sebersche!‹ Genau das haben sie gesagt«, berichtete Jost Caterina noch am gleichen Abend und zog beide Augenbrauen hoch.

Und als wäre das nicht genug der Belehrung, wurden die Bierrufer am kommenden Tag dazu verpflichtet, die neue Regel laut kundzutun, damit auch wirklich jeder davon wusste und sich alle gegenseitig überwachen konnten. Dem Ausrufer Hugo von Mariä und Andreas war die Schadenfreude anzusehen, als er genau vor Caterinas Toreinfahrt stehen blieb und seine Botschaft in die kalte Luft schmetterte: »Unser Waid steht dem Indigo in nichts nach! Das alte Verfahren bleibt bestehen. Frischer Waid darf unter keinen Umständen an die Händler gehen. Zuwiderhandlungen werden mit Strafe versehen!«

10

WINTER 1633

Kurz vor Weihnachten informierte Jost Caterina darüber, dass die Vorräte an Waidpulver langsam zur Neige gingen.

»Es war ja abzusehen, aber was soll ich denn jetzt tun? Ohne frische Blätter und ohne Urin werden wir kein Neues mehr herstellen können«, fragte Caterina ein wenig kläglich. Jost hatte sie in ihrer Werkstatt gefunden, wo sie gerade einen Waidlikör ansetzte.

»Fahren wir zu Lange nach Kirchheim. Vielleicht macht er eine Ausnahme und überlässt uns ein paar Fässer voll Blätter?«, schlug der Knecht vor.

»Nein, Jost. Ich bringe ihn nicht noch einmal in Schwierigkeiten. Merkst du nicht, dass diese ganzen Bestimmungen alleine für uns gemacht wurden. Es ist nicht so, als hätte man das einfach mal so beschlossen und unter den vielen Waidhändlern fallen die ein oder zwei, die sich nicht an die Regeln halten, nicht weiter auf. Nein! Alle Augen sind auf uns, auf unsere Zulieferer, auf unseren Waid, auf unseren Marktstand, auf alles hier gerichtet! Auch auf dich, du Gehilfe des Teufels.« Caterina lachte grimmig auf.

Jost erschrak und guckte sie mit aufgerissenen Augen an. »Was redest du da? Du wirst den Belzebub noch anlocken!«

»Hast du davon noch gar nichts mitbekommen? Man erzählt sich auch, wir beide hätten es auf Geld abgesehen und wären schuld am Tod von Florian«, sagte Caterina.

»Himmel, Herr Gott noch mal! Das kann doch nicht sein. Wir müssen uns vorsehen. Manchmal ist mir selber nicht ganz geheuer, wenn ich dich hier in deiner Experimentierküche sehe. Versteh mich nicht falsch, aber wenn es mir schon so geht, dann sehen die

Leute erst recht überall Gespenster! – Und vielleicht hast du mich ja auch wirklich verhext«, fügte er schelmisch hinzu und sah sie sehnsüchtig an.

Caterina trat auf ihn zu: »Jetzt hör mir bitte genau zu. Ich bin dir dankbar für alles, was du hier auf dem Hof leistest. Und ich habe dich gerne von Zeit zu Zeit in meiner Kammer. Aber ich liebe Florian immer noch, auch wenn er tot ist. Ich kann dir nicht sein, was du möchtest. Vor den Augen der Welt werden wir nie etwas anderes sein als Herrin und Knecht. Und ich würde es dir auch nicht übelnehmen, wenn du eine andere Frau fändest.«

»Eine andere will ich nicht, denn mein Herz gehört nun einmal dir. Trotzdem werde ich dich niemals in der Öffentlichkeit in Verlegenheit bringen, das verspreche ich. Mir reicht das, was wir im Verborgenen haben.«

Sie gingen aufeinander zu und küssten sich. Dann legte Caterina ihren Kopf an seine starke Brust, während sie sich eng umschlungen hielten. Irgendwann löste sie sich aus der Umarmung.

»Es riecht nach Essen. Regine hat gekocht. Ich muss rein!« Sie machte sich los und lächelte Jost an. Der ging zu den Waidknechten, um mit ihnen das Mittagsmahl einzunehmen und anschließend die nächsten Arbeitsanweisungen zu geben. Waidpulver konnten sie keins mehr herstellen und so besserten sie alles Mögliche an Haus und Hof aus. Es war nur eine Frage der Zeit, wann ihnen die Arbeit ausging.

Im Haus saß die kleine Margareta schon am Tisch und hatte die Hände zum Tischgebet gefaltet.

»Setz dich, Regine, ich werde auftragen«, bot Caterina an, als sie die Küche betrat. Als alle einen gefüllten Teller vor sich stehen hatten, sprachen sie ihr Tischgebet: »Du gibst, oh Gott, uns Speis und Trank, Gesundheit, Kraft und Leben. Wir nehmen hin mit frohem Dank, auch was du jetzt gegeben. Amen!«

Zuerst aßen sie schweigend. Caterina war so in Gedanken vertieft, das sie gar nicht mitbekam, was ihr kleines Mädchen erzählte.

Als sie endlich aufblickte, erschrak sie über sich selbst. Genau so etwas hatte sie immer vermeiden wollen, Margareta sollte doch immer den wichtigsten Platz in ihrem Leben einnehmen. Sie überlegte, was sie der Kleinen Gutes tun könnte.

Nach dem Essen sprach sie mit Jost darüber. »Bei einem der herumreisenden Hausierer habe ich im Sommer ein prächtiges Puppenhaus gesehen. Es hatte mehrere Stockwerke und jedes Zimmer war eingerichtet. So etwas möchte ich für Margareta haben. Denkst du, dass du und die Knechte so etwas bauen könnt?«

»Das würden wir schon hinbekommen. Bis wann soll es denn fertig werden?«

»Ist es bis Weihnachten zu schaffen? Dann kümmern Regine und ich uns um die Puppen dazu. Ich möchte, dass das Häuschen einen Kleiderschrank bekommt, den wir mit den schönsten Kleidern und Umhängen füllen werden. Da wird Margareta Augen machen! Außerdem habe ich mir noch etwas überlegt, um die Knechte zu beschäftigen. Sie sollen einen Schlitten bauen, so dass wir auch im Winter, wenn die Wege verschneit sind, ein Gefährt haben, um Waren zu transportieren. Das ist zwar im Moment nicht allzu viel, aber es werden ja hoffentlich auch wieder bessere Zeiten kommen.«

Jost wollte, dass Caterina seine Fertigkeiten bewunderte, und gab sich alle Mühe beim Bau von Puppenhaus und Schlitten. Das zierliche Häuschen war schon bald fertig und Caterina machte sich mit Feuereifer an die Ausstattung, während sich Jost dem Schlitten zuwandte. Die Arbeit daran unterbrach er nur über die Weihnachtstage, die er mit seinen Eltern verbrachte. Im Hause Seber erklang fröhliches Kinderlachen, als Margareta das Puppenhaus bei der Bescherung das erste Mal sah. Sie war so glücklich, dass sie Caterina und Regine mit ihrer Fröhlichkeit ansteckte, die für ein paar Stunden ihre Sorgen vergessen konnten.

Der kutschenartige Aufbau des Schlittens hatte Jost kein Problem bereitet, aber die Kufen stellten zu Beginn des neuen Jahres eine Herausforderung dar. Sie mussten vorne abgerundet nach oben gebogen sein. Dazu viertelten er und die anderen Knechte ein altes Kutschenrad und verbanden eine gerade, schmale Holzlatte mit einem Radbogen. Darunter montierten sie eine Eisenleiste, die sich Jost beim Schmied entsprechend hatte biegen lassen. Sie schliffen und schnitzten und strichen und Ende Januar stand das Gefährt im Hof.

Jost bat Caterina, mit ihm eine Testfahrt zu machen. Er spannte ihr Pferd vor den Schlitten und führte es durch die Ausfahrt bei der Mettengasse auf die große Straße vor dem Platz vor den Graden. Der Schnee auf den Straßen bildete eine dicke Schicht. Dann half er Caterina hinauf auf die gepolsterte Bank und setzte sich neben sie. Er ergriff die Zügel und schnalzte mit der Zunge. Das Pferd schritt langsam voran. Jost lenkte es mal nach links, mal nach rechts. Es funktionierte, die Kufen machten die Bewegung des Schlittens mit. Dann trieb er das Pferd zum Trab an, ließ es wieder langsamer werden und anhalten. Zurück ging der Weg leicht bergab. Hier testete Jost die Bremsen an den Kufen. Auch das klappte. Er war ziemlich stolz auf seine Arbeit und wandte sich zu Caterina um. Die genoss die Sonne am strahlend blauen Himmel, die saubere, klirrend kalte Luft und das leise Dahingleiten über die Schneedecke. Sie war sehr zufrieden.

»Gut, Jost, sehr gute Arbeit! Ohne dich werden wir den Schlitten aber sicher nicht fahren können. Dabei habe ich mir überlegt, Margareta einmal ganz besonders warm einzupacken und mich mit ihr auf die Ladefläche zu setzen, um eine kurze Fahrt zu unternehmen. Das würde ihr bestimmt viel Spaß machen. Vielleicht am Sonntag, dem Tag des Herrn. Da sollte solch ein harmloses kleines Vergnügen hoffentlich kein Aufsehen erregen. Würdest du uns nach der Kirche begleiten?«

»Natürlich!«, freute sich Jost. »Ich bringe auch etwas Käse und Brot von meiner Mutter mit.«

Der Sonntag kam, es hatte erneut geschneit und sie hatten Glück, denn die Sonne schien. Regine hatte beschlossen mitzufahren und so zogen sie sich alle warm an mit wollenen Strümpfen und doppelten Umhängen, wollenen Kappen, dicken Stiefeln, Halstüchern und Handstulpen. Regine hatte für Margareta einen kleinen Schlauch zum Umhängen genäht, der innen und außen aus dickem, weichem Fell vom Kaninchen bestand, in den sie ihre Hände zum Warmhalten stecken konnte. Außerdem nahmen sie zwei dicke Decken mit. Unter der einen kuschelten sich Caterina und ihre Tochter zusammen, die andere schlang sich Regine fest um den Körper. Sie hatte beschlossen, sich auf die Kutschbank neben Jost zu setzen, auf der Ladefläche würde sie wohl eher erfrieren, meinte sie. Jost wickelte sich ebenfalls eine Decke um die Beine, nachdem er sich auf seinen Fahrersitz gesetzt hatte, und dann steuerte er das Pferd samt Schlitten zum Hof hinaus in Richtung Petersberg und Stadtmauer und durch das Löbertor bis zum Steigerwald.

Der Schnee knisterte unter den Hufen des Pferdes und den Kufen des Schlittens, der ruhig dahinglitt. Im Wald umgab sie eine wunderbare Stille. Keine Geräusche von Stalltieren, von hantierenden Knechten und Handwerkern, von keifenden Hausfrauen, von rufenden und spielenden Kindern. Sie sprachen lange nicht, selbst Margareta war verzaubert von der Umgebung. Hin und wieder zeigte sie auf ein Tier, dass sich kurz blicken ließ und dann vor dem Kutschenungetüm das Weite suchte.

Nach einiger Zeit erreichten sie eine Lichtung, stellten sich in die Sonne und Jost packte den Proviant aus. Sie genossen die köstliche kleine Mahlzeit im Freien. Danach war es schon Zeit für den Rückweg. Auf der Fahrt in die Stadt schlief Margareta auf dem Schoß von Caterina ein. Regine, die sich nun doch mit auf die Ladefläche gesetzt hatte, damit ihr der Fahrtwind nicht länger direkt ins Gesicht wehte, und Caterina nutzten die Gelegenheit, um sich in Ruhe zu unterhalten. Sie flüsterten. Zum einen wollten sie nicht, dass Margareta aufwachte, zum anderen sollte Jost sie nicht hören.

»Caterina, ich würde der Frau meines Sohnes normalerweise keinen anderen Mann empfehlen«, Regine machte eine Pause und

Caterina sah sie nervös an, »aber ich denke, Florian ist tot und das Geschäft muss weitergehen. Ich weiß nicht, wie es in Italien ist, aber hier ist es üblich, dass eine Witwe sich einen Mann nimmt, der das Geschäft weiterführen kann. Jakob Nafzer hat es ja schon einmal angedeutet: Der Martin von Hochheim und sein Vater haben einen kleinen Waidspeicher. Sie haben das Braurecht, sie haben ihre Bauern, die sie mit Waidballen versorgen. Würdest du Martin heiraten, gingen ihre Privilegien auch auf unseren Hof über. Wir können unsere Knechte weiter beschäftigen und bräuchten uns auch sonst keine Sorgen um die Zukunft mehr zu machen.«

Caterina wollte etwas erwidern, aber Regine bat sie mit einer Handbewegung, ihr weiter zuzuhören. »Bitte überleg es dir gut. Der Martin sieht nicht schlecht aus, ist kräftig und anhören kannst du ihn dir ja mal. Wie wär es, wenn ich ihn zu einem Essen zu uns einladen würde? Natürlich mit seinem Vater. Den kenne ich noch von früher.«

Caterina bereitete die Vorstellung, sich mit Martin von Hochheim zu verbinden, starken Unwillen. Andererseits war sie erleichtert, dass ihre Schwiegermutter nicht von Jost gesprochen hatte. Entweder war ihr nicht bewusst, wie weit ihre Beziehung zu ihm ging, oder sie zog es vor, das zu ignorieren. Stattdessen unterbreitete sie ihr einen Vorschlag, der vor Vernunft nur so troff. Caterina überlegte, kam aber auf keine gute Begründung, um ein gemeinsames Essen abzulehnen. Das machte man nicht. Sie musste der Sache eine Chance geben.

»Also gut. Dann mach etwas aus. Lade sie ein!«, sagte sie.

Regine freute sich, dass ihre Schwiegertochter Einsicht zeigte, und begann sofort, Pläne zu schmieden.

Jost drehte sich um und lachte Caterina an. Er hatte nichts von der Unterhaltung mitbekommen. Gut so.

Als sie zurück auf ihrem Hof waren, brachte Regine Margareta gleich ins Warme. Caterina legte noch die Decken zusammen, während Jost sich um Pferd und Schlitten kümmerte.

»Jost, ich danke dir für diesen besonders guten Schlitten und den schönen Ausflug heute! Auch dafür, dass du auf deine üblichen Sonntagsvergnügen verzichtet hast«, sagte sie.

»Wieso verzichtet? Ich hatte doch meinen Spaß. Der Ausflug in meinem selbstgebauten Schlitten war auch für mich ein gute Sache«, lachte er.

»Dann ist gut. Ich muss jetzt rein. Nimm dir den Rest des Tages frei und grüß deine Mutter, wenn du nach Hause kommst!« Caterina gesellte sich in der Küche zu ihrer Tochter und Regine, die sich am Ofen aufwärmten und die aufregende Schlittenfahrt noch einmal durchgingen.

Regine wollte Nägel mit Köpfen machen, bevor Caterina ihre Meinung wieder ändern würde, und ging gleich am Montag zum Haus der von Hochheims, zu einer Zeit, zu der damit zu rechnen war, den Hausherrn anzutreffen. Sie hatte offenbar den richtigen Zeitpunkt abgepasst, denn gerade, als sie am Anwesen ankam, öffnete Franz von Hochheim höchstpersönlich das Hoftor. Die Öffnung gab den Blick auf ein bereitstehendes Fuhrwerk frei.

»Guten Morgen, Regine!«, grüßte Franz sofort, als er die Frau vor dem Tor erkannte.

»Das wünsche ich dir auch, Franz! Es ist ja auch ein herrlich frischer Morgen. Scheint wieder ein sonniger Tag zu werden. Man kann den Frühling schon riechen. Ich sehe, du begibst dich auf eine Ausfahrt. Geschäfte?«, fragte Regine ihn interessiert und schlug dabei ihren freundlichsten Tonfall an.

»Ja, nach Arnstadt. Ich habe dort am Hof von Schloss Neideck etwas abzuliefern.«

»Oh, gute Geschäfte, also. Das freut mich für euch. Gerade in diesen Zeiten ist es ja wichtig, den einen oder anderen lukrativen Kunden zu haben. Wie du weißt, hatten auch wir bislang das Glück, hin und wieder die Herzöge beliefern zu dürfen.«

Es entstand eine Pause. Franz war nicht der Wortgewandteste. Also übernahm Regine wieder das Gespräch.

»Wie geht es deinem Sohn? Hat er schon eine Frau gefunden?«, wechselte sie das Thema.

Das schien Franz aus seiner Lethargie zu befreien. »Nein, er hat noch niemanden gefunden. Der Junge arbeitet einfach zu viel. Und es muss natürlich passen. Suchst du etwa jemanden für euren Waidhandel?«

»Nun, sagen wir mal so. Caterina ist hübsch, tüchtig und klug. Wir können es auch ohne einen Mann schaffen. Aber es wäre doch nicht verkehrt, wenn sich die beiden wenigstens mal etwas besser kennen lernen würden. Wie wäre es, wenn ihr am Sonnabend nach der Abendandacht zu uns zum Essen kämet? Ich habe noch eine schöne Gans, die ich in den Ofen schieben kann. Und dazu gibt es einen schönen italienischen Wein. Was sagst du?«

»Das hört sich gut an!«

In diesem Moment erschien Martin im Hof und kam auf die beiden zu. Franz von Hochheim winkte ihm.

»Martin, komm doch mal herüber. Regine hat uns ein gutes Angebot gemacht. Am Sonnabend werden wir bei ihr eine schöne Gans zu essen bekommen, dazu einen guten Wein und Gespräche über dies und das.«

Martin roch den Braten, im wahrsten Sinne des Wortes, aber was sollte er sagen. Wenn sein Vater eine solche Verabredung vereinbarte, durfte er dem nicht widersprechen. Wenigstens würden die Zunftbrüder ihn nicht länger bedrängen. Und er könnte sagen, er hätte sich Caterina einmal angesehen. Wenn es dann trotzdem nichts würde mit ihnen beiden, dann hätte er es wenigstens versucht.

»Das klingt doch verlockend. Ihr ladet uns also ein?«

»So ist es. Also, bis Sonnabend nach dem Gottesdienst! Ich wünsche euch erfolgreiche Geschäfte.« Zufrieden, dass ihr Plan so einfach aufgegangen war, ging Regine über den Anger zum Wenigemarkt, um noch einige Besorgungen zu machen, und dann zurück nach Hause.

Die restliche Woche verlief ruhig. Es gab nicht viel zu tun, außer dass die steigenden Temperaturen und der tauende Schnee den Blick auf Schmutz, Unrat und reparaturbedürftige Stellen freigaben, was beseitigt und behoben wurde.

Natürlich verkauften sie allerlei Farben an die Färber, aber es war abzusehen, dass der Vorrat gerade so bis zum Frühling reichen würde. Regine nutzte die ruhige Zeit und schnitt Stoffe zu für Kleider, die sie in den gängigen Größen nähen wollte. Im Frühling kauften die Frauen besonders gerne etwas Neues ein. Mit dem Hausputz, den ersten wärmenden Sonnenstrahlen und der aufblühenden Natur, blühte auch jedes Mal die Hoffnung auf einen Neuanfang oder wenigstens eine Verbesserung auf, die selbstverständlich von neuer Kleidung begleitet werden sollte.

Am Sonnabendmorgen musste Jost die Gans schlachten und rupfen. Er fragte sich, was wohl der Anlass für den opulenten Gänsebraten sein mochte, aber er fragte nicht nach. Als dann kurz vor der Abendmesse, gerade als er nach Hause gehen wollte, Anne erschien, um Margareta mit zu sich zu nehmen, über Nacht, wie er raushörte, war er sicher, dass Besuch ins Haus stand.

Statt nach Hause zu gehen, überquerte er deshalb die Breite Straße und ging in die Gaststube des Hutmachers. Er hatte Glück, dass genau dort, gegenüber dem Haus der Sebers, die Strohbüschel in den Bierlöchern steckten. Mit dem Glockenläuten zum Ende der Gottesdienste stellte er sich mit seinem Bierkrug ans Fenster der Gaststube und beobachtete die Straße, die sich mit Leuten füllte, die von den Kirchen nach Hause gingen.

Und dann sah er, für wen die Gans war. Von links näherte sich eine blaue Kutsche, die an beiden Längsseiten die Aufschrift »Hochheim – Blau seit 1450« trug. Er erkannte den Schriftzug, der ihm seit seiner Kindheit vertraut war. Die beiden Waidjunker, Vater und Sohn! Er trat vom Fenster zurück und hob seinen Krug an die Lippen, ohne die Kutsche aus den Augen zu lassen. Tatsächlich, sie blieb direkt vor dem Anwesen der Sebers stehen. Er merkte, wie sich sein Magen zusammenzog. Dieses Abendessen könnte das Ende seiner Beziehung, wie bescheiden sie auch geartet sein mochte, zu Caterina bedeuten. Aber er liebte sie doch! Und entgegen seinen Beteuerungen ihr gegenüber war Jost nicht bereit, ohne Weiteres von ihr abzulassen.

Er trank aus, zahlte und ging, möglichst unauffällig, zur Einfahrt gegenüber, wo er sich hinter einer der Säulen versteckte, die das Tor einfassten. Er hörte, wie Regine die Ankömmlinge begrüßte.

»Herzlich willkommen, ihr beiden! Es ist schön, dass ihr unserer Einladung gefolgt seid. Nur herein in unsere gute Stube! Caterina! Caterina! Ah, da bist du ja. Begrüße unsere Gäste: Franz, ein alter Freund meines Mannes, und Martin, sein Sohn. Aber ihr kennt euch ja eigentlich schon.«

»Angenehm«, hörte Jost Caterina reichlich steif sagen. Und schon von drinnen: »Ihr könnt hier Eure Mäntel aufhängen. Am Abend ist es ja immer noch sehr kalt.«

»Wie waren die Geschäfte in Arnstadt?«, vernahm er noch Regine, dann schloss sich die Tür.

Daher wehte also der Wind: Geschäfte, Verbindungen. Caterina sollte wieder an den Mann gebracht werden. Ihm war elend zumute. Er hätte am liebsten die ganze Nacht dort sitzen und warten wollen. Sehen, ob sich noch irgendwo etwas erlauschen oder erspähen ließe. Er ging auch tatsächlich in den Hof und schlich am Haus entlang. Türen und Fenster waren jedoch fest verschlossen. Nur ein wenig Licht drang durch einen Spalt im Fensterladen. Schließlich wurde es ihm zu kalt und er ging nach Hause. Morgen war auch noch ein Tag. Jetzt konnte er nichts ausrichten und passieren würde bei diesem Antrittsbesuch auch weiter nichts. Er fragte sich nur, was Caterina in ihm selbst sah. Bei dem Gedanken merkte er, wie Ärger in ihm aufstieg. Er war nur ihr Knecht. Nicht standesgemäß. Gerade gut genug, um ihr ab und zu ein wenig Vergnügen zu bereiten. Und er würde nie gut genug sein. Sobald einer käme, der ihrem Stand entsprach, würde sie ihn ablegen wie einen alten Umhang. Aber nicht mit ihm!

Das Essen und die Gespräche der zwei Alten und zwei Jungen verliefen kurzweilig. Der Gänsebraten war ein Gedicht, die neumodische, frische und leicht scharfe Brunnenkresse appetitanregend und der italienische Wein lockerte die Zungen. Sie unterhielten sich über das Waidgeschäft und konnten wunderbar fachsimpeln. Vergangene Zeiten, als Regines Mann Walter noch unter ihnen gewesen war, lebten wieder auf, und auch Florian und Martin hatten sich gekannt, was Martin zum Anlass nahm, Florian als einen guten Freund von sich darzustellen und einige lustige Erinnerungen zum Besten zu geben. Sie lachten viel und die Atmosphäre war wunderbar leicht.

Caterina guckte sich diesen Martin in unbemerkten Augenblicken immer wieder genauer an. Seine Haare waren hellbraun und noch recht voll. Er hatte blaue Augen, eine kräftige Nase und schmale Lippen, was allerdings als Ganzes gut zusammenpasste. Er war groß und bis auf ein kleines Bierbäuchlein ziemlich muskulös. Seine Schultern waren breit, nicht so breit wie die von Jost, aber breiter als die von Florian. Er hatte einen durchdringenden Blick und irgendetwas Verschlossenes an sich. Sein Hemd hatte er bis zum Brustansatz aufgeknöpft, was den Blick auf seine dichte, gekräuselte Brustbehaarung freigab. Er hatte saubere Fingernägel und seine Zähne waren in Ordnung. Nein, unappetitlich war er wirklich nicht.

Einmal bemerkte sie, dass auch er sie beobachtete. Als sich ihre Blicke trafen, lächelte er und Caterina lächelte zurück. Regine hatte die kleine Szene beobachtet.

»Franz, wie wäre es, wir beide gehen hoch in die gute Stube, ich feuere den Kamin an und zeige dir meine neuesten Schnitte. Da ist auch einiges für den Mann dabei. Die jungen Leute lassen wir ein wenig unter sich«, schlug sie vor und stand, ohne eine Antwort abzuwarten, auf. Franz erhob sich fast ebenso schnell und im Nu waren die beiden verschwunden.

Zwischen Martin und Caterina entstand eine unbehagliche Stille, bis sich Caterina als Erste wieder fasste.

»Dein Becher ist leer. Jetzt probieren wir einen guten Bianco, den mein Vater letztes Jahr geschickt hat, einverstanden?« Sie stand auf und suchte nach der Flasche.

Martin, der schon recht angetrunken war, sah sie nun unverhohlen an und merkte, wie sich etwas in ihm regte. Doch, ihre Kurven waren reizvoll und er würde sie zu gerne unter seinen Händen spüren.

Heute oder nie! Sein Herz schlug schneller, als sie sich zu ihm herunterbeugte und er ihr beim Nachschenken in den Ausschnitt schauen konnte. Auch Caterina hatte schon mehr getrunken als üblich und achtete deshalb nicht mehr darauf, was sie dem lüsternem Blick Martins preisgab. Der setzte nun alles auf eine Karte.

»Du bist sehr hübsch! Warum hast du noch keinen neuen Mann?«, wollte er wissen.

»Du siehst auch nicht schlecht aus. Warum hast du keine Frau?«, konterte Caterina.

»Die Frauen hier gefallen mir nicht und ich habe keine Zeit, mir woanders eine zu suchen. Mein Vater und ich müssen uns ums Geschäft kümmern. Aber du bist anders. Du hast etwas, das mir gefällt.«

»Und das wäre?«, fragte Caterina belustigt.

»Du bist heißblütig!«, antwortete er, wobei er sie gierig anschaute. »Komm, setz dich auf meinen Schoß!«, forderte er sie auf.

»Nein, das ging wohl zu weit. Wir wollen lieber trinken. Zum Wohl!« Sie hob ihr Glas. Er tat es ihr gleich und trank seins in einem Zug aus. Caterina war etwas erschrocken. Der Wein war eine Rarität, die späte Ernte eines langen, sonnenreichen italienischen Herbstes. Süß und schwer. Sie merkte, wie ihr schon der erste Schluck zu Kopf stieg.

Martin musste sich konzentrieren, um deutlich zu sprechen. »Nun zier dich nicht so. Was glaubst du, warum die alten Herrschaften nach oben gegangen sind? Wir sollen uns kennenlernen. Also, mach schon, setz dich!« Er klopfte auf seine Oberschenkel.

Caterina zögerte, dachte dann aber an Regine, die gemeint hatte, er sei einen Versuch wert. Und vielleicht war Martins plumpes Werben ja auch nur seiner Unerfahrenheit geschuldet.

Andererseits ... Ihre Gedanken wirbelten durcheinander. Am Ende siegte die Neugier zu erfahren, was er vorhatte. Sie folgte seiner Aufforderung und setzte sich auf den äußersten Rand seiner Knie.

»Na, also!«, Martin lachte, packte sie mit einem Arm fest um die Taille, zog sie zu sich heran und hob sein Glas, damit sie ihm nachschenkte. Dabei beobachtete er das Spiel ihrer Brüste, deren Rundungen sich in ihrem Ausschnitt bewegten. Sie stießen an.

»Darf ich?«, fragte er, wartete aber keine Antwort ab, sondern wischte einen Tropfen Wein weg, der Caterina beim Absetzen ihres Bechers auf den Busen getropft war.

»Heh, nicht so schnell!«, beschwerte sie sich, aber da grabschte er erst recht nach ihrer Brust und küsste sabbernd ihr Dekolleté.

Caterina wollte fort, sie wand sich, um sich zu befreien, konnte aber gegen seine starken Arme, mit denen er sie festhielt, nichts ausrichten. Dann eben anders. Vorsichtig hob sie sein Gesicht von ihrem Ausschnitt und schaute ihm in die Augen. Nein, ein Mann zum Verlieben war er nicht. »Wir sollten aufhören. Regine und Franz können jederzeit herunterkommen.«

»Vergiss es, die vergnügen sich selber! Deine Schwiegermutter war sicher schon ganz heiß auf diesen Abend mit meinem Vater. Und du, zier dich nicht so!« Er zwang ihr einen Kuss auf den Mund auf. Es war ein kalter, sabbernder Kuss, seine Zunge drang mit Gewalt in ihren Mund ein. Caterina wurde übel. Plötzlich spürte sie, wie er mit einer Hand ihr Kleid hochschob, während er mit der anderen an ihrer Brust herumknetete. Als sie sich von ihm wegschieben wollte, umfasste er sie so fest, dass ihr fast die Luft wegblieb, schob ihr erneut seine lange Zunge in den Rachen, schnaufte, fuhr durch die Beinöffnung ihrer Unterkleidung, suchte mit den Fingern ihren Schambereich und rammte ihr den Zeige- und den Mittelfinger in die Öffnung, die bisher Florian und Jost vorbehalten war.

»Hör auf, lass mich in Ruhe. Was fällt dir überhaupt ein?«, zischte sie. »Ich will auf keinen Fall, dass Regine und dein Vater uns hier so sehen!«

Martin schnaufte. »Unfug. Fass mich lieber mal an! Hier, er ist knüppelhart!« Dabei rammte er seine Finger noch weiter in ihre intimste Stelle.

Caterina war inzwischen völlig ernüchtert. Sie nahm alle ihre Kraft zusammen und als Martin den Arm von ihrer Taille zog, um an seinem Beinkleid herumzunesteln, stieß sie sich von ihm ab und gab ihm eine schallende Ohrfeige. »Du bist widerlich! Ich will, dass du sofort aus meinem Haus verschwindest!«, zischte sie ihn an. Sie war um einen leisen Tonfall bemüht, damit Regine und Franz nichts von dieser unmöglichen Situation mitbekamen.

»Du bist eine kleine Hure, das sagen alle. Du willst es doch sonst auch und spielst mir hier die Anständige vor. Du kleine Hexe! Besorgt es dir der Satan besser?«

Caterina erschrak. Das war kein Spaß mehr. Sie musste auf der Hut sein. »Ich fühle mich nach wie vor mit meinem Mann verbunden. Außerdem möchte ich es nicht noch einmal sagen, ich will, dass du jetzt gehst!« In ihrem Bemühen, nichts Falsches zu sagen, bemerkte sie nicht, dass sie Martin in seiner Erregung so sehr hatte abblitzen lassen, dass er über die Maßen gekränkt war. Er roch an seinen Fingern.

»Der faulige Geruch des Fegefeuers oder die Reste der vorherigen Freier!«

Das war zu viel. Sie packte ihn mit all ihrer Kraft, zog ihn vom Stuhl hoch und schob ihn in Richtung Tür. Er wankte, aber erst, als sie ihn in den Hof hinausschubste, stolperte er und fiel der Länge nach hin. Sie kümmerte sich nicht darum, sondern verschloss die Tür, trampelte die Treppe hinauf und schaute in die Stube, wo Regine und Franz auf ihren Stühlen eingenickt waren.

»Ich gehe schlafen!«, verkündete sie laut und knallte die Tür wieder zu, wobei Regine und Franz aufschraken. Sie eilten nach unten und mussten erkennen, dass die Zusammenführung wohl nicht geglückt war. Als Franz seinen Sohn volltrunken und gedemütigt auf dem kalten Hofpflaster sitzen sah, raffte er ihre Umhänge zusammen, hievte Martin in die Kutsche und drehte sich wütend zu Regine um.

»Das wird euch noch teuer zu stehen kommen!«

Regine ärgerte sich, das Ganze überhaupt angeleiert zu haben. Aus Caterinas Benehmen und dem Anblick von Martins halb geöffnetem Beinkleid schloss sie recht genau, was zwischen den beiden vorgefallen war. Vom Regen in die Traufe, dachte sie sich.

Als Jost am nächsten Morgen den Hof betrat, kam Caterina freundlich auf ihn zu und grüßte ihn mit einem strahlenden Lächeln. Sie war froh und dankbar, ihn zu sehen. Jost setzte ein mürrisches Gesicht auf. Er wollte gar nicht wissen, was hinter dieser auffälligen Begrüßung stand. Womöglich würde sie ihn heute noch abservieren.

Caterina verstand nicht, was mit Jost los war. Er war doch sonst nicht so! Sie beschloss, ihn in Ruhe zu lassen. Sie hatte es satt, es allen Menschen Recht zu machen. Dann eben nicht!

Kurz darauf, es war immer noch ziemlich früh, kam Anne durch das Hoftor gehetzt. Die kleine Margareta konnte kaum mit ihr Schritt halten und sah noch sehr ungekämmt und unausgeschlafen aus.

»Es tut mir leid, Caterina, dass ich die Kleine so früh aus dem Bett holen musste. Ich muss nach Hochheim zu einer Mutter, die ich vor zwei Tagen entbunden habe. Sie hat hohes Fieber und es sieht gar nicht gut aus. Hast du noch etwas von dem Waidlikör, du weißt schon, der laut meinem Buch so gut gegen Fieber sein soll?«

»Ja, natürlich. Kein Problem. Warte, ich hole dir eine Flasche. Margareta, mein Schatz, geh rein zu Großmutter!«, sagte Caterina und verschwand in ihrer Werkstatt, wo sie ihre selbstgemixten Tinkturen aufbewahrte. Nach wenigen Augenblicken war sie zurück. »Hier, ich hoffe, es nützt etwas. Viel Glück!« Sie drückte Anne den Likör in die Hand.

»Ich danke dir. Ich hoffe auch, dass die Frau es schafft. Als Hebamme steht man immer mit einem Fuß im Kerker. Manchmal wünschte ich, ich hätte etwas anderes gelernt.«

»Du bist die beste Hebamme, die ich kenne«, machte Caterina ihr Mut. »Soll Jost dich mit dem Wagen fahren?«

»Nein, mit meinem Gaul bin ich am schnellsten. Danke nochmal!«, sagte die junge Frau schon im Gehen und war gleich darauf verschwunden.

Regine und Caterina hatten über das, was am Vorabend vorgefallen war, nicht miteinander gesprochen. Regine war klar, dass Caterina von sich aus damit beginnen musste. Sie selbst würde nicht in sie dringen, etwas zu erzählen, das sie für sich behalten wollte. Als sie sich bei einem Becher warmer Milch in der Küche trafen, machte sie stattdessen auf ein anderes Problem aufmerksam: »Die Knechte haben nun endgültig nichts mehr zu tun und die Ware ist fast verkauft. Was willst du tun, Caterina?«

Caterina konnte an diesem Tag nicht richtig denken. Sie hatte kaum geschlafen und alles um sie herum widerte sie an. Nachdem Jost ihr am Morgen so kühl begegnet war, fühlte sie sich von allem und jedem im Stich gelassen. Ihr kam es vor, als mache jeder sie allein für alles verantwortlich und als wäre die Situation nur deshalb so schlimm, weil sie sich nicht dem Erstbesten an den Hals warf. In ihrem Trotz fällte sie eine Entscheidung: »Wir entlassen die Knechte! Noch heute! Keine Sekunde länger lasse ich mir von irgendjemandem in die Karten schauen oder versuche, irgendeine Fassade aufrecht zu halten. Alle gehen! Sofort! Wir beide verhökern den Speicher und kaufen uns dann einen kleinen Krämerladen auf der Krämerbrücke. Ich verkaufe Farben aus Italien, Stoffe und von dir geschneiderte Kleidung. Überleg nur, wie schön das wird! Keine Arbeiter, die von uns abhängig sind, keine Transporte, kein Urin, kein Markt, keine Waidordnung. Nur du und ich und unser kleines Lädchen!«

Regine seufzte. Ihr ganzes Leben hatte sich um die Waidpulverherstellung gedreht und immer hatten sie versucht, zu den Besten ihrer Zunft zu gehören. Aber seit Florian fort war, hatte sich alles geändert. Nein, es war niemandes Schuld. Sie hatten ihr Bestes gegeben. Und vielleicht hatte Caterina ja recht? Wenn sie den Speicher verkauften und nur das Wohnhaus und einen Teil des Hofes behielten, würde sich nicht allzu viel ändern. Und, in der Tat, so ein kleiner Laden auf der Brücke würde auch ihr gut gefallen. Dort war täglich Markt. Die Krämer handelten direkt an ihren Häusern, die sie sich gemütlich einrichten konnten. Und wenn es kalt war, hatten sie es angenehm warm. Ein jedes Häuschen hatte sogar einen kleinen Keller, wo Waren gelagert werden konnten. Vielleicht würde Caterinas Vater weitere Spezialitäten aus seiner Heimat schicken und sie könnten ihr Warenangebot erweitern.

Regine überlegte und plante, zweifelte dann doch wieder und wollte Caterina noch um einige Tage Bedenkzeit bitten, doch die stampfte bereits entschlossenen Schrittes zum Waidspeicher, wo Jost mit den Knechten bei einer Brotzeit auf umgedrehten Holzfässern saß. Es kam ihr nun doch genau recht, dass Jost sich heute so bockig benahm.

»Hört bitte alle mal her. Ich muss euch leider mitteilen, dass ihr ab sofort nicht mehr bei uns arbeitet! Esst auf, sucht zusammen, was euch gehört, und dann kommt in die Küche, wo ich euch euren Lohn auszahle. Regine wird euch Empfehlungen für einen neuen Herrn mitgeben. Ich danke euch für eure gute Arbeit, aber ihr habt selbst mitbekommen, dass wir keinen Waid mehr haben, um damit zu handeln. Und es wird auch kein Nachschub mehr kommen. Wir sind raus aus dem Waidgeschäft! Bedankt euch bei der Zunft oder bei wem ihr wollt. Ich kann leider nichts mehr für euch tun.« Sie hatte sich in Rage geredet, während die Knechte sie nur völlig entgeistert anstarrten.

Auch Jost sah sie an, als wäre sie nicht ganz bei sich. Aber er begriff, dass es Caterina ernst war. Deshalb stand er als Erster auf, setzte seine Kappe auf und ging. Zu Regine sagte er: »Schickt mir meinen Lohn und die Empfehlung mit dem Boten.«

Er verlor kein einziges Wort des Abschieds, ließ sich weder Enttäuschung noch Ärger anmerken. Im Moment spürte er auch tatsächlich nichts, so überraschend war Caterinas Schritt gekommen. Er wusste überhaupt nicht, woran er war und was er denken sollte. Seit er vierzehn war, arbeitete er auf diesem Hof. Er war sein Zuhause, sein Leben.

Doch wenn er ehrlich war, musste er sich eingestehen, dass alles anders geworden war, als Florian von seiner Geschäftsreise nicht zurückkehrte. Und vielleicht war er nicht ganz unschuldig daran, dass sich nicht umgehend ein Nachfolger gefunden hatte, der die Geschäfte übernahm.

Er brauchte jetzt Abstand und wollte einfach nur weg.

11

FRÜHJAHR 1634

Der verpatzte Abend zwischen Caterina und Martin von Hochheim war seit Wochen Stadtgespräch. Immer wieder mussten Franz und Martin berichten, welchen Eindruck sie von Caterina gewonnen hatten. Und sie genossen es, ein möglichst schlechtes Bild von ihr zu zeichnen.

Zum ersten Mal hatten sie den neugierig lauschenden Zunftbrüdern berichtet, gleich am Tag nach diesem unseligen Treffen, im Ratskeller bei einem Bierchen. Franz hatte das Wort ergriffen und dabei so selbstverständlich und gelassen geschaut, wie er nur konnte. »Es gibt gar nicht viel zu erzählen: Sie ist eine Hexe, eine ganz durchtriebene noch dazu. Zuerst wollte sie wissen, wie unsere Geschäfte laufen, und als sie von unserer Kundschaft im Schloss Neideck hörte, fing sie an, meinen Sohn zu verhexen, ihn betrunken zu machen, um ihn dann um den Finger zu wickeln. Als mir aus Regines Erzählungen klar wurde, wie schlecht es um sie steht, gab ich meinem Sohn mit einem Handzeichen zu verstehen, von dort zu verschwinden. Er ließ sie sofort abblitzen, woraufhin sich ihre Augen röteten vor Zorn. Sie sprühte Gift und Galle und warf ihn mit übermenschlichen Kräften vor die Tür. Vergesst es also. Dieses Weib ist mit dem Teufel im Bund. So eine brauchen mein Martin und ich nicht. Auf meine liebe Berta, die viel zu früh das Zeitliche gesegnet hat!« Franz war mit seiner Erzählung zufrieden und hob den Krug.

Sein Bericht wurde natürlich von den Männern brühwarm an die Frauen weitergegeben, die wiederum ihren Freundinnen und

Müttern von dem aufsehenerregenden Vorfall erzählten, die es ihren Freundinnen erzählten. Mit Beginn des Frühlings meinte nun halb Erfurt zu wissen, dass die Italienerin eine Hexe war. Selbstverständlich hatte man etwas Derartiges schon lange vermutet.

Der Rauswurf der Knechte, der sich ebenfalls herumgesprochen hatte, bestätigte den Eindruck nur noch. So konnte nur eine Hexe mit Menschen herumspringen!

Caterina bekam von alledem nichts mit. Nachdem auf dem Hof eine ungewohnte Ruhe eingekehrt war, verkroch sie sich in ihrer Kammer. Sie wollte niemanden sehen, nicht einmal Margareta konnte sie aufheitern. Erst als Anne es schaffte, zu ihr durchzudringen, verließ sie ihre Kammer wieder. Anne hatte ihr außerdem einen Stärkungstrank verordnet und bald darauf hatte sie ihre alte Energie zurück. Regine war froh zu sehen, wie ihre Schwiegertochter wieder zu alter Tatkraft zurückfand. Sie sprach sie vorsichtig auf den Plan an, einen Laden auf der Krämerbrücke zu erwerben. Zusammen malten sie sich aus, wie schön das Leben als Krämerinnern sein würde.

Gleich am nächsten Tag ging Caterina zum Rathaus, um sich zu erkundigen, ob es einen freien Laden auf der Brücke gäbe.

»Nein«, hieß es da nur. »Und im Übrigen gibt es bereits mehrere, die auf einen freien Laden warten. Das wird in den nächsten Jahren sicher nichts.«

Mit einer solch niederschmetternden Auskunft hatte die Italienerin nicht gerechnet. »Wir würden gut dafür bezahlen«, versuchte sie es nochmal.

»Das würden andere auch. Es geht nach der Reihe. Auf Wiedersehen!«

Mit gesenktem Haupt trat sie zurück auf den Fischmarkt. Sie spürte, wie die Verzweiflung wieder versuchte, die Oberhand zu gewinnen. Es war einfach zu viel geschehen, das sie nicht verkraften konnte. Der widerliche Verkuppelungsversuch war nur der Tiefpunkt einer Abwärtsspirale gewesen. Sie hatte den traditionsreichen Seber'schen Waidhandel in den Ruin getrieben, die Knechte waren fort und der einzige Mann, an dem ihr etwas lag, Jost, sprach nicht mehr mit ihr. Und auch auf der Brücke schien man nicht auf sie zu warten.

Sie straffte sich. Nein, sie würde sich nicht noch einmal verkriechen. Es musste eine andere Lösung geben. Sie lief los. Und plötzlich schoss ihr ein Gedanke durch den Kopf: Dann eben von meinem Haus aus! Ja, das war es! Sie würde ihren kleinen Handel nicht auf der Krämerbrücke, sondern von ihrem Haus aus betreiben. Sie schritt kräftiger aus. Jetzt erst bemerkte sie das Zwitschern der Vögel und die angenehme Frühlingswärme. Der Frühling war immer ein Neuanfang! Diesmal auch für sie! Zur Straße hinaus würde sie ein schönes Schild anbringen: Tessuti e Colori – Stoffe und Farben.

Als sie den Hof betrat, hörte sie in der Küche jemanden weinen. Sie beeilte sich nachzusehen und sah Regine mit Anne am Tisch sitzen.

»Wo ist Margareta?«, fragte Caterina zuerst.

»Mit ihr ist alles in Ordnung. Ich habe sie zu den Hasen geschickt. Sie spielt eine Weile mit ihnen«, sagte die Schwiegermutter und strich weiterhin besorgt über Annes Arm.

»Was ist denn dann passiert?«, wollte Caterina wissen.

Anne schluchzte: »Die Frau, die mit dem Fieber, du erinnerst dich, sie ist gestorben. Ich hatte ihr den Waidlikör verordnet, von dem sie auch jeden Tag etwas getrunken hat. Sie schien auf dem Weg der Besserung zu sein. Aber gestern ist das Fieber ganz plötzlich zurückgekehrt und wenige Stunden später war sie tot. Das Letzte, was sie tat, war, von dem Likör zu trinken. Ihr Mann und ihre Schwester haben deshalb sofort behauptet, dass er daran schuld sei, und wollten wissen, woher ich ihn hätte. Ich habe ihnen gesagt, es sei eine Medizin gegen Fieber, so stünde es in einem Medizinbuch, und dass der Trank nichts mit dem Tod der Frau zu tun haben könnte, außer, dass er offensichtlich nicht geholfen hat. Darauf wurden sie wütend und beschimpften mich als schlechteste

Hebamme unter Gottes Sonne und drangen immer mehr darauf, zu erfahren, woher die Flüssigkeit stammt und was sie beinhaltet. Schließlich habe ich ihnen gesagt, dass das Rezept eine Waidwurzel verlangt und dass du mir den Likör zubereitet hast. Da sind sie fuchsteufelswild geworden. Wie ich es wagen könnte, etwas von der blauen Hexe an ihrer Frau und Schwester auszuprobieren, und ob ich vielleicht sogar selbst eine Hexe sei. Es war furchtbar!« Anne schluchzte immer stärker und Regine reichte ihr ein Stofftuch, damit sie sich die Nase schnäuzen konnte.

Caterina traute ihren Ohren nicht, sie war fassungslos. Ihre Verbindung mit dem Tod dieser Frau würde ein gefundenes Fressen für alle sein, denen es nicht ausreichte, sie in den geschäftlichen Ruin getrieben zu haben. Wie schlimm konnte es noch kommen? Wieso war sie so vom Pech verfolgt? Sie schaute Regine an. »Was sollen wir tun?« Ihre Schwiegermutter musste es wissen. Sie war Erfurterin und die Älteste hier.

»Ich weiß leider keinen Rat. Diese Geschichte ist nicht gut für dich, aber wir können im Moment wohl nur abwarten. Der Tod eines Familienmitgliedes schmerzt immer sehr und die Leute sagen dann unbedachte Dinge. Vielleicht kommen sie bald wieder zur Vernunft.«

»Es tut mir so leid!«, sagte Anne, deren Tränen langsam versiegten.

Caterina wusste nicht genau, was sie meinte. Dass sie den Leuten gesagt hatte, woher der Likör war, oder gar, dass sie den Eindruck erweckt hatte, die Italienerin sei schuld? Sie erwiderte nichts, sondern ging nach draußen, um Margareta zu holen.

»Na, mein Schatz? Fütterst du die Hasen? Sieh mal die Jungen hier. Sie sind ganz zart und warm. Wollen wir beide mal eins streicheln?« Sie bemühte sich, so sorglos wie möglich zu klingen. Margareta sollte nichts mehr von ihren Sorgen mitbekommen, sie hatte in den letzten Wochen genug gelitten.

Sie fing eines der Hasenjungen ein und führte Margaretas Hand über das weiche Fell. Dann setzten sie das Tier wieder zurück zu seinen Geschwistern und Caterina erhob sich. Sie gab ihrer Tochter einen Kuss.

»Wir zwei werden jetzt gemeinsam den Papa besuchen gehen«, erklärte sie.

Das kleine Mädchen lief ins Haus, holte sich einen Umhang und dann gingen sie Hand in Hand zur Predigerkirche.

Das Portal stand offen. Sie gingen hinein, direkt zum Grab von Florian.

»Lass uns im Stillen mit Papa sprechen. Jede für sich!«, bestimmte Caterina.

»Aber wenn wir durcheinander sprechen, kann er uns nicht verstehen«, gab die Kleine zu bedenken.

»Doch, er wird uns verstehen. Wenn man im Himmel ist, kann man viel mehr als auf der Erde.«

»Dann möchte ich auch im Himmel sein«, erklärte Margareta.

Caterina erschrak. »Nein, das möchtest du nicht, denn dann wären ich und Großmutter und deine Großeltern in Italien und Anne und deine Freundinnen alle sehr, sehr traurig! Erst wenn Gott es für richtig hält, kommt man in den Himmel. Den Zeitpunkt kann man sich nicht aussuchen.«

Die beiden falteten die Hände, senkten die Köpfe und schlossen die Augen. Caterina sehnte sich mehr denn je nach ihrem Mann. Nach einigen Minuten hörte sie Schritte hinter sich. Jemand legte ihr eine Hand auf die Schulter. Sie öffnete die Augen und schaute auf. Es war Johannes Meyfahrt, den die Vorbereitung der nächsten Predigt in das Gotteshaus geführt hatte.

»Ich grüße Euch. Bitte entschuldigt die Unterbrechung. Aber als ich Euch hier stehen sah, musste ich Euch einfach ansprechen. Mir ist aufgefallen, dass Ihr immer wieder den Gottesdienst hier besucht. Aber Ihr seid nach wie vor katholisch. Warum konvertiert Ihr nicht?«

»Ich bin Italienerin!«, sagte sie, als sei das Erklärung genug. Auf den ratlosen Blick Meyfahrts hin fügte sie hinzu: »Wir beten doch denselben Gott an, oder?«

»Selbstverständlich, aber Luther und auch Lang hier in Erfurt haben viele alte Zöpfe abgeschnitten. Die Protestanten sind heute mündige und ehrliche Christen. Wir beten direkt zu unserem Gott und brauchen dafür keine Vermittler wie Maria oder die Heiligen. Wir sind selbst für unser Seelenheil verantwortlich. Das ist der Unterschied«, entgegnete Meyfarth. »Aber selbstverständlich, hier wie dort sind wir alle nur Menschen.« Er lächelte gütig und beugte sich Margareta herunter. »Na, du Kleine, dein Vater freut sich sicher sehr, dass du ihn hier besuchst und ihm von dir erzählst. Fahr nur fort!«

Das Mädchen folgte der Aufforderung.

Flüsternd wandte er sich wieder Caterina zu: »Warum ich eigentlich mit Euch sprechen wollte. Es geht das Gerücht um, Ihr würdet mit dunklen Mächten zusammenarbeiten. Gebt Acht, Ihr müsst auf jeden Fall verhindern, dass man Euch vor Gericht bringt. Dort würdet Ihr unvermeidbar der peinlichen Befragung unterzogen und unter dieser grausamen Folter gesteht jeder Mensch alles. Dann wird Euch keine Gnade mehr zuteil werden, selbst um den Preis des eigenen Seelenheils wird Euch der Hexenrichter zum Tode verurteilen. Wenn ich irgendetwas für Euch tun kann, dann wendet Euch vertrauensvoll an mich. Gott segne Euch!«

Caterina war bass erstaunt angesichts dieser kleinen Rede, aber bevor sie etwas erwidern konnte, hatte sich Meyfahrt bereits einer älteren Frau zugewandt, die schon länger auf ihn gewartet zu haben schien.

Caterina nahm die Mahnung Meyfahrts sehr ernst. Er hatte sich schon des Öfteren gegen die Hexenprozesse ausgesprochen, die zahlreiche Frauen landauf, landab zu einem grausamen Tod verurteilten. Sie wusste mittlerweile sehr genau um die Gerüchte, die über sie im Umlauf waren, und der Tod der jungen Mutter, die von ihrem Waidlikör getrunken hatte, würde ihre Situation nicht verbessern. Sie fragte sich, wie viel Zeit sie wohl noch hätte, bevor man sie persönlich beschimpfen und beschuldigen würde. Nachdenklich ging sie mit Margareta zum Hof zurück. Sie hoffte, dass

Anne inzwischen weg war. Dass ausgerechnet ihre Freundin Öl in das schwelende Feuer gegossen hatte, nahm sie ihr übel. Warum hatte sie nicht einfach ihren Mund gehalten.

Auf dem Weg kam ihr Malou von Denstedt entgegen. Die beiden Frauen blieben stehen und man unterhielt sich kurz über das schöne Wetter. Dann erklärte Malou, dass sie es sehr eilig hätte, denn sie bräuchte frisches Gemüse und die besten Stücke seien sicher schon weg, so spät wie sie dran wäre. Sie wünschte einen schönen Tag, zwinkerte Margareta zu und war auch schon um die nächste Ecke verschwunden.

Caterina wunderte sich, das kurz Angebundene war doch sonst nicht die Art der Französin. Sicher, sie war liebenswürdig und freundlich wie immer gewesen, aber es war kein persönliches Wort gefallen, geschweige denn, dass sie sich wieder einmal verabredet hätten. Ob das etwas zu bedeuten hatte? Vielleicht war sie aber auch nur überempfindlich und es war alles ganz normal.

Leider war nichts an diesem Tag normal. Noch am selben Nachmittag erschienen zwei Stadtwachen mit Hellebarden vor ihrer Haustür und forderten Caterina auf mitzukommen.

»Ihr seid angeklagt, einen Hexentrank gebraut zu haben, der eine junge Mutter getötet hat!«

Margareta schaute verängstigt hinter dem Türrahmen hervor.

»Bitte geh zu Großmutter, mein Schatz. Sag ihr, dass ich mit der Wache mitgegangen bin und dass ich bald wiederkomme. Du brauchst keine Angst um deine Mutter zu haben. Sieh mal, ich werde gut bewacht!« Sie pustete Margareta einen Handkuss zu und folgte den beiden Männern.

Die Wachen fassten sie nicht an und sie verhielt sich friedlich und unschuldig und leistete keinerlei Widerstand. Caterina wurde ins Gerichtsgebäude gebracht, wo sie Ferdinand von Denstedt über den Weg liefen. Der schaute überrascht, sprach sie aber nicht an, sondern nickte stillschweigend zum Gruß und ging an ihr vorüber. Dann verlangsamte er seinen Schritt und drehte sich noch einmal um. Er wollte sehen, welche Tür die

Wachen nahmen. Er schüttelte ungläubig den Kopf, als er sah, wohin sie Caterina brachten.

Caterina wurde über eine Treppe in einen dunklen Keller hinuntergeführt. Dort schlossen die Männer eine schwere Holztür mit einem kleinen Kontrollfenster auf. Sie bewegte sich knarrend und es schien viel Kraft nötig zu sein, um sie aufzuziehen. Caterina sah, dass sie sehr dick war, als man sie in den Raum schob. Einer der Männer befahl ihr, sich auf eine hölzerne Bank an der Wand zu setzen, bis man sie holen würde. Einen Krug Wasser bekäme sie gleich. Dann krachte die Tür ins Schloss.

Caterina sah sich in ihrer Zelle um. Eine Ratte raschelte von einer Seite zur anderen und verschwand in einem Loch in einer Fuge direkt über dem Lehmfußboden. Die Wände waren kalt und klamm, es roch nach Schimmel. Sehen konnte man nicht viel, denn es gab nur eine kleine Lichtluke dicht unter der Decke, die wahrscheinlich genau auf Höhe des Fußweges war. Caterina hätte zu gerne nachgeschaut, auf welche Straße sie durch die Luke blicken würde, aber sie blieb unbeweglich sitzen, in der Annahme jeden Augenblick wieder abgeholt zu werden. Den Becher Wasser, den man ihr durch das kleine Kontrollfenster in der Tür hineingereicht hatte, rührte sie nicht an. Sie hatte keinen Durst. Sie dachte nach. Ließ alle Ereignisse seit Florians Abschied an ihrem geistigen Auge vorüberziehen. Aber das konnte doch alles nicht dazu geführt haben, dass sie jetzt hier saß. Mutterseelenalleine! Sie hoffte, dass alles gut ausgehen würde. Dass sie eine Hexe sein sollte, war nun wirklich an den Haaren herbeigezogen. Sie hatte niemals jemandem geschadet!

Nun gut, man würde sie befragen. Aber dann würde man sie wieder gehen lassen und selbst wenn nicht, dann würde Regine sie holen kommen. So saß sie dort, überlegte und wartete, horchte. Es tat sich nichts. Mittlerweile war bestimmt eine Stunde vergangen. Oder zwei? Sie schaute zur Luke. Das Licht wurde schwächer. Vielleicht lag das Fensterchen jetzt auf der Schattenseite. Sie wartete weiter, überlegte und horchte. Schließlich trank sie einen Schluck Wasser. Die Luke wurde dunkel, die Zelle stockfinster. Fast erkannte sie ihre eigene Hand nicht mehr. Sie stand auf. Ihre Beine waren steif geworden vom langen Sitzen in der feucht-kalten Zelle. Sie merkte, dass sie fror und musste nun auch dringend Wasser lassen. Sie tastete sich zur Tür und klopfte dagegen. Erst zaghaft, dann fordernd und als sich nichts rührte, trommelte sie mit beiden Händen gegen das Holz. Nichts. Keine Reaktion. Erschöpft kauerte sie sich auf die viel zu kurze Holzbank und schlief ein. Als sie wieder erwachte zitterte sie. Der Harndrang war kaum noch auszuhalten. Sie raffte ihr Kleid, setzte sich in die von der Bank am weitesten entfernte Ecke und entleerte sich. Bald musste es Morgen sein. Sicher hatte man sie einfach nur vergessen.

Tatsächlich erschien jemand, als wieder Licht durch die Luke fiel. Es war eine Wache. Der Mann öffnete das Kontrollfenster. »Hier, ein Stück Brot!«

Caterina erhob sich wackelig und griff danach. »Wann holt mich jemand?«, fragte sie, aber da hatte der Wachmann das kleine Fenster schon wieder geschlossen.

Es vergingen abermals Stunden, bis dann doch jemand die Tür aufschloss und sie aufforderte, ihm zu folgen. Sie fühlte sich schmutzig, schwach und gedemütigt. Der Wärter führte sie in einen kleinen Raum, in dem zwei Männer auf Stühlen offensichtlich auf sie warteten. Im Hintergrund stand ein Mann an einem Pult. Er hielt eine Feder in der Hand. An den Wänden hingen Folterwerkzeuge. Caterina zuckte bei ihrem Anblick zusammen.

»Caterina Seber?«, fragte einer der Männer.

»Ja.«

»Hör genau zu. Ich bin der, der die Befragung leitet. Dies neben mir ist der Folterknecht, der aber nur dann zur Tat schreitet, wenn du nicht die Wahrheit sagst. Du bist der Hexerei angeklagt und sogar des Mordes. Hast du mich verstanden?«

»Ja, aber –«

»Kein aber. Du sprichst nur, wenn du gefragt wirst.« Der Hexenrichter deutete auf einen Holzstuhl mit Armlehnen. Caterina setzte sich. »Also: Verfügst du über eine Hexenküche?«

»Nein. Ich habe wohl eine Küche, um Färbeküpe anzusetzen und –«

Der Richter unterbrach sie. »Kurze Antworten und sprich die Wahrheit! Also?«

»Nein. Keine Hexenküche.«

Er schaute ärgerlich. »Braust du Elixiere und Heiltränke?«

»Nein, eigentlich nicht.«

»Ich habe dich gewarnt. Ich verlange wahrheitsgemäße Antworten. Da gibt es kein eigentlich! Knecht, leg ihr die Daumenschrauben an!«

Der Knecht hatte große, alte Hände. Er umfasste ihr linkes Handgelenk, legte es auf die hölzerne Armlehne, nahm ihre Hand, spreizte den Daumen ab und schraubte ihn in eine Spannvorrichtung. Der Daumen war eingeklemmt, aber noch schmerzte nichts. Das gleiche wiederholte er mit der rechten Hand.

Caterina biss sich auf die Unterlippe. Das konnte doch alles nicht wahr sein.

»Also, braust du Elixiere?«

»Nein.«

»Wir wissen, dass du in deiner Hexenküche mit allerlei Kraut köchelst.«

»Das ist nicht wahr.«

»Knecht, zieh die Schraube an!«

Caterina schnappte nach Luft. Jetzt schmerzte es. Ihre ganze Hand brannte.

»Also, ja oder nein?« Der Richter wollte offensichtlich ein Ja hören und Caterina wusste, dass man ihr so lange die Knochen brechen würde, bis sie es täte. Sie beschloss, sich ihre Körperkraft erhalten, um besser gewappnet zu sein für das, das bereits jetzt schon unabwendbar war.

»Ja.«

Der Knecht lockerte die Schraube etwas. Caterina atmete vorsichtig auf. Aber der Richter war noch nicht am Ende der Befragung angelangt.

»Hast du vorgehabt, die Mutter des neugeborenen Kindes zu töten, um sie dem Satan zu opfern, als du der Hebamme deinen Trank als Medizin verkauftest?«

»Nein. Niemals!«, sagte sie verzweifelt.

Der Knecht zog die andere Schraube an, aber sie blieb dabei und rief mit mehreren Neins gegen den Schmerz an. Der Befrager bedeutete dem Knecht, auch die andere Schraube wieder zuzudrehen und schließlich, den Druck zu erhöhen. Er hatte keine Zeit für diese ewigen Lügereien. Diese Hexen waren doch alle gleich. Er hingegen hatte Frau und Kinder und sehnte sich nach seinem gemütlichen Zuhause.

»Hast du der Hebamme den Trank gegeben?«

»Ja!«

»Und hast du die Mutter damit getötet?«

»Nein!«, schrie sie.

Der Knecht schraubte noch mehr und plötzlich knackte es. Ihr rechter Daumen war gebrochen. Sie schrie und jammerte und der Schmerz stach in ihrer Brust.

»Ich habe die Antwort nicht verstanden. Ja oder Nein?«

»Jaaaa!«, weinte Caterina, die gar nicht mitbekommen hatte, worauf sie da geantwortet hatte. Immerhin lockerte der Knecht plötzlich die Schrauben.

»Das reicht für heute! Schreiber, Ihr habt protokolliert. Wache, bringt sie zurück in den Kerker! Morgen werden Zeugen gehört und die Sache verhandelt.«

Zwei Wachen fassten sie unter den Armen, führten sie zurück in den feuchten Keller und schlossen sie in ihrer Zelle ein. Caterina liefen vor Schmerz die Tränen über die Wangen. Mit den Zähnen schaffte sie es, einen Stoffstreifen von ihrem Kleid abzureißen. Mit ihrer schmerzenden Linken versuchte sie, den Daumen der rechten Hand zu richten und zu verbinden.

Was hatte sie für eine Chance sich zu verteidigen, wenn das die Methoden der Wahrheitsfindung waren? Sie trank einen Schluck Wasser. Irgendwann schlief sie erschöpft auf der Bank ein.

Als sie erwachte, war es dunkel. Sie brauchte einen Moment, um sich zurechtfinden. Aber dann überfiel sie der Schmerz umso stärker. Die Daumen pochten wie verrückt, aber fast noch schlimmer war der Schmerz, der ihr Herz umklammert hielt. Warum half ihr niemand? Wo war Regine? Was musste Margareta denken? Sie erinnerte sich an die Warnung vor dem Kerker von Professor Meyfahrt. Vielleicht hatte er mitbekommen, dass man sie verhaftet hatte? Er schien ihr wohlgesonnen zu sein und seine Stimme zählte etwas in dieser Stadt. Nein. Sie verbot sich, solche Hoffnungen zu hegen. Die Wahrheit war: Sie lag hier, dreckig und geschunden und man hatte ihr jedes Wort im Mund umgedreht. Morgen würde man sie verurteilen. Sie ermahnte sich, nicht an den nächsten Tag zu denken. Lieber wollte sie noch etwas schlafen. So verging die Zeit am schnellsten.

Als sie die Augen wieder öffnete, fiel ein wenig Licht in der Zelle und vor ihr stand ein Wachmann, der sie am Ellenbogen von der Bank zog.

»Es geht zur Verhandlung«, sagte er und führte sie die Treppen hinauf, links einen Gang hinunter und hinein in einen großen, hellen Raum, der mit Menschen gefüllt war. Caterina blinzelte gegen das gleißende Licht, das ihre Augen im ersten Moment nicht gewohnt waren. Dann erkannte sie einzelne Gesichter. Heinrich von Denstedt, Regine – wo war Margareta? Hoffentlich nicht da –, Anne, Agnes, Jost, Martin von Hochheim, Jakob Nafzer, Paul Ziegler sogar der Bote der kaiserlichen Reichspost, der ihr schon so viel Nachrichten überbracht hatte, war da und ganz dort hinten, war das nicht Meyfahrt, der Professor? Was wollten sie alle hier?

»Setz dich!«, forderte eine bekannte Stimme sie auf. Es war Ferdinand von Denstedt. Er leitete also ihre Verteidigung. Sie nahm auf einem Stuhl Platz.

»Caterina Seber, du bist der Hexerei angeklagt. Wir werden jetzt einige Zeugen hören, dann hast du Gelegenheit, etwas zu deiner Verteidigung zu sagen. Zwischendurch verlange ich jedoch Stillschweigen, sonst muss ich dich wieder einsperren lassen. Hast du das verstanden?«, sagte von Denstedt.

Caterina nickte.

»Wir beginnen mit der Magd Agnes Rohrspatz. Bitte tritt vor und erzähl.«

Agnes trat vor den Richter, schaute abfällig auf Caterina und begann mit erhobenem Haupte zu berichten, wie die Experimentier- und Hexenküche auf dem Hof ihrer ehemaligen Herrin aussah. Sie erzählte, wie sie Caterina dort gesehen und gehört hätte.

»Kannst du uns genauer sagen, was du gehört hast?«, fragte von Denstedt dazwischen.

»Ja. Zauberformeln hat sie über den brodelnden Töpfen gemurmelt. Und meinen Herrn, ihren Mann, den hat sie auch verhext. Als Nächster war dann der Knecht an der Reihe, den hat sie so weit gebracht, dass er mit ihr zusammen Indigo verarbeitet hat, bis die Zunft, glücklicherweise, dahintergekommen ist und sie entlassen hat.« Agnes hielt für einen Augenblick inne und von Denstedt nutzte die kurze Pause für eine weitere Frage.

»Hast du mit eigenen Augen gesehen, wie sie sich mit dem Teufel eingelassen hat?«

»Ja. Ich habe sie einmal spät des Nachts im Hof um ein Feuer tanzen sehen.«

»Gut, vielen Dank. Du kannst dich wieder setzen.«

Als sie an ihr vorbeiging, meinte Caterina, für den Bruchteil eines Augenblicks ein bösartiges Lächeln in ihre Richtung zu sehen. Dann wurde der Knecht Jost nach vorne geholt. Er vermied es, sie anzuschauen.

»Kannst du bestätigen, was die Magd Agnes über deine Herrin berichtet hat?«

»Nur eines. Sie hat eine Küche, in der sie die Färbekraft der verschiedenen Waidblätter getestet hat.«

»Hat sie sonst noch etwas in dieser Küche getan?«

»Nur das, was ich gesagt habe. Mehr weiß ich nicht.«

»Und hat sie dich verzaubert?«

»Nein.«

»Fühlst du dich deiner Herrin immer noch verbunden?«

»Ich bin nicht mehr ihr Knecht. Sie hat mich zusammen mit den andern Knechten entlassen. Aber es fehlt mir an nichts.« Bei diesen Worten warf er ihr einen kurzen harten Blick zu.

Wenigstens war er ehrlich!

Jetzt wurde Anne gehört. Ja, sie kannten sich schon lange, sie habe ihr bei der Geburt ihrer Margareta beigestanden. Sie habe ein altes Medizinbuch aus einem Kloster mit verschiedenen Rezepten, die Caterina teilweise ausprobiert hatte.

»War darunter auch der Trank, den du der Frau gegeben hast, die dann gestorben ist?«

»Ja, es handelt sich um eine Medizin gegen Fieber, genauer um einen Likör aus der Waidwurzel. Ich habe schon so viele Frauen am Kindbettfieber sterben sehen. Deshalb suche ich schon lange nach etwas, was das verhindern kann.«

»Könnte die Frau an diesem Likör gestorben sein?«

»Nein, einen Zusammenhang damit sehe ich nicht.«

Gut, Anne, dachte Caterina.

Dann kam der Bote. Was wollten sie denn von ihm?

»Hat die Italienerin Botschaften des Herzogs erhalten?«

»Ja. Allerdings in letzter Zeit immer seltener.«

»Was waren das für Botschaften?«

»Es handelte sich um Aufträge für Gewänder, aber die gab es schon in den Zeiten, da ihr Mann Florian Seber noch lebte.«

»Kam dir beim Überbringen etwas merkwürdig vor?«

»Nein.«

Er lächelte sie schüchtern an, als er an seinen Platz zurückging.

Danke, dachte sie. Dann wurden die von Hochheims aufgerufen, zunächst Martin und gleich darauf sein Vater Franz. Ihre Aussagen deckten sich. Sie war eine Hexe. Sie berichteten von dem Abend, als sie zu Speis und Trank eingeladen waren, mit der offenkundig vorgeschobenen Begründung, die beiden Höfe zu vereinen. Statt darüber zu sprechen habe sie Martin einen Trank eingeflößt, der ihn wehrlos gemacht hatte, dann hatte sie sich an ihm zu schaffen gemacht und als er es dank seines starken Willens schaffte, sich aus den Fängen der Satansbraut zu lösen, und ihr eine Abfuhr erteilte, wurde sie zu einer Furie und schmiss ihn mit übermenschlichen Kräften auf das Hofpflaster, wobei sie allerlei Verwünschungen ausstieß. Ein Raunen ging durch den Raum.

Caterina spürte Hass in sich aufsteigen, wollte etwas erwidern, schaute zu Ferdinand von Denstedt, der sie jedoch mit den Augen ermahnte, Ruhe zu bewahren.

Die beiden Männer setzten sich wieder. Nun folgten ein paar Aussagen von Waidhändlerfrauen, die bestätigten, dass es ihnen von Anfang an komisch vorkam, auf welche Art und Weise sich die Italienerin den Männern an den Hals warf. Ihre ehemaligen Knechte sagten aus, sie seien überrascht gewesen, als sie von einem Tag auf den anderen frischen Waid sieden und filtern sollten. Ja, es sei nach dem Tod des Herrn im Hause Seber nicht mehr mit rechten Dingen zugegangen. Dann kam Regine. Sie versuchte, alle Argumente gegen Caterina zu entkräften. Ihre Schwiegertochter sei völlig normal und harmlos, es seien die neidischen Klatschweiber der Waidhändler und die Waidherren selbst, die sie in den Ruin getrieben hatten und Unwahrheiten über sie verbreiteten, da ihr neues Verfahren der Waidbehandlung eine große Konkurrenz darstelle.

Hier ertönten Rufe aus der Menge, vorrangig von Zunftgenossen. »Die Aussage von Familienmitgliedern ist nichts wert!«

Regine sollte sich wieder setzen. Sie schaute ihre Schwiegertochter kurz fragend an. Caterina zuckte ganz leicht mit den Schultern.

Zuletzt sprach der Mann der jungen verstorbenen Mutter. Er erzählte, dass die Hebamme die Schuld ganz allein auf die blaue Hexe geschoben hatte, nachdem seine Frau tot war und er habe wissen wollen, was sie ihr zuletzt eingeflößt hatte. Sie, die Hexe, hätte den Trank gebraut, sie selbst wüsste gar nicht genau, was er beinhalte. »Aber jeder in der Stadt weiß doch, dass die Hexe eine

Küche hat, in der sie allerlei ausprobiert! So etwas gibt man doch keiner Kranken! Außerdem war die Hexe wohl wütend auf die Erfurter, weil die ihr angeblich die Geschäfte erschwerten. Herr Richter, Ihr solltet Euch überlegen, ob sich die Hexe nicht auf diese Weise an den guten Bürgern der Stadt rächen will!«

Ferdinand von Denstedt nahm diese Anschuldigung ohne eine Reaktion zur Kenntnis. Er dankte den Zeugen und bat dann den Folterknecht, den Protokollführer und den Befrager um ihre Aussagen. Ja, sie habe zugegeben, nach anfänglichem Lügen, dass sie eine Hexenküche betreibe, und auch, dass sie den Trank gebraut habe, um die Frau dem Satan zu opfern.

Daraufhin wurde es laut im Raum und alle schauten entsetzt auf die ungewaschene, einst so lieblich anzuschauende Caterina. Das war die amtliche Aussage. Jetzt war das Urteil sicher!

Der Richter setzte auch gleich an: »Caterina Seber wird der Hexerei schuldig gesprochen und muss auf dem Scheiterhaufen verbrannt werden. Wir wollen jedoch Gott das Urteil fällen lassen und geben ihr die Chance, einen ehrlichen Tod zu sterben, wenn sie die Wasserprobe besteht. Diese ordne ich für heute in drei Tagen an. Die Vollstreckung des Urteils erfolgt gleich im Anschluss, falls sie dank des Teufels Hilfe die Probe überlebt.«

Caterina verlor das Bewusstsein und wachte erst wieder auf, als sie jemand in ihrer Zelle auf die Bank legte. »Ich muss mit meiner Schwiegermutter sprechen. Ich muss wissen, wie es meinem Kind geht! Bitte sagt das dem Richter, bitte!«, flehte sie den Wachmann an, der etwas Freundliches an sich hatte.

»Ich will es versuchen«, erwiderte er und warf die Tür ins Schloss.

Regine erschien einige Stunden später, der Lichtspalt, der in Caterinas Zelle fiel, war schon fast schwarz. Ihr wurde geöffnet und sie bekam vom Wachmann eine Talglampe in die Hand. Er schloss die Tür hinter den beiden und wartete draußen vor der Tür.

Regine weinte und nahm Caterina in den Arm. »Du armes Kind.«

»Mir ist nicht mehr zu helfen. Aber wie geht es Margareta?«, wollte Caterina als Erstes wissen.

»Ihr geht es gut. Anne passt auf sie auf. Sei deiner Freundin bitte nicht länger böse. Sie ist jung und hat Angst und sie kümmert sich liebevoll um die Kleine.«

»Regine, ich will nicht, dass Margareta irgendetwas hiervon mitbekommt. Sag ihr, ich bin im Hospital, ich bin krank und muss mich erholen, und deshalb soll sie eine Zeit lang zu ihren Großeltern nach Italien. Ich bitte dich, bring sie von hier weg. Ich könnte den Gedanken nicht ertragen, dass sie denjenigen, die ihre Mutter auf den Scheiterhaufen gebracht haben, jeden Tag begegnet, unter ihnen aufwächst. Versprich mir das! Schick sie weg! Noch vor meiner Hinrichtung! Später schreibst du ihr, ich bin im Himmel, wo ich alles kann, vor allem ihren Geschichten zuhören. Tust du das für mich?« Caterina sah ihre Schwiegermutter eindringlich an, die sich ihrem Blick entzog. »Sieh mich an und versprich es!«

Endlich blickte Regine ihr ins Gesicht. »Wie du willst, Caterina. Ich verspreche, ich bringe Margareta zu deinen Eltern.« Dann erzählte sie, was passiert war, als sie ohnmächtig war. »Professor Meyfahrt, der auch in unserer Kirche predigt, ist aufgestanden und zum Richtertisch gegangen. Dort hat er gerufen: ›Seht her, ich trinke den Teufelstrank, um zu beweisen, dass es keiner ist!‹ Dann hat er in einem Zug die Flasche geleert, die noch auf dem Tisch des Richters stand. Alle haben ihn ganz erschrocken angeschaut und nun wartet die ganze Stadt auf sein Ableben. Nur Ferdinand von Denstedt hat ihm dankend zugenickt.«.

»Von Denstedt. Hör mir mit dem auf. Ich dachte, ich könnte mich auf ihn verlassen. Aber einen schönen Freund habe ich da!«, sagte Caterina verächtlich. Nicht einmal die Geschichte mit dem Pfarrer konnte sie etwas aufheitern.

»Die Zeit ist um!« Der Wächter erschien in der Zellentür.

»Caterina, ich bete für dich. Vielleicht geschieht ja noch ein Wunder.« Regine drückte ihre Schwiegertochter an sich und begann erneut zu weinen. »Gut, dass Florian das alles nicht mitmachen muss!«

»Ich danke dir für alles. Und bitte schaff Margareta fort von hier!« Caterina biss die Zähne zusammen. Wunder gab es für sie nicht!

Die Tür fiel schwer hinter Regine ins Schloss und wurde mehrfach verriegelt.

12

Regine wischte sich ihre Tränen vom Gesicht, bevor sie das Gefängnis verließ. Sie ging nicht auf direktem Weg nach Hause, sondern lief die Breite Straße hinunter zum Fischmarkt zum Haus von Heinrich von Denstedt. Es war schon später Abend, aber der Mond schien hell und so gelang es ihr, den Kothaufen und Stolperfallen auf dem Weg auszuweichen.

Im Haus zum Breiten Herd brannte noch Licht. Nachdem er sein Amt als Ratsmitglied niedergelegt hatte, hatte Heinrich einen Teil des Hauses an einen Gastwirt verkauft. Regine klopfte an die Tür seiner Haushälfte und kurz darauf öffnete ihr der Hausherr persönlich. Seit Heinrich kein Amt mehr innehatte und seine Frau nicht mehr lebte, wollte er abends seine Ruhe haben und schickte das Personal nach dem Abendessen nach Hause. Er erkannte seine Jugendliebe sofort und bat sie herein.

Regine legte ihren Umhang ab und folgte ihm in die Stube, wo er bei einem warmen Gewürzwein am Ofen saß und las. Er zog einen gepolsterten Stuhl neben seinen.

»Bitte setz dich!« Er drückte ihr einen Becher in die Hand, den er ebenfalls mit Gewürzwein gefüllt hatte. »Du willst meine Hilfe, das sehe ich dir an. Und ich denke schon die ganze Zeit darüber nach, wie ich dir nützlich sein kann. Eine heikle Situation, besonders da mein Sohn der Richter ist.«

Regine nickte. »Dein Sohn und mein Sohn waren Freunde. Ebenso die beiden Frauen. Wir wissen alle, dass Caterina keine Hexe ist.«

»Die Wasserprobe wird es zeigen.«

»Aber dann ist es zu spät! Sie hat ein Kind. Mein Enkelkind! Das Kind von Florian!«

»Ich weiß das, Regine. Aber was soll ich tun? Mir sind die Hände gebunden.«

Es entstand eine Pause.

»Sie will, dass ich Margareta nach Italien zu ihren Eltern bringe. Ich habe es ihr versprochen. Hilf mir wenigstens dabei!«, sagte Regine schließlich.

»Das kann ich gerne tun. Wir können sogar gemeinsam sofort etwas unternehmen«, sagte Heinrich. Sie verließen sein Haus und gingen in die Rumpelgasse, die links vom Ratskeller abbog. Zu Regines Verwunderung klopfte Heinrich plötzlich an der Tür eines kleinen, schmalen Häuschens auf der linken Seite. Ein Mann öffnete ihnen, den Regine als den freundlichen Boten der kaiserlichen Reichspost erkannte. Auf ihren erstaunten Blick hin erklärte er, dass er immer in diesem Haus nächtigte, wenn er ihn Erfurt war. Es gehörte seinem Schwager und die Familie hielt ihm immer eine kleine Kammer im zweiten Stock frei.

Regine und Heinrich erklärten ihm die Sache mit dem Kind, das so schnell wie möglich nach Italien gebracht werden müsse.

»Möglichst unbemerkt, bevor es irgendwelchen Leuten einfällt, dass die kleine Margareta als Kind einer Hexe ebenfalls verdächtig ist«, ergänzte Heinrich.

»Leider kann ich die Kleine nicht selbst begleiten, deshalb suchen wir einen vertrauenswürdigen und reiseerfahrenen Begleiter für sie. Wisst Ihr jemanden, dem wir das Kind anvertrauen können?«, fragte Regine.

»Hier fügt sich eins in andere. Der Herzog hat mich letzte Woche damit beauftragt, eine Botschaft nach Italien zu bringen. Er sucht als Oberhaupt der Fruchtbringenden Gesellschaft den Kontakt zu einer Akademie in Florenz, die sich ebenfalls mit Sprache und Gelehrsamkeit beschäftigt. Morgen wollte ich aufbrechen und, ehrlich gesagt, würde ich nichts lieber tun, als Eure Enkelin in Sicherheit zu bringen. Es tut mir so leid, dass meine Aussage ihrer Mutter nicht geholfen hat. Die Kleine hat es nicht verdient, das kommende Spektakel mitzubekommen. Wir machen es so: Ich breche morgen erst bei Einbruch der Dunkelheit auf, kurz bevor die Tore für die Nacht schließen. Der Herzog hat mir eine Kutsche zur Verfügung gestellt, damit ich die Geschenke für die Italiener transportieren kann. Der Platz reicht noch für ein Kind. Sagt dem Mädchen, ich mache es ihr gemütlich und sie kann schlafen und bei Sonnenaufgang sind wir bereits ein ganzes Stück von hier weg.«

Regine war so dankbar, dass sie kurz davor war, in Tränen auszubrechen. Margareta würde sicher nach Italien gelangen! Sogar morgen schon. Caterinas letzter Wunsch konnte erfüllt werden. Sie brachte kein Wort heraus, sondern nickte nur.

»Also abgemacht. Morgen, wenn die Kirchturmuhr halb zehn schlägt, stehe ich bei Euch im Hof. Wir schließen kurz das Tor, damit niemand sieht, was ich auflade, und dann muss ich vor zehn aus den Stadtmauern raus sein!« Der Bote besiegelte den Plan.

Heinrich drückte ihm dankbar die Hand. Als er sie zurückzog, blieb eine schwere Goldmünze in der Hand des Boten zurück.

»Und was wird aus Caterina?«, fragte Regine ihren alten Freund, als sie vor dem Haus des Boten standen. Sie ließ ihren Kopf hängen und seufzte tief.

Heinrich nahm ihre Hand und schaute ihr in die Augen. »Ich werde mir Gedanken machen. Übermorgen ist die Wasserprobe. Wir haben noch zwei Tage Zeit! Geh jetzt schlafen, damit du genug Kraft hast, deiner Enkeltochter eine richtige Großmutter zu sein. Du musst morgen alles mit Bedacht vorbereiten. Das Kind ist noch klein, es darf ihm an nichts fehlen auf der Reise.« Ganz vorsichtig küsste er Regine auf die Stirn und wünschte ihr eine gute Nacht.

Regine war so von Sorgen erfüllt, dass sie den zarten Annäherungsversuch kaum registrierte.

13

Caterina erwachte, als ein Sonnenstrahl durch die kleine Luke oben in der Wand direkt auf ihr Gesicht fiel. Jetzt blieben ihr noch zwei Nächte, dann wurde sie ertränkt. Zumindest hoffte sie sehr, dass sie ertrinken würde. Denn würde sie die Prozedur überleben, dann würde man sie aus dem Wasser ziehen und auf dem Scheiterhaufen verbrennen. Davor graute ihr so sehr, dass sie nicht einmal daran denken konnte.

Dass der Tod durch Ertrinken zugleich bedeuten würde, dass sie keine Hexe war, weil ihr der Teufel ja sonst geholfen hätte, die Wasserprobe zu überstehen, das war ihr völlig egal. Sie wusste, dass sie keine Hexe war!

Caterina musste husten. Die kalte Luft und die feuchten Mauern würden sie vielleicht schon vorher umbringen. Der gebrochene Daumen schmerzte nach wie vor und sie stank, denn ihr Kleid hatte sie während der ganzen Zeit hier nicht wechseln dürfen. Zumindest musste sie sich nicht mehr in die Ecke hocken, um sich zu erleichtern, wie in der ersten Nacht. Man hatte ihr einen Holzkübel in die Zelle gestellt, in den sie ihre Notdurft verrichten konnte. Sie trank nur Wasser. Auf Brot und Haferbrei verzichtete sie. Der Hunger war ihr gründlich vergangen.

Sie kauerte sich auf der Bank zusammen, zog die Beine an und legte sich die oberste Stoffschicht des Rockes an ihrem Kleid wie eine Decke über ihre Schultern.

In Gedanken ging sie jeden Menschen in Erfurt durch, den sie kannte. Sie versuchte, sich an das erste Kennenlernen zu erinnern, daran, was sie über die Person damals gedacht hatte, daran, was sie später von ihr hielt, und verglich es schließlich mit ihrem heutigen Bild von ihr. Dann rief sie sich die Geburt von Margareta in Erinnerung, ihr erstes Lachen, die erste glückliche Zeit als Familie, die ersten Schritte und Brabbellaute der Kleinen. Sie spürte, wie sehr sie ihr Mädchen liebte, mehr als sonst jemanden jemals auf dieser Erde, und sie weinte, weil ihre Kleine ab nun ohne Mutter aufwachsen würde. Sie ließ ihren Tränen freien Lauf. Es war egal. Alles war egal, wenn sie dieses Kinderlachen nicht mehr würde hören und die kleinen Händchen und Füßchen nicht mehr würde halten können. Sie stellte sich die kleine Margareta ohne Vater, ohne Mutter vor. Und irgendwann würde sie erfahren, dass die Mutter eine Hexe gewesen war … Das war absurd, völlig absurd! Sie betete, dass ihre Familie, ihre italienischen Geschwister sie auffangen würden. Ja, ganz bestimmt würden sie das tun. Sie würden sie trösten und ihr sagen, dass ihre Mutter ganz bestimmt keine Hexe war, und ihr von ihren Eltern erzählen, die immer nur das Beste für Margareta gewollt hatten. Caterina weinte bitterlich. Irgendwann war sie so erschöpft, dass sie einschlief. Sie träumte von grünen Wiesen, Florian, gelben Waidfeldern, Italien und dann fiel sie in einen tiefen, traumlosen Schlaf.

Sie schreckte hoch, als ihr jemand ins Ohr flüsterte: »Schschsch … sag nichts, steh auf und komm. Ich helfe dir, wir müssen schnell hier raus!«

Es war stockfinster, aber jemand hielt eine kleine Fackel vor ihre Füße, damit sie sehen konnte, wohin sie trat. Sie taumelte benommen. Da hakte der Unbekannte sie unter und zog sie mit sich. Nach wenigen Schritten war sie endgültig wach und ihr Herz schlug vor Aufregung und Schwäche zugleich, aber sie ahnte, dass dies ihre Chance war. Ihr Retter hatte sich eine Kapuze übergestülpt, die zu seinem knielangen Umhang gehörte. Der Umhang kam ihr bekannt vor. Sie gingen die Treppe aus dem Kerker hinauf, oben im Eingangsbereich des Gerichtsgebäudes lenkte sie der Mann zu einem Hinterausgang, dann ging es durch ein Tor, vor dem eine Kutsche wartete. Das Emblem an der Tür war verhängt. Warum denn das? Caterina wunderte sich. Ihr Helfer zog sie hinter die Kutsche, schob einen schweren Vorhang zur Seite, half ihr die kleine Leiter hinauf und schob sie ins Innere, wo sich Kisten über Kisten stapelten und nur einen kleinen Fleck Platz ließen.

»Ganz hinten ist eine große Kiste. Sie ist leer. Versteck dich darin. Und ab sofort keinen Mucks, bis dich jemand holt, und wenn es Stunden dauert. Wenn du nicht mehr kannst, denk an das kalte Wasser der Erpha.«

Sie hatte ihn immer noch nicht sehen können, aber jetzt wusste sie, wer ihr Retter war: Ferdinand von Denstedt. Also doch ein Freund! Sie flüsterte: »Danke!« und hörte, wie er sich schnell entfernte. Dann setzte sich die Kutsche in Bewegung und sie hatte Mühe, die leere Kiste in der Finsternis zu finden. Als sie den Deckel anhob und ihre Hand hineinsteckte, ertastete sie ein kleines Kind mit langen Haaren.

»Margareta?«, flüsterte sie aufgeregt.

»Ja, Mama. Komm, wir müssen uns verstecken! Wir tricksen die Wachen aus und die anderen Boten, damit wir zuerst in Italien sind. Es ist ein Wettspiel. Aber wir müssen ganz leise sein!«

Caterina musste leise lachen. Ein Wettspiel! Das hatten sie toll gemacht. Hoffentlich gelang der Plan. Sie war so erleichtert! Sie kroch zu ihrer Tochter in die Kiste, nahm sie fest in den Arm und bat sie einzuschlafen, weil die Zeit so viel schneller verginge. Sie sog den vertrauten Geruch ihres kleinen Mädchens ein, spürte Margaretas Herzschlag, zog den Deckel bis auf einen kleinen Spalt zu und schlief erschöpft, aber hoffnungsvoll ein, als sie annahm, dass sie die Stadttore unerkannt passiert hatten und die Kutsche in ein gleichmäßiges Schaukeln verfiel.

Als es hell wurde, erwachten sie, weil die Kutsche gehalten hatte. Jemand kam an der Kutsche entlang nach hinten gelaufen. Kurz kroch die Angst in Caterina hoch, es wäre jemand, der die Ladung kontrollieren wollte, aber dann erkannte sie den freundlichen Boten der kaiserlichen Reichspost. Er hob den Vorhang an und bat sie auszusteigen. Das ließen sie sich nicht zweimal sagen. Caterina und Margareta blinzelten in die Morgensonne und streckten sich ausgiebig nach der Nacht in der engen Kiste. Dann reichte Caterina dem Boten die Hand.

»Habt Dank für alles, was Ihr für meine Tochter und mich getan habt. Ich weiß, dass Ferdinand von Denstedt mit Euch im Bunde ist. Könnt Ihr mir sagen, was er als Nächstes für uns geplant hat?«

»Ich werde Euch nach Italien bringen. Man hat mich mit einem Auftrag nach Florenz geschickt. Von dort könnt Ihr unbehelligt weiter zu Eurer Familie reisen.«

Caterina fiel vor Dankbarkeit ein Stein vom Herzen. »Mein Dank wird Euch ewig sicher sein. Und da wir nun für eine ganze Zeit Reisegefährten sein werden, können wir gerne auf formelle Höflichkeit verzichten. Ich bin Caterina.«

»Michael«, brummte der Bote verlegen, aber sichtlich erfreut.

Als Caterina sich nun umsah, entdeckte sie einen kleinen Bach. Sie wollte sich sofort waschen, um Michael und ihrer Tochter ihren verwahrlosten Anblick nicht weiter zuzumuten.

»Hier! Nimm das mit! Ist von deiner Schwiegermutter«, sagte Michael und warf ihr ein verschnürtes Bündel zu. Sie zog an der Schleife, schlug den Stoff auf und fand darin frische Unterwäsche und ein wunderschönes grünes Kleid.

»Die Farbe der Hoffnung.« Caterina lächelte und verschwand mit dem Paket hinter einer Baumgruppe. Von dort gelangte sie ungesehen an den Bach, wusch sich, zog sich das neue Kleid an, ordnete ihre Haare und war fast so hübsch anzusehen wie eh und je.

Margareta durfte Michael in der Zwischenzeit beim Feuermachen helfen und dann aßen sie geröstetes Brot mit Käse und Schinken und tranken frisches Quellwasser. Köstlich!

Caterina behandelte ein paar offene Wunden an ihrer Hand mit einer über dem Feuer erhitzten Messerspitze und verband ihren gebrochenen Daumen neu. Bevor sie das Feuer austraten, verbrannte sie ihr altes Kleid. Auch wenn sie nun wieder nichts zum Wechseln hatte, dieses Kleid hätte sie um keinen Preis noch einmal angezogen.

Dann ging es weiter, wobei Mutter und Tochter nun offen im Laderaum sitzen durften. Immer wenn ihnen jemand begegnete, grüßte Michael freundlich. Die folgenden Nächte schliefen sie in Herbergen und tagsüber reisten sie weiter. Wenn jemand fragte, gaben sie sich als Familie aus. Das herzogliche Dokument, das Michael bei sich hatte, verhinderte, dass jemand genauer nachfragte.

Endlich hatten sie den Brennerpass hinter sich gelassen und kamen nach Italien. Caterina war nun endgültig in Sicherheit. Sie brachte Michael und Margareta ein paar wichtige italienische Sätze bei, wie man sich grüßte, sich bedankte und um etwas bat. Darüber verging die Zeit wie im Flug. In der folgenden Nacht, der ersten auf italienischem Boden, war Caterina viel zu aufgeregt, um zu schlafen. Sie hielt den kleinen, warmen Körper ihrer Tochter im Arm, von dem sie geglaubt hatte, ihn nie wieder spüren zu können. Kurz meldeten sich Bedenken, ob nach Genua Warnungen vor ihr, der Hexe, übermittelt worden waren. Wie würden ihre Landsleute auf so etwas reagieren? Und wie würde Ferdinand eigentlich ihr Verschwinden erklären? Doch sie drängte solche Gedanken zurück. Sie fuhr mit ihrem Kind nach Hause. Endlich nach Hause!

14

In Erfurt war Caterinas Flucht noch in der Nacht entdeckt worden. Eine Verfolgung kam jedoch nicht infrage, denn genau in dieser Nacht fielen kurmainzische katholische Truppen in die umliegenden Dörfer ein, in denen die protestantischen Schweden einquartiert waren. Michaels Kutsche war gerade noch so durchgeschlüpft, bevor die Scharmützel begannen.

Der Mainzer Kurfürst hatte den Befehl erteilt, den evangelischen Erfurtern einen Denkzettel zu verpassen, dabei jedoch die Stadt unberührt zu lassen, da sie Mainz gehörte und man auf die Einnahmen aus der Stadtkasse nicht verzichten wollte. Außerdem war die mittlerweile stark befestigte Stadt kaum einzunehmen. Aber das schwedische Militär im Umland, das sollte handlungsunfähig gemacht werden. Es war ein Überraschungsschlag in der Dunkelheit und begann damit, dass die Katholiken die Höfe in Brand steckten, so dass sich die Soldaten völlig unvorbereitet, mit scheuenden Pferden und unvollständiger Ausrüstung fast nicht verteidigen konnten. Als sich die Schweden endlich formiert hatten, traten die beiden Heere auf den Feldern zu einer Schlacht an, in der es wie so oft um Leben und Tod ging. Mann stand gegen Mann. Die Menschen auf den Bauernhöfen kamen auch nicht ungeschoren davon. Die Männer metzelte man kurzerhand nieder, die Frauen vergewaltigte man und ließ sie danach in ihrer Schmach liegen.

Boten der Schweden hatten sich abgesetzt und die Stadt noch vor Morgengrauen informiert, so dass in Erfurt sämtliche Wachen und alle kampffähigen Männer zusammengetrommelt wurden, um die Stadtmauern zu verteidigen und in Reitertrupps den Bauern im Umland zur Hilfe zu kommen.

Ferdinand von Denstedt nutzte die Lage, um später zu sagen, jemand müsse die Gelegenheit wahrgenommen haben, um Caterina zu befreien, als keine Wachen da waren. Den Schlüssel hätten sie offenbar unbedacht zurückgelassen. Es war der dritte Tag nach der Verhandlung. Die Flucht der Hexe war zwar Gesprächsthema, aber viel mehr waren es die zahlreichen Toten in den Dörfern und unter den Waidhändlern die völlig zerstörten Felder der Waidbauern. Dies bedeutete, dass es in diesem Jahr keinen Waid geben würde.

Obwohl die Delinquentin nicht mehr da war, baute niemand den riesigen Scheiterhaufen auf dem Domplatz wieder ab, der gleich nach der Verhandlung errichtet worden war. Man hatte andere Sorgen.

Am Abend versammelten sich die protestantischen Gläubigen in der großen Ratskirche der ehemaligen Prediger. Heute hielt Johannes Meyfarth den Abendgottesdienst und viele erhofften sich Trost und Rat von den Worten des Geistlichen und Gelehrten. Nach dem Eingangsgeläut segnete Meyfarth die Anwesenden, verwies darauf, dass er trotz des »Hexentranks« hier stünde und sich sehr gesund fühle, und begann schließlich, über die schlimmen Ereignisse der Woche zu sprechen.

»Was würdet ihr aussagen, wenn man euch unter Schmerzen zu einer bestimmten Aussage zwingen würde? Kann solch eine Befragung überhaupt Gültigkeit haben? Was zählt dagegen das Wort eines Neiders, was das eines abgewiesenen Liebhabers? Geht in euch und überlegt, welche Rechtmäßigkeit solche Prozesse haben. Und nun hat jemand der jungen Frau aus ihrem Kerker geholfen, vielleicht der Satan, vielleicht ein Engel. Wer sind wir, diese Frau zu verurteilen, wenn unsere katholischen und protestantischen Brüder in einer Nacht Hunderte niedermetzeln und anschließend so viele Frauen schänden? Was ist in die Menschen gefahren?« Er hielt kurz inne, sah über die Menge und beobachtete, wie sich seine Fragen in den Köpfen der Zuhörer festsetzten. Er war dankbar, dass Caterina die Flucht gelungen war, und nutzte die Gelegenheit, um wieder einmal gegen das Übel der Folter anzusprechen. Sie traf zu viele Unschuldige, die unter Schmerzen die absurdesten Dinge gestanden und dafür verurteilt wurden. Damit musste ein Ende sein! Dann sprach er von der Ehebrecherin, die vor Jesus gebracht wurde. Die Pharisäer wollten sie nach alter Sitte steinigen lassen. Meyfahrt beendete seine Predigt mit den Worte Jesu: »Wer unter euch ohne Sünde ist, der werfe den ersten Stein auf sie.«

Zum Abschluss des Gottesdienstes hatte er ein Gebet Meister Eckharts gewählt, der hier vor 300 Jahren Prior des Dominikanerklosters gewesen war. Der berühmte Mystiker war gegen Ende seines Lebens der Häresie angeklagt worden, aber seine Lehren hatten selbst Luther noch beeindruckt. Meyfahrt las: »Wir danken, dir, himmlischer Vater, dass du uns deinen eingeborenen Sohn geschenkt hast, in dem du dich selbst gibst und alles andere. Wir bitten dich, himmlischer Vater: So wie du uns deinen eingeborenen Sohn, unseren Herrn Jesus Christus, gegeben hast, durch den und in dem du niemand etwas vorenthalten willst noch kannst, erhöre uns in ihm und mache uns frei und erlöst von all unseren vielfältigen Übeln und einige uns mit ihm in dir. Amen.«

Regine ging nach dem Gottesdienst in ihr leeres Haus zurück. Sie dachte über die Predigt nach. Der Professor hatte recht. Die Folter war unmenschlich. Sie hatte ja selbst gesehen, was sie innerhalb kürzester Zeit aus der hübschen Caterina gemacht hatte. Eine schmutzige, heruntergekommene Frau mit einem gebrochenen Finger. Und der andere Daumen hatte nicht viel besser ausgesehen.

Die Stille im leeren Haus war erdrückend. Regines Gedanken wanderten zu den beiden Flüchtenden. Sie hoffte so sehr, dass es der kleinen Margareta und Caterina gut ging. In der Kirche hatte ihr Heinrich von Denstedt nicht verraten wollen, wo sich die beiden aufhielten.

»Zu deiner eigenen Sicherheit, Regine. Falls jemand auf die Idee kommt, dich nach den beiden zu fragen.«

»Dann sag mir wenigstens, ob sie in Sicherheit sind. Bitte.«

Heinrich hatte genickt und damit gab sie sich fürs Erste zufrieden.

Ihr war klar, dass Caterina so schnell nicht wieder in Erfurt auftauchen konnte, wenn überhaupt jemals, und so hielt sie es für eine gute Idee, Margaretas und Caterinas Zimmer aufzuräumen, ihre Sachen zu sortieren, in Truhen einzumotten, die Betten abzuziehen und auszukehren. Immer wieder liefen ihr dabei Tränen über die Wangen, wenn sie etwas in der Hand hielt, was sie mit bestimmten Tagen, Anlässen oder Gesprächen verband. Hin und wieder hob sie ein Kleidungsstück an die Nase und roch daran. Dann kamen erneut Erinnerungen hoch. Es war eine schwere Aufgabe, aber Regine spürte, dass es für ihr Gemüt besser war, wenn alles verstaut war. Am Ende würde es im Haus nicht mehr so aussehen, als seien Mutter und Kind ganz in der Nähe und als könne man jederzeit mit ihnen rechnen.

Als sie sich daran machte, den Stoff von Caterinas Bettbaldachin abzuhängen, fiel etwas von der hohen Kante. Die Nachricht der Mönche. Von den Benediktinern des Klosters Banz. Regine faltete sie auseinander. Sie erinnerte sich an das Schreiben und an die Schwierigkeiten, in denen sie damals gesteckt hatten, so dass sie nicht weiter darüber nachdenken wollten, was genau mit Florian geschehen war. Nun las Regine noch einmal die Stelle, an der stand, dass ihrem Sohn bereits vor dem Unfall etwas gefehlt haben musste. Ihr Herz begann schneller zu schlagen. Hätten sie damals doch besser nachgeforscht? Könnte tatsächlich jemand für Florians Tod verantwortlich sein? Wer? Jost? Nein! Aber er würde ihr mehr dazu sagen können. Er hatte die Kutsche für die Reise vorbereitet. Und er würde sich bemühen, eine Antwort auf ihre Fragen zu finden, denn fiele ihm nichts ein, würde er am ehesten als Verdächtiger in Betracht kommen.

Sie beendete ihre Aufräumarbeit, nahm das Schreiben und ging damit zu Jost im Haus zum stolzen Knecht. Auf ihr Klopfen öffnete er ihr. Er schien sich zu freuen, sie zu sehen.

»Oh, guten Tag, Frau Seber, kommt herein in mein bescheidenes Heim«, sagte er und trat zur Seite, um sie vorbeizulassen.

Sie folgte seiner Aufforderung.

»Die Predigt von Pfarrer Meyfarth war nicht schlecht, oder?«, fragte er im Plauderton.

Regine lächelte zustimmend, kam aber gleich zur Sache. »Kennst du das hier?« Sie hielt ihm die Nachricht vor die Nase.

»Nein. Was ist das?«, sagte Jost verwundert.

»Eine Nachricht der Brüder aus dem Kloster Banz. Sie schreiben, dass Florian schon vor dem Unfall nicht mehr bei Bewusstsein gewesen ist. Kannst du dir vorstellen, dass ihm jemand etwas Verdorbenes mitgegeben hat? Könnte er vergiftet worden sein? Was denkst du?«

Jost sah sie erschüttert an. Dann schaute er nachdenklich in die Luft und dachte anschließend laut: »Keiner unserer Knechte kommt infrage, die hatte ich die ganze Zeit über im Blick. Und sonst war sicher niemand auf dem Hof, daran würde ich mich erinnern. Die Konkurrenz? Nein, sie sind falsch, aber sich an einem Zunftbruder derart zu vergreifen, ist nicht ihre Art. Aber wartet …« Sein Blick verfinsterte sich. »Vielleicht … Kennt Ihr jemanden, den Ihr als Zeugen mitnehmen könntet?«

Regine zögerte kurz. Aber Josts Reaktion gab ihr Recht, sie hatte sich nicht in ihm geirrt. Er hatte mit Florians Tod nichts zu tun. Also nickte sie und so machten sie sich gemeinsam auf den Weg zum Fischmarkt. Sie störten Heinrich beim Abendessen. Der war aber sofort bereit mitzugehen, wohin auch immer Regine es wünschte, spaßte er.

Ab nun übernahm Jost die Führung.

»Nun sag schon. Wo gehen wir hin?«, wollte Regine wissen.

»Zuerst zu Euch.«

Also eilten sie zum Hof der Sebers und folgten Jost in den Vorratsraum. Er suchte etwas, schien es jedoch nicht zu finden.

»Und jetzt zu Agnes! Sie ist mir am Tag der Abreise verdächtig oft um die Beine und um die Kutsche geschlichen, wollte dies und jenes wissen … Es ist nur so ein Gedanke, aber wenn ich recht habe, dann müssen wir sie ohne Vorwarnung überführen. Wenn es kein Unbekannter war, der Euren Sohn bei irgendeiner Rast vergiftet hat, dann kommt für mich nur sie infrage.«

»Agnes? Aber warum sollte sie?«

»Das weiß ich auch noch nicht, aber die Erklärung solltet Ihr mit anhören!«

Der kleine Trupp marschierte ins Andreasviertel, in die Glockengasse, wo Agnes mit ihren Eltern wohnte.

»Sie hat ihr Zimmer dort im Erdgeschoss zur Gasse, wo das Licht zu sehen ist. Ich habe sie hier schon einmal abgeholt. Ich werde hineingehen, das Fenster öffnen und Ihr stellt Euch daneben und versucht, alles zu verstehen.«

In der Gasse war es ruhig. Es war schon spät und alle waren in ihren Häusern. Jost ging vor, klopfte, Agnes Mutter öffnete ihm und ließ ihn ein. Regine und Heinrich waren Jost mit etwas Abstand gefolgt. Sie taten, als seien sie ins Gespräch vertieft, und blieben dann neben dem Fenster stehen, als hätten sie einen Punkt zu besprechen, der eine Gehpause und Blickkontakt verlangte.

Agnes war überrascht über den unerwarteten Besuch. Sie lachte Jost an. »Was machst du denn hier?«

»Ich …«, setzte er an. »Puh, ist das warm hier. Ich darf doch, oder?« Er trat zum Fenster, öffnete es und stellte sich mit dem Rücken zur Straße an den Fensterrahmen. »So ist es besser. – Also, ich wollte dich mal besuchen. Hören, was du so darüber denkst, was mit den Sebers, vor allem was mit unserer Herrin passiert ist … Mein Gott, ist mir warm. Könntest du mir einen Becher Wasser besorgen?«

»Natürlich. Du hast dich wohl sehr beeilt, zu mir zu kommen, was?« Agnes war zwar verwundert über Josts Hitzeanfall, verließ aber das Zimmer, um das Wasser zu holen.

In ihrer Kammer gab es ein Bett und einen großen Holz-schrank, einen Tisch und einen Stuhl. Es kam also nur der Schrank in Betracht. Jost öffnete ihn rasch und tastete darin herum. Unter einem Stapel zusammengelegter Decken fand er tatsächlich, wonach er gesucht hatte. Da war sie! Die Flasche! Der Lederbeutel, den Agnes mit Mandelmilch gefüllt hatte. Er steckte ihn sich hin-ten in die Hose und zog sein Hemd darüber. Dann schloss er die Schranktür und stellte sich wieder ans Fenster. Gerade rechtzeitig. Agnes betrat den Raum und gab ihm einen Becher. Jost nahm ihn dankend an, trank aber nicht. Er packte ihr Handgelenk.

»Sag mal, Agnes, warum hast du eigentlich unseren Herrn in den Tod geschickt?«

»Wie bitte? Wie kommst du denn auf so was?«, zischte sie und wollte sich aus seinem Griff lösen.

»Nun, ich habe ein Schreiben der Benediktinermönche gese-hen, in dem sie berichten, dass Florian schon vor dem Unfall ohne Bewusstsein gewesen sein muss.«

»Was hat das mit mir zu tun?«, bockte Agnes.

»Oh, allerhand, denke ich. Guck mal, was ich in deinem Schrank gefunden habe. Ich hatte die Flasche schon vermisst.« Jost zog den ledernen Trinkbeutel hervor. »Am besten, du erklärst mir jetzt, was es damit auf sich hat, oder ich bringe dich vor die Wachen!«

Agnes schwieg.

»Also, gut, dann wollen wir mal los.« Er zerrte sie zur Tür.

Nun brach es aus ihr heraus: »Ich habe diese Hexe gehasst. Wie du sie immer angeschaut hast und um sie herum warst! Ich wollte doch nicht, dass er stirbt. Es sollte ihm schlecht gehen, vielleicht so, dass er nicht weiterfahren könnte, und dann sollte er umkeh-ren, damit du nicht wieder so eng mit ihr zusammenarbeiten wür-dest. Sobald er zurück wäre, hätte ich dich getröstet. Das war mein Plan!«

»Was für ein kindischer Plan! Und die Anschuldigungen, Caterina sei eine Hexe?«

»Konnte ich ahnen, dass du ihr den Mann ersetzen wolltest?«

An diesem Punkt, dachte Jost, hatten die Zeugen genug gehört. Er packte Agnes fest am Oberarm und zog sie aus dem Haus. Sie blieb ruhig, weil sie nicht wollte, dass ihre Eltern etwas davon mitbekamen. Draußen fragte sie: »Und? Was hast du jetzt vor?« Sie hatte Regine und Heinrich noch nicht gesehen.

»Ich stelle dich dem Richter vor!«

Jetzt wehrte sie sich, wand sich und trommelte mit den Fäusten auf Jost ein. Regine und Heinrich traten neben sie, packten beide mit an und zu dritt zerrten sie die zeternde Agnes zu Ferdinand, der sie in dieselbe Zelle einsperren ließ, in der Caterina auf ihren Tod gewartet hatte.

Lauter Trommelwirbel verkündete den Erfurtern am nächsten Tag, dass eine Hinrichtung bevorstand. Wer konnte das sein? Hatten sie die blaue Hexe gefasst? Die neugierigen Menschen machten sich auf zum Domplatz, wo sie sich um die Holzbühne versammelten, auf der ein Delinquent dem Volk vorgeführt wurde. Zu aller Überraschung erschien der Richter von Denstedt mit dem Henker, dem Folterknecht und zwei Wachen, die die Erfurter Magd Agnes in Ketten vorführten, gefolgt von einem Geistlichen des Andreasviertels, der sie auf ihrem letzten Weg begleitete.

Ferdinand von Denstedt erklärte der Menge, was geschehen war. »Wir führen heute eine Mörderin ihrer gerechten Strafe zu. Für ihr Vergehen haben wir Zeugen, einen Beweisgegenstand und ein Geständnis, das übrigens nicht mithilfe der peinlichen Befragung, sondern freiwillig abgelegt wurde, wie der Folterknecht bestätigen kann. Ihr seht hier die ehemalige Magd des Florian Seber, geschätzter Kenner der Farben und Produzent eines der besten Waidpulver der Stadt. Er starb vermeintlich infolge eines Unfalls auf einer Handelsreise nahe des Klosters Banz und ward von den Mönchen geborgen, die schriftlich festhielten, dass der Waidjunker zunächst das Bewusstsein verloren hatte und sein

Fuhrwerk deshalb nicht mehr lenken konnte. Wie wir heute wissen, hat er einen vergifteten Trank zu sich genommen, der ihm das Bewusstsein raubte. Das Beweisstück, eine Trinkflasche mit Spuren vergifteter Mandelmilch, fand man in ihrem Besitz.« Er zeigte auf Agnes. »Die Magd hat die Tat zugegeben und darüber hinaus eingeräumt, dass ihre Anschuldigungen gegen Caterina Seber erfunden waren. Sie hatte aus Eifersucht und Neid gehandelt. Die Strafe für solche Vergehen ist der Tod!«

Die Leute in der Menge schauten sich ungläubig an, dann nickten sie zustimmend, einige schauten betreten.

Die Strafe wurde ohne Verzögerung vollzogen. Der Scheiterhaufen, der für Caterina gedacht war, stand ja nach wie vor auf dem Domplatz. Außerdem sei nur das Feuer in der Lage, die Dämonen zu zerstören, die ganz offensichtlich von der Magd Besitz ergriffen hatten, erklärte Ferdinand von Denstedt.

Ein paar Wachen eilten herbei, Fackeln in der Hand. Agnes wurde mit Eisenketten an den Pfahl gekettet, der in der Mitte aus dem Scheiterhaufen hervorragte. Gnädigerweise ließ ihr Ferdinand einen Beutel mit Schwarzpulver um den Hals hängen. Es würde explodieren und Agnes töten, bevor die Flammen sie aufzehren würden. Dann legten die Wachen Feuer an den Holzstoß.

Die Menge beobachtete ganz genau, wie der Körper der Übeltäterin zu Asche verbrannte. Nichts durfte von ihr übrig bleiben, damit die bösen Geister nicht auf den Nächsten überspringen konnten.

Als sich die Menge zerstreute, hörte man mitleidige Sätze: »Dann war die Hexe also gar keine Hexe!«

»Und der armen Regine Seber hat man den Sohn ermordet!«

»Auch noch die eigene Magd hat ihr den Sohn genommen!«

»Und wo Schwieger- und Enkeltochter heute sind, das weiß auch nur Gott.«

»Recht ist der Agnes geschehen! Gut, dass sie nun nicht mehr unter uns ist!«

15

SOMMER UND HERBST 1634

Als der Sommer kam, gab es noch immer keine Lösung für den Waidmangel. Die Zunftbrüder hatten hin und her diskutiert, wie sie sich aus dieser misslichen Lage befreien konnten. Nun trafen sie sich erneut und beschlossen, Indigo zur Streckung des Waidpulvers zuzulassen. Schnell merkten die Färber, dass Indigo viel ergiebiger war und es dauerte nicht lange, bis die Waidverordnung derart gelockert wurde, dass nun sowohl Indigo als auch Waid genutzt werden konnten. Und wo man ohnehin dabei war, ließ man auch zu, dass Waid auch frisch verarbeitet werden durfte – woher auch immer die Waidjunker die Blätter bezogen.

Regine setzte sich hin und schrieb einen Brief an Caterina. Inzwischen hatte ihr Heinrich von Denstedt ausführlich erzählt, was sich in der Nacht ihrer Flucht abgespielt hatte und dass die beiden unversehrt in Italien angekommen waren, wie ihm der Bote Michael nach seiner Rückkehr berichtet hatte. Sie schrieb: »Liebe Caterina, ich bin so froh, dich und unsere Kleine wohlbehalten bei deiner italienischen Familie zu wissen. Mir ist klar, dass du mit Erfurt Todesangst und Lügen verbindest und dass du deshalb nicht so schnell wirst wiederkommen wollen. Aber ich möchte dich wissen lassen, dass es dir absolut frei steht, denn du bist rehabilitiert, freigesprochen von allen Anschuldigungen! Das entsprechende Dokument mit dem Siegel der Erfurter Gerichtsbarkeit lege ich bei. Ferdinand hat es persönlich unterzeichnet.« Dann berichtete sie, dass ihr das Schreiben der Benediktiner auf Caterinas Bett in die Hände gefallen war und wie es dadurch bis zur Hinrichtung von Agnes gekommen war. Auch erzählte sie von einer Schrift Meyfarths »Wider die Hexenprozesse«, die derzeit gedruckt und unter großem Aufsehen im ganzen Land verbreitet wurde. Und natürlich von der Zulassung des Indigopulvers.

Caterina antwortete ihr bald darauf. Ein Schreiber aus dem Kontor ihres Vaters, der Deutsch konnte, hatte den Brief nach ihren Worten aufgesetzt: »Liebste Schwiegermutter, es geht uns sehr gut. Und ja, ich muss Abstand gewinnen. Um ein Haar wäre ich qualvoll ums Leben gekommen. Ich werde Margareta nie wieder alleine lassen! Aber du musst uns besuchen kommen. Meine Eltern, ich und natürlich Margareta bestehen darauf! Vom Vormarsch des Indigos in Deutschland weiß ich sogar schon. Mein Vater und ich waren vor einigen Tagen hier in Genua im Hafen. Dort habe ich mich mit dem Schiffsführer eines indischen Handelsschiffes unterhalten, während mein Vater das Indigopulver begutachtete und über den Preis verhandelte. Die Inder haben Angst vor Hungersnöten, weil der Maharadscha den Anbau auf so vielen Feldern befohlen hat, dass es nicht mehr genug Getreide gibt. Der Maharadscha, eine Art König der Inder, interessiert sich nur noch für den Verkauf des Indigo an uns auf dem europäischen Kontinent, um noch reicher zu werden, als er schon ist. Und er muss wirklich sagenhaft reich sein, erzählte der Schiffsführer. Was des einen Vorteil, ist des anderen Nachteil! Arme Agnes, ich werde für sie beten. Wir müssen ihr wegen Florian vergeben, Regine. Sie war jung, dumm und krank vor Eifersucht. Wir lieben dich und erwarten dich im Herbst! Deine Caterina«

Als Regine im Oktober tatsächlich in Genua aus der Kutsche stieg, hielt Michael ihr den Schlag auf. Er hatte die schöne Italienerin nicht vergessen können. Und Caterina freute sich sehr, ihn wiederzusehen …

Ende

NACHWORT

DEZEMBER 2013

Auf der Krämerbrücke ist es ruhig. Es ist ein kalter Wintertag mitten in der Woche. Auf der sonst von vielen Touristen belagerten Attraktion der Stadt sind nur ein paar Erfurter unterwegs. Sie laufen vom Wenigemarkt aus in Richtung Fischmarkt oder Domplatz.

Die einzige noch erhaltene Brückenkopfkirche, St. Ägidius am Ostende zum Wenigemarkt hin gelegen, zeugt mit ihrem großen Torbogen über dem Aufgang noch heute von den vielen Jahrhunderten, in denen dies der einzige Übergang entlang der Via Regia über den Fluss Erpha war.

Einige Hausnamen auf der Brücke erinnern noch an alte Zeiten. In den kleinen Schaufenstern der ehemaligen Krämerhäuser brennt Licht und es gibt damals wie heute die unterschiedlichsten Dinge zu kaufen. Vor allem sind es besondere Waren aus der Region, Kunsthandwerkliches und Gaumenspezialitäten.

Ein kleiner Laden ist neu. Gerade erst in diesem Monat bezogen und eröffnet. Er gehört einer italienischen Restauratorin und ausgesprochenen Kennerin der Naturfarben. Schon seit zehn Jahren handelt sie in Erfurt mit Farben, auch mit Indigo und natürlich mit Waid. Sie kann die blaue Farbe aus frischen Waidblättern extrahieren und färbt damit natürliche Stoffe wie Wolle von Thüringer Schafen, Seide und Leinen. Sie bietet für Interessierte Waidführungen an, färbt mit Kindern und erzählt die Geschichte von Blaubart, der wegen des verbotenen Indigos in Erfurt in Schwierigkeiten geriet.

Ihr Traum hat sich erfüllt: ein Laden auf der Erfurter Krämerbrücke! Länger und älter als der berühmte Ponte Vecchio in Florenz.

GLOSSAR

Biereige Bierbrauer

Blausäure die Blausäure von ca. 50 rohen Bittermandeln ergeben ein tödliches Gift, das innerhalb von Minuten zunächst zu Atemnot führt, dann zu Bewusstlosigkeit und Krämpfen und schließlich zum Tod durch Herzstillstand. In der Atemluft ist danach Bittermandelgeruch festzustellen.

Lettner eine steinerne oder hölzerne Schranke in der Kirche, die den Raum für die Ordensangehörigen von dem für die Laien abtrennte. In protestantischen Kirchen verlor der Lettner diese Funktion.

Plembe ein alkoholärmeres Erfurter Bier, das auch Kinder zu trinken bekamen.

Schlunze ein obergäriges Starkbier, das in Erfurt von den Biereigen gebraut wurde.

Tasselschnur Gewanddekoration, die von einer Schulter zur anderen befestigt wurde.

HISTORISCHE PERSONEN

Johann Bach (1604–1673) Großonkel Johann Sebastian Bachs, der im Haus zum Schwarzen Ross auf der Krämerbrücke wohnte.

Johann Sebastian Bach (1685–1750) als Sohn der Erfurter Ambrosius Bach und Elisabeth Lämmerhirt in Eisenach geboren. Bach ist einer der bedeutendsten Musiker und Komponisten der Welt.

Maria Eleonora von Brandenburg (1599–1655) durch die Heirat mit Gustav II. Adolf Königin von Schweden.

Gustav II. Adolf von Schweden (1594–1632) ab 1611 König von Schweden. Er reformierte sein Land von Grund auf, außenpolitisch sicherte er den Einfluss Schwedens in Europa durch den Eintritt in den Dreißigjährigen Krieg, in dem er die Sache der Protestanten gegen die Allianz der katholischen Habsburger verteidigte.

Johannes Lang (1487–1548) letzter Prior des Augustinerklosters, Freund Martin Luthers und erster evangelischer Pfarrer an der Michaeliskirche.

Johannes Meyfarth (1590–1642) Rektor der Universität Erfurt, evangelischer Pfarrer an der Predigerkirche und der Erste, der mit einer Streitschrift die Folter zur Wahrheitsfindung bei Hexenprozessen kritisierte.

Die Familien **Naffzer, Ludolf, Milwitz** und **Ziegler** sind im 17. Jahrhundert in Erfurt nachweisbar. Die hier auftretenden Figuren entsprechen jedoch keinen realen Vorbildern.

DANK

Vielen Dank meinen kritischen Manuskriptlesern Helma von Kie-seritzky, Inga Kolk, Renate Stoff sowie Ute Braun-Luckard, die auch künstlerisch zum Buch beitrug.

Nicht zu vergessen Rosanna Minelli für ihren fachlichen Rat zur Waidverarbeitung und das professionelle Lektorat von Julia Ströbel vom Sutton Verlag.

Danke!

Alice Frontzek
im Frühjahr 2015

Erfurt, 1439: Bewundernd beobachtet Konrad seinen Lehrherrn Thomas von Weimar, während dieser aus purem Gold den schönsten Ring schmiedet, der je an den Ufern der Gera entstan-den ist. Der reiche jüdische Kaufmann Kalman von Wiehe hat ihn für die Hochzeit seines ältesten Sohns bestellt. Doch als Konrad an einem kalten Wintermorgen die Leiche eines jungen Mädchens im Hof der Goldschmiedewerkstatt entdeckt, gerät das Leben in der mittelalterlichen Stadt aus den Fugen. Schreckliche Gerüchte laufen auf den Märkten um, die Pest sei auf dem Weg nach Erfurt, die Strafe Gottes. Und die Juden seien an allem schuld. Rasend schnell schaukelt sich die Stimmung auf, die Volksseele kocht. Die Juden der Stadt und alle, die wie der junge Konrad und sein Meister freundschaftlich mit ihnen verkehren, müssen um ihr Leben fürchten.

Der Hochzeitsring. Historischer Roman um den Erfurter Schatz *Henry Köhlert* | 98-3-87668078-68- | 14,99 €

Eisenach 1259. Der angesehene Bürger Dietmar Hellgreve setzt sich selbstlos für die Rechte und den Schutz seiner Stadt ein. Im Auftrag des neuen Landesherrn, des Wettiner Landgrafen Albrecht, entlarvt er den Raubritter Herwig von Hörselgau als Mörder an zwei Eisenacher Bürgern und zieht sich dessen flammenden Hass zu. Zugleich schafft er sich damit mächtige Feinde, denn die Hintermänner der Freveltat bleiben unentdeckt.

Als wenig später Sophie von Brabant, Tochter der heiligen Elisabeth, und ihr Schwiegersohn, der Herzog von Braunschweig, den Krieg um die Thüringer Erbfolge neu entfachen und Eisenach besetzen, bleibt Hellgreve nur die Flucht auf die Wartburg, die er gemeinsam mit den Getreuen der Landgrafen verbissen gegen die Eindringlinge verteidigt, denen sich sein rachsüchtiger Widersacher angeschlossen hat.

Vor dem Hintergrund des Thüringer Erbfolgekrieges entwirft der Thüringer Historiker Thomas Bienert ein farbenfrohes Panorama mittelalterlichen Lebens im Schatten der Wartburg. Die Konflikte zwischen Rittern und Bürgern, Wettinern und Hessen kulminieren im packenden Duell zweier unerbittlicher Gegner, die für ihre Überzeugungen und Rechte alles aufs Spiel setzen.

Das Vermächtnis der Landgrafen

Ein Wartburg-Roman

Thomas Bienert | 978-3-95400-391-4 | 12,99 €

Den ganzen Sommer hat Fenja als Fee verkleidet Besuchergruppen durch die Saalfelder Feengrotten geführt und abends für ihr Geologiestudium die Höhle untersucht. Doch am letzten Morgen ist sie spurlos verschwunden und niemand glaubt ihrem Freund Jonas, dass ihr in dem dunklen Stollensystem etwas passiert sein muss, nicht einmal, als Fenjas blutverschmiertes Handy auftaucht. Doch dann geschehen im Umfeld der Feengrotten plötzlich mysteriöse Morde.

Das Feengrottengeheimnis. Ein Thüringen-Krimi

Rolf Sakulowski | 9-3-879450083-9-1 | 14,99 €